토론의 전략

제1판 제1쇄 · 2008년 9월 19일
제1판 제12쇄 · 2017년 11월 8일

지은이 · 이정옥
펴낸이 · 이광호
펴낸곳 · ㈜문학과지성사
등록번호 · 제1993-000098호
주소 · 04034 서울 마포구 잔다리로7길 18 (서교동 377-20)
전화 · 02) 338-7224
팩스 · 02) 323-4180(편집)   02) 338-7221(영업)
전자우편 · moonji@moonji.com
홈페이지 · www.moonji.com

© 이정옥, 2008. Printed in Seoul, Korea.

ISBN 978-89-320-1896-6 03800

문지 푸른책

토론의 전략

이정옥 지음

문학과지성사
2008

최근 들어 토론에 대한 관심이 높아지고 있다. 특히 촛불 집회를 계기로 많은 시민들이 자신의 의견을 표명하기 위해 광장에 모여들었고, 자유롭게 의견을 펼치는 광경이 인터넷으로 실시간 생중계됨에 따라 온라인상의 격렬한 토론으로 이어졌다. 또 각 방송사의 토론 프로그램에서는 전문가들이 촛불 집회에 대해 치열하게 토론하는 모습을 서로 앞 다투어 방영했고, 이것이 다시 시민들의 토론거리로 등장하면서 토론의 열기가 더욱 증폭되었다. 물론 2008년의 촛불 집회를 바라보는 관점이나 평가가 다양하게 엇갈릴 수 있다. 다양한 관점과 평가가 엇갈리는 바로 그 점이, 우리 사회에 토론이 뿌리내리고 있음을 반증해준다.

이와 같이 토론이 활성화되고 있음에도 불구하고, 우리 사회에서는 여전히 이성적인 주장보다는 권위와 명령이 통용되거나, 합리적인 의사결정 대신 물리적 힘이 동원되기도 한다. 한편 토론의 중요성을 잘 알고 있다 하더라도, 직접 토론에 참여하게 되면 자신의 주장을 펼치는 데 급급하여 상대방을 설득하려는 노력을 소홀히 하거나 또는 격앙된 목소리로 자신의 생각을 강요하는 태도를 취하는 사람들이 많다. 이런 면에서 우리 사회의 토론 문화 부재를 우려하는 의견이 제기된다.

그러나 이제 더 이상 토론 문화의 부재를 논할 것이 아니라, 토론 교육의 부재를 논해야 할 시점에 와 있다. 우리 사회에 토론 교육의 바람이 최초로 불기 시작한 시점은 개화기 지식인들이 계몽교육을 펼치기 위해 배재학당에 '협성회協成會'를 설립했던 1896년이다. 하지만 토론 교육이 본격적으로 이루어지기 시작한 시점은 그로부터 100년이 훨씬 지난 2000년대 초반이다. 여러 단체에서 대학생과 중·고등학생 대상의 토론대회를 개최하기 시작했고, 대학에서 토론이나 스피치 관련 과목을 개설하는 붐이 일었으며, 중등 교사 대상의 토론교육 직무 연수가 여러 형태로 실행되기 시작했다.

이 책을 집필하게 된 동기 역시 이런 토론 교육의 바람과 직접적으로 관련이 있다. 필자는 대학에서 토론 과목을 담당하고 있고, 토론대회를 개최하고 심사하는 일에 관여하고 있다. 이런 경력으로 인해 최근 몇 년 사이 중등 교사 대상의 각종 직무 연수에서 토론 교육에 관한 강의를 해오고 있다. 그런 가운데 토론의 원리나 방법을 이해하기 쉽게 설명하는 토론 이론서를 찾아보기 어렵고, 토론 수업의 방법이나 준비 과정을 자세하게 안내하는 책이 거의 없다는 점을 발견하게 되었다.

이 책의 일차 독자로 토론 수업이나 토론대회에 참여하는 중·고등학생과 대학생들을, 이차 독자로 토론 수업을 담당하는 교사들을 염두에 두었다. 토론에 관심이 있는 일반인들도 토론의 원리와 방법을 이해하는 데 많은 도움을 받을 수 있을 것이다. 이 책을 집필하는 동안 토론의 원리와 방법을 어느 정도의 수위에서 설명할지, 어떤 문체로 풀어낼지에 대해 많은 고민을 했다. 토론 교육의 목표는 자전거 타기나 수영하기와 같이 단순히 토론하는 기술이나 테크닉을 배우는 것이 아니라, 우리 사회에서 제기되고 있는 문제에 대해 합리적인 주장을 세워 다른 사람을 설득하고 나아가 상대방의 주장을 이성적으로 반박할 수 있는 토론 능력을 계발하는 데 있기 때문이다. 따라서 토론의 실행 방법을 터득하는 것도 중요하지만, 토론의 원리를 숙지하여 논제와 논점을 분석하고 자료를 모아 정리하는 과정에 대한 이해가 전제되어야 한다. 이런 점에서 독자들은 토론의 실전 과정을 다룬 제3부를 읽기 전에 다소 힘들더라도 제1부와 제2부를 꼼꼼히 읽을 필요가 있다.

이 책을 쓰기 위해 많은 분들의 도움을 받았다. 우선 직무 연수에서 토론 교육서의 필요성을 적극적으로 표명해주고, 토론 수업의 경험과 사례를 아낌없이 제공해주셨던 중·고등학교 선생님들께 감사를 드린다. 많은 분들의 도움을 받았지만 따로 인사드릴 기회가 없어 이 자리를 빌려 간략하게 감사의 말씀을 대신하고 싶다. 숙명여자대학교 의사소통센터의 동료 교수님들과 정병헌, 최시한, 여건종 교수님들께 감사드린다. 토론 수업과 토론대회를 함께 고민하고 논의해왔던 교수님들의 열정과 노고가 있었기에 짧은 시간에 토론 교육의 이만한 성과가 가능했다고 본다. 또 기꺼이 토론 개요서와 논술문을 작성해준 양은모 학생, 교정을 봐준 송지혜 학생, 논술문을 제공해준 일산 백신고의 심미섭 학생, 사진 작업에 도움을 준 안선

영 조교에게도 고마움을 전하고 싶다. 뿌리 깊은 나무와 같이 언제나 시원한 그늘로 안식처가 되어주는 남편과 딸에게 고마움을 표한다. 끝으로 예쁜 책으로 만들어주신 문학과지성사 편집부 여러분들께도 깊은 감사를 드린다.

2008년 8월 11일
이 정 옥

토론에 대한 이해

토론은 왜 필요한가

1. 한국 사람에게 토론은 어렵다?

토론에 관하여 학생들에게 설문 조사를 했다. 토론이란 단어를 떠올리면 어떤 장면이 연상되는가? 이런 질문에 대해 대다수의 학생들은 "TV토론이 떠오른다"고 답하였다. 또 토론에 흥미를 갖지 못하게 된 이유를 묻는 질문에 대해서는 다음과 같은 답변이 많았다.

- 한 치의 양보도 없이 서로 자기가 옳다고 말다툼하는 모습이 보기 싫어서
- 토론 주제와 상관없이 자기의 주장만 내세우는 이기적인 태도에 염증이 나서
- 토론자들만 알아듣는 전문적인 용어로 지루하게 말하기 때문에

또 우리 사회에 토론이 뿌리내리지 못한 이유를 묻는 질문에 대한

답변은 다음과 같았다.

- 우리나라 사람들은 인정이 많아 시시비비를 잘 따지지 못한다.
- 서열의식이 강해 나이나 직위에 상관없이 동등한 입장에서 대화하기 어렵다.
- 예의와 겸손을 미덕으로 여기기 때문에 자기 생각을 분명하게 말하지 못한다.
- 집단의식이 강해 다른 사람을 포용하지 못한다.
- 군사 정권의 장기 집권으로 인해 명령 위주의 군사 문화가 뿌리 깊게 자리 잡고 있다.
- 빠르게 경제 성장을 추구해오는 동안 성과주의가 만연하여 합리적인 의사결정에 서투르다.
- 주입식 교육으로 인해 발표나 토론에 취약하다.

그런데 과연 토론은 '전문가들끼리 큰 목소리로 자신의 주장만 내세우는 말싸움'일까? 또 한국 사람에게 토론은 정말 어려운 것인가? 물론 우리 사회의 정서와 문화에 익숙해 있고, 토론 교육도 제대로 받지 못한 우리들에게 토론이 어려운 것은 분명 사실이다. 그러나 결코 두려워할 필요가 없다. 최근 몇 년간 사회 곳곳에서 토론 문화가 활성화되고, 더욱이 학교에서 토론 교육을 본격적으로 시도하고 있어서 '한국 사람도 토론을 잘할 수 있다'는 희망이 싹트고 있는 것도 바람직한 변화의 조짐이다.

이런 변화의 바람은, 인터넷의 발달과 함께 민주주의가 발전하는 속도만큼 우리 사회 전체에 강하게 불어오고 있다. 또한 이런 사회적 변화에 발맞추어 적극적이고 능동적인 방식으로 학생들의 능력과 소질을 개발하는 새로운 교육 방법이 도입되고 있다. 이 같은 추세로 가면 머지않아 우리들도 토론을 어려워하지 않게 될 것이다.

2. 토론, 훈련하면 잘할 수 있다

그러나 막상 토론을 하려고 나서면 식은땀이 나면서 두려움이 앞서게 된다. 다른 사람 앞에서 말하는 것도 어렵지만, 형식과 규칙에 따라 상대방을 설득하기란 정말 힘들다. 그렇다고 시작도 해보기 전에 너무 겁을 먹거나 절망하지는 마시라! 매 학기마다 "토론이 두려워 피하고 싶다"고 말했던 학생들조차 토론을 잘해내는 광경을 지켜보고 있는 필자의 경험에 비추어 보면, 토론은 분명 어려운 상대가 결코 아니다.

혹시 이 말에 대해 강력하게 반대하고 싶은 생각이 드는가? 만일 그렇게 생각하고 있다면, 당신은 이미 토론할 능력을 충분히 가지고 있는 셈이다. 그렇게 반문한다는 것, 그것은 바로 상대방의 주장에 대해 반론하는 것을 의미한다. 토론의 핵심은 바로 상대방의 주장에 대해 반론하는 데 있기 때문에 이미 당신은 토론할 능력을 충분히 갖추었다고 할 수 있다.

자! 일단 반론이 들어왔으니 이제 필자가 답변할 차례다. 이에 대해 다음과 같은 근거를 가지고 이 주장의 타당성을 입증하고자 한다.

필자는 각종 토론대회를 지켜보았다. 소감을 한마디로 말하자면, '조금만 훈련하면 학생들도 토론을 정말 잘할 수 있다'는 감탄이 절로 나왔다는 것이다. 물론 이에 대해 "토론에 재능이 있는 학생들 중에서 선발된 학생들이니, 당연히 잘할 수밖에 없다"고 재반론할 수 있다. 이 말에 대해 토론대회에 참여했던 학생들의 말을 근거로 다시 반론하고 싶다. 대부분의 학생들은 "처음에는 무척 힘들었지만 부딪쳐보니 자신감이 좀 생겼다" "많이 준비했고 또 선생님들이 많이 도와주셔서 별로 어렵지 않았다" "다음에는 더 잘할 수 있을 것 같다"라고 말하며 스스로 뿌듯해했다.

이런 모습을 지켜볼 때마다 이렇게 외치고 싶다. "방법을 조금만 공부하면 토론은 결코 어렵지 않다! 일단 토론에 대해 공부해보자! 그리고 도전해보자!"

3, 토론의 힘은 강하다

현재 우리는 인터넷을 통해 원하는 지식과 자료를 손쉽게 찾을 수 있고, 또 실시간으로 정보를 교환할 수도 있다. 일단 인터넷에 접속하기만 하면 엄청난 정보가 쏟아지니, 이 정보를 잘 조합하여 어렵지 않게 많은 과제를 해결할 수도 있다.

정보의 양이 폭발적으로 증가함에 따라 정보의 사이클도 점차 짧아지고 있다. 이런 환경에서는 뛰어난 사람 혼자 일하기보다는 여러 사람이 팀을 이루어서 각자의 능력과 역할에 따라 과제를 나누면 훨씬 높은 성과를 얻을 수 있다. 이런 까닭에 정보화 사회를 살아가는 우리들은 필수적으로 정보 처리 능력이나 업무 능력뿐 아니라 의사소통 능력을 함께 갖추어야 한다.

의사소통의 방법에는 대화, 토의, 토론, 논쟁, 회의, 협상, 세미나 등 여러 가지 종류가 있다. 그런데 이 중에서 유독 토론이 강조되는 이유는 무엇일까? 토론의 영향력이 워낙 막강하기 때문이다. 토론을 잘하는 사람은 다른 의사소통 방식에도 능통할 수 있다. 토론 능력을 갖추면 다양한 사회적 갈등 속에서 예리한 판단력을 바탕으로 갈등의 원인을 분석하고 문제 해결 방법을 제시할 수 있다. 나아가 합리적으로 의견을 수렴하여 가장 적합한 결정을 이끌어내는 능력을 발휘할 수 있다. 그러니 토론 능력은 현대 사회를 살아가는 우리들에게 선택이 아니라 반드시 갖추어야 할 필수 덕목이다.

토론 훈련과 사고력 향상과의 상관성을 밝힌 연구에 따르면, 토론의 힘은 매우 강한 것으로 나타났다. 우선 토론대회에 참가해본 경험이 있는 학생들과 참가 경험이 없는 학생들을 비교해보면, 토론대회에 도전해본 경험이 있는 학생들이 분석력, 문제 해결 능력, 판단력, 종합력 등의 측면에서 훨씬 우세하다는 것이 증명되었다.[●] 또한 토론은 읽고 쓰는 능력, 말하고 듣는 능력, 자료 조사 능력을 향상시켜준다. 뿐만 아니라 토론은 스피치 능력과 비판적인 사고력, 논증 구성력, 다양한 지식과 정보를 통합하는 능력, 학술적 연구 능력을 길러준다. 더 나아가 토론은 민주 사회의 일원으로서 갖추어야 할 건전한 시민의식과 문화적 다원성을 이해하는 성숙한 문화의식, 리더십을 증진시켜준다.[■]

● Kent R. Colbert, "The effects of CEDA and NDT debate training on critical thinking ability," *Journal of the American Forensic Association*, Vol. 21, 1987, pp. 194~201.

■ Austin J. Freeley·David L. Steinberg, *Argumentation and Debate*, wadsworth.com, 2000, pp. 22~30.

1 '토론'이란 말에서 연상되는 단어가 무엇인지 적어보자.

2 우리 생활에서 토론이 필요한 때는 언제인가?

3 토론이 잘되는 집단과 안 되는 집단을 찾아보고, 각각의 특징을 비교해보자.

4 토론을 해본 적이 있다면, 그때 자신의 모습에 대해 설명해보자.

5 그리고 그 토론을 통해 배운 점이 무엇인지 생각해보자.

제 2 장

토론이란 무엇인가

1. 공적 대화로서의 토론

대화에는 크게 사적 대화와 공적 대화가 있다. 사적 대화는 친구나 가족, 또는 가까운 선후배 등과 같이 친밀한 사이에서 이루어진다. 주로 정서적으로 교감을 나눈다거나 사교적 목적으로 말하는 방식이다. 반면 공적 대화는 학교생활이나 사회생활의 대부분을 차지한다. 강의, 학급회의, 조회와 종례, 회의, 업무 보고, 협상, 프레젠테이션 등은 모두 공적인 업무를 수행하기 위해 이루어지는 대화이다.

일정한 형식과 격식이 없는 사적 대화와 달리 공적 대화는 형식과 규칙이 요구된다. 제한된 시간 안에 청자나 청중을 설득해야 하기 때문에, 정당한 주장과 주장을 지지해주는 근거를 바탕으로 체계적인 구성을 갖추어야 한다. 또 격식에 맞는 언어와 바른 자세로 말해야 한다.

우리들 대부분은, 사적인 자리에서는 즐겁게 말을 잘하다가도 많은 사람 앞에 서면 떨리고 긴장되어 말을 잘 못하고 더듬었던 경험이 있다. 물론 사람들의 시선이 온통 자신에게 쏠리는 것 자체가 말문을 떼기 어렵게 만드는 공포의 원인이 되기도 하지만, 앞서 말한 요건들을 두루 갖추어야 하기 때문에 공적 대화는 아무래도 어려운 것이 사실이다. 그래서 공적 대화를 잘하기 위해서는 노력과 훈련이 필요하다.

토론은 공적 대화의 대표적인 유형에 해당한다. 자신의 주장을 일방적으로 강요하지 않고 제한된 시간 내에 타당한 근거를 바탕으로 상대방과 청중들이 모두 이해하기 쉽도록 차근차근 진술하는 대화의 방식인 토론은, 앞에서 열거한 공적 대화의 모든 요건을 갖추고 있기 때문이다.

2. 토론은 토의나 논쟁과 다르다

우리말에서 토론討論이란 '말로 상대방을 치다[討]'는 뜻과 '상대방과 조리를 내세워 논의하다[論]'는 뜻이 합쳐진 것이다. 즉 토론은 '어떤 문제에 대하여 여러 사람이 모여 조리를 내세워 논의하다'는 의미로 널리 사용되고 있다.

그런데 일상적으로 토론은 꽤 넓은 범주로 사용되고 있다. 토론이란 말을 아주 느슨하게 적용할 때에는, 어떤 문제를 합리적이고 타당한 방법으로 해결하기 위해 의견을 모으는 대화 방식을 말한다. 이런 대화는 엄밀히 말하면 토의討議에 해당하는 것이다. 또 아주 극단적으로는 어떤 문제나 정책, 사안 등을 놓고 서로 의견이 대립되어 치열하게 벌이는 언쟁을 말하기도 한다. 이는 토론이라기보다는 논쟁論爭에 해당한다.

　이러한 현상은 서구에서도 비슷하게 일어나고 있다. 토론에 해당하는 'debate'는 'discussion^{토의}'이나 'contention^{논쟁}'과 서로 혼용되고 있다. 그리스 시대부터 지금까지 오랜 시간에 걸쳐 전해져오는 동안 서로 섞이고 중첩됨에 따라 토론, 토의, 논쟁은 마치 사촌 형제들처럼 서로 비슷한 모습을 지니게 되어 종종 우리를 헷갈리게 만든다. '토의식 토론'이나 '논쟁식 토론'이란 용어는 일상적으로 헷갈리게 사용하는 개념들을 엄밀하게 규명해보려는 노력의 결과물들이다.

아리스토텔레스는 주장을 펼치는 방법을 다음의 네 가지 유형으로 나누었다.

❶ 논리학: 이성에 바탕을 두고 진리를 추구하기 위해 주장을 펼치는 것
❷ 토론술: 갈등 상황에서 질문과 답변의 방식으로 상대방의 주장을 반박하거나 자기주장의 정당성을 증명하기 위해 말하는 기술
❸ 논쟁술: 토론술과 흡사한 형태이지만, 주장은 옳을지라도 주장을 지지해주는 근거들이 참이 아니라 참되게 보인다는 점에서 차이가 있음
❹ 궤변론: 외관상으로는 옳은 주장처럼 보이지만 실제로는 거짓 주장을 펼치는 것으로, 소피스트들의 궤변론이 대표적인 예에 해당함

　이처럼 일상적으로는 토의, 논쟁, 토론 이 세 가지 개념이 혼란스럽게 사용될지라도, 교육적으로는 엄밀하게 개념을 규정하고 있다. 우선 토의^{discussion}의 어원은 '검토하다' 또는 '주의 깊게 검사하다' '검증하다'는 뜻을 지닌 그리스어 'dischos'이다. 토의는 이미 확정된 대상이나 사실의 진위를 검토하고 증명한다는 의미에서 파생된 것으로, 어떤 사안에 관해 각자의 의견을 내어 검토하고 협의하는 의

사소통의 형식을 가리킨
다. 최선의 해결책이나
합의를 도출하기 위해 상
호 협력적으로 대화를 나
누는 토의에서는, 참가
자들이 서로 자유롭게 의
견을 교환할 수 있으며,
형식이 있다 해도 대체적

토의하는 모습

인 규범만 있을 뿐 엄격하게 적용되지 않는다.

이에 비해 논쟁contention은 서로 대적하고 있는 상대를 대상으로 자기의 주장을 적극적으로 펼침으로써 대립적인 의견에 대해 공격하거나 비판하는 대화의 방식을 말한다. 상대방을 비판하고 공격하는 데 치중하기 때문에 때론 감정이 격해지는 경향이 있다. 또한 일정한 형식이나 규칙이 적용되지도 않는다. 쇼펜하우어는 논쟁을 검과 방패를 무기 삼아 수단과 방법을 가리지 않고 싸우는 전투에 비유하였다. 그는 이 싸움에서 이기는 전투적인 공격과 방어의 논쟁 기술 38가지를 제시하면서, 맨 마지막에 "가장 좋은 대화는 여기서 제시한 논쟁술 따위를 사용할 필요가 없이 상대와 말하는 것이다"라는 충고를 통해 역설적으로 건전한 토론을 강조했다.

● 쇼펜하우어, 김재혁 옮김, 『논쟁에서 이기는 38가지 방법』, 고려대학교 출판부, 2007.

이에 비해 토론debate의 어원은 라틴어의 'debattuere'에서 유래된 것이다. '나누다' '제거하다'를 뜻하는 'de'와 '겨루다' '전쟁' '시합' '싸움'을 뜻하는 'battuerebattle의 어원'의 합성어이다. 그리하여 'debate'의 원뜻은 '나누어 겨루다' '말싸움'이란 의미를 지닌다. 어원에 충실하여

'debate'를 토론이 아니라 논쟁으로 번역해야 한다고 주장하는 학자들도 있다. 그러나 아리스토텔레스의 분류나 사회적 약속으로서의 언어적 특성을 고려할 때, 논쟁과 토론은 엄밀하게 구분해야 할 필요가 있다.

토론debate은 갈등과 문제를 해결하기 위해 논의한다는 점에서 토의와 유사하다. 다른 한편 토론은 상대방을 비판하고 자신의 주장이 옳다는 것을 내세우는 대립적 태도가 요구된다는 점에서는 논쟁과 비슷하다. 그러나 토론은 다음과 같은 점에서 토의나 논쟁과 다른 특성을 지닌다.

① 하나의 논제를 둘러싸고 이루어진다.
② 찬성과 반대의 대립을 이룬다.
③ 주장이 타당함을 입증하고 설득한다.
④ 일정한 규칙이 있다.

토론, 토의, 논쟁의 관계를 도표로 설명하면 다음과 같다.

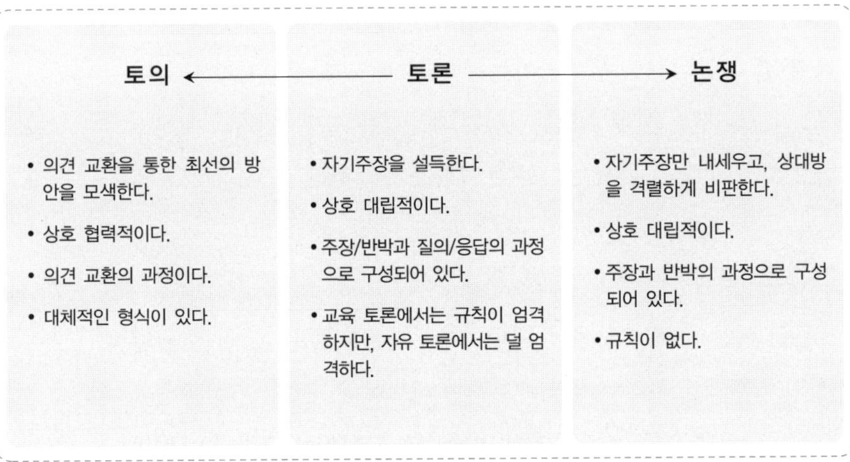

3. 토론은 합리적 의사소통의 방식이다

1) 토론, 갈등 해결의 최선책

우리는 살아가면서 크고 작은 갈등 상황에 부딪히게 된다. 흔히 갈등은 개인이나 사회에 해악을 미치는 좋지 않은 것으로 여겨진다. 그러나 갈등이 우리에게 부정적 영향을 미치는 것만은 아니다. 오히려 주변 환경이나 인간관계를 새롭게 만들어갈 계기가 되거나, 변화하는 새로운 상황에 창의적으로 대응하는 능력을 기를 수 있게 해준다. 뿐만 아니라 갈등은 기존의 가치와 새로운 가치가 충돌하고 긴장하는 과정을 통해 혁신과 개혁을 가져다준다. 이렇게 갈등은 개인과 사회가 새롭게 변화할 수 있는 활력과 원동력을 제공해준다.

토론은 의견의 불일치나 대립이 일어나는 갈등의 지점에서 시작된다. 물리적인 폭력이나 억압적 태도로 갈등을 해결하는 것이 아니라 토론을 통해 갈등을 해결하려고 노력하면, 자신의 생각이나 입장만이 절대적으로 옳다고 우기지 않게 된다. 역지사지易地思之의 마음으로 다른 입장이나 의견을 받아들이는 관용적 태도가 전제되기 때문이다. 그러므로 토론은 갈등을 원만하게 해결하는 방법 중 가장 최선의 방법으로서, 사회 통합적인 기능과 역할을 수행한다.

2) 토론, 문제 해결의 과정

토론은 어떤 문제가 발생했을 때, 서로 의견이 엇갈리는 사람들이 모여 가장 합리적으로 문제를 해결하는 과정이다. 서로 다른 견해와 생각, 가치와 믿음을 가진 다양한 사람들로 구성된 다원화된 사회에서 토론은 문제 해결을 위한 사회적 조정 수단이다. 이런 이유로 토론은 가장 민주적이고 합리적인 의사소통 방법이라 할 수 있다.

민주주의가 발달한 사회일수록 시민들이 자유롭게 의견을 교환할 수 있는 공공의 영역이 많아진다. 이를 공론장公論場이라 부르는 데 신문, 각종 공청회, 인터넷의 토론방 등이 대표적인 예이다. 이런 공론장을 통해 사회적으로 중요한 쟁점에 대해 시민들이 적극 참여하여 활발하게 토론하는 가운데 의견을 조정하고 조율할 수 있게 된다. 또한 사회 구성원들이 어떤 문제에 대해 자유롭게 발언할 수 있도록 만들어줌으로써 민주적 참여의식과 시민의식을 고취시키는 토대를 마련해준다. 자유로운 토론이 가능한 사회일수록, 시민들의 자발적 참여의식이 높기 때문에 성숙한 민주주의가 가능하다.

이같이 토론은 문제를 해결하기 위한 논의 과정이다. 그러므로 토론에 임하는 우리의 자세는 논의의 결과에 집착하기보다 논의 과정에서 구성원들이 어떤 관점과 입장을 취하고 있는지, 어떤 입장이 가장 합리적인지, 그 주장을 받쳐주는 타당한 근거는 무엇인지를 살펴보아야 한다. 또 문제를 해결할 실현 가능한 해결책이 무엇이고, 그 이유는 무엇인지 등을 탐구해야 한다.

3) 토론, 지적 대결

토론은 자신의 주장을 말하되 근거와 자료를 가지고 상대방을 설득한다는 점에서 '논쟁'과는 차원이 다르다. 토론에서는 상대방의 주장과 근거를 잘 경청하고, 논리적 허점이나 오류를 찾아내어 지적해야 한다. 우리 사회의 갈등과 문제가 무엇인지를 파악하고, 그것이 발생하게 된 원인과 배경을 찾고, 어떻게 해결해야 할 것인지 등을 다루면서 자신의 분석 능력과, 문제 해결 능력 등을 겨룬다는 점에서 토론은 '지적 대결'이라 할 수 있다.

　토론이 바람직한 '지적 대결'이 되려면 상대방의 말을 잘 듣고 대화하는 태도가 요구된다. 미래학자 피터 드러커^{Peter F. Drucker} 도 토론에서 가장 중요한 것은 '상대방의 말을 경청하는 태도'라고 강조하였다. 경청하는 태도는 모두 다섯 단계이다. 그럼에도 불구하고, 우리는 남의 말을 듣고 이해하고 기억하는 세번째 단계에서 만족하는 편이다. 여기서 더 나아가 그 말이 지닌 의미를 정확하게 해석하고 그에 대해 알맞은 평가를 내릴 때 완전한 경청이 가능해진다는 점을 명심할 필요가 있다.

● Brownell Judi, *Listening: The toughest management skill*, The Cornell H.R.A. Quartterly, February, 1987, pp. 65~71.

알아보기　　[경청의 단계]

❶ 듣기(listening)의 단계
❷ 이해(understanding)의 단계
❸ 기억(remembering)의 단계
❹ 해석(interpreting)의 단계
❺ 평가(evaluating)의 단계

1 학교생활에서 이루어지는 사적 대화와 공적 대화의 예를
찾아보자.

2 민주적인 사회와 비민주적인 사회는 어떤 차이가 있는지
알아보자.

3 토론, 토의, 논쟁의 예를 찾아 비교해보자.

4 학급회의는 토론과 토의 중 어디에 속하는가? 그 이유는
무엇인가?

제 3 장

토론의 유형

토론이 이루어지는 목적과 장소에 따라 크게 자유 토론, 교육 토론(아카데미 토론), 법정 토론으로 나눌 수 있다.

1. 자유 토론

자유 토론•은 가장 일반적으로 볼 수 있는 토론의 유형으로서, TV토론이나 또는 패널 토론(원래는 청중을 향해 토론자들이 반원형으로 앉아 토론하는 형식을 말하였으나, 토론자들이 반원형으로 앉아서 각각의 입장을 가지고 토론하는 형식을 가리킨다), 난상토론 등이 있다. 자유 토론은 형식과 규칙이 엄격하지 않은 토론이다.

• 자유 토론을 학자에 따라서는 응용 토론(applied debate)이라고도 한다. 응용 토론이라는 용어는 교육 토론이 본령이고, 일상생활에서 이루어지는 토론은 교육 토론을 응용한 것이라는 함의를 지닌다. 그러나 엄밀히 따지면 토론 교육을 목적으로 형식과 규칙을 엄격하게 적용한 것이 교육 토론이므로, 이 용어는 적합하지 않다.

1) 찬성과 반대의 입장을 엄격하게 구분하지 않는다

TV토론에서 보면 토론자들은 사회자를 중심으로 외형상 대체로 찬성과 반대로 나누어 앉아 있는 것처럼 보인다. 그러나 자세히 살펴보면 같은 편에 앉아 있는 토론자들 사이에서도 문제를 바라보는 입장이 각자 다를 수 있다. 또 문제가 발생한 원인과 배경에 대한 시각이나 입장이 동일하더라도, 문제 해결의 방안에 대해서는 전혀 다른 입장을 취할 수도 있다. 찬성 측에 앉아 있는 토론자가 반대 측에 앉아 있는 토론자의 주장이나 의견에 동의를 한다거나, 심지어 동일한 입장에 속하는 다른 토론자의 의견에 반박할 수도 있다. 종종 사회자를 중심으로 한편에는 두 사람이 다른 한편에는 세 사람의 토론자들이 출연하여 균형이 맞지 않은 경우도 있다. 이처럼 자유 토론은 찬반 양측의 팽팽한 대립적 입장을 중시하지 않고, 토론자들이 각자 내세우는 주장이나 문제 해결의 과정을 중요하게 생각한다.

자유 토론의 예. 사진은 ‘MBC 100분 토론’의 한 장면.

2) 논제가 의문형으로 제시된다

이와 같은 특성으로 인해 논제도 ‘연예인 자살, 무엇이 문제인가’ ‘인문학, 왜 위기인가’ 등과 같이 입장이 분명하게 드러나지 않게 제시될 수 있다. 설령 ‘체벌, 애정인가 폭력인가’ ‘한미 FTA, 약인가

독인가' 등과 같이 찬성과 반대 입장이 분명히 드러나는 논제가 주어
지더라도 토론자들은 자유롭게 각자 자신의 입장을 달리 표명할 수
있으며, 같은 입장을 취한다 할지라도 문제를 바라보는 시각에 따라
서로 다른 의견을 제시할 수 있다.

3) 사회자의 역할이 매우 중요하다

자유 토론에서는 규칙과 형식이 엄밀하게 적용되지 않기 때문에
사회자의 역할이 매우 크다. 사회자는 토론이 원활하게 진행될 수 있
도록 안내하고 이끌어가는 중대한 역할을 담당한다. 또 토론의 비중
이 어느 한쪽으로 치우치지 않도록 토론의 흐름을 잘 잡아야 하고,
첨예한 의견 충돌로 인해 토론자들끼리 목소리를 높일 경우 중재를
해야 한다. 이렇게 원활하게 토론을 진행하기 위해서 사회자는 자신
의 의견을 표방해서는 안 되며, 어느 한쪽을 거들거나 지지해서도 안
되고, 반드시 중립적인 태도를 지켜야 한다. 자유 토론에서는 사회
자의 능력과 역량에 따라 토론이 잘될 수도 있고 실패할 수도 있다.

2. 교육 토론

교육 토론은 일명 아카데미 토론 academic debate이라고도 한다. 교육
토론은 토론을 교육하기 위해 만든 토론 방식이다. 찬성과 반대의 입
장이 분명하게 대립하고, 발언 시간이나 순서 등과 관련된 규칙과 형
식이 엄격하게 적용되며, 토론 결과에 따라 승패의 판정을 내린다.
교육 토론에는 크게 토론대회식 토론과 교실 토론이 있다.

1) 찬성과 반대의 입장이 분명하게 대립한다

교육 토론에서는 처음부터 끝까지 애초에 정해진 찬성이나 반대의 입장을 바꾸면 안 된다. 교육 토론은 논리적 사고를 훈련하는 과정이므로, 만약에 자유 토론과 같이 중간에 입장을 바꾸거나 상대방의 입장을 수용하게 되면 상대방의 논리에 휘말린 것으로 간주된다. 대개 2~3명이 한 팀으로 구성되는데, 팀 구성원들끼리 입장이나 주장이 반드시 일치해야 한다. 만약 구성원들 중 한 사람이라도 중간에 입장을 바꾸거나 상대 팀의 주장에 동조한다면 토론에서 진 것으로 평가된다.

2) 논제를 명제로 제시한다

찬성과 반대의 입장을 처음부터 끝까지 고수하고 자신의 주장이 타당함을 입증해야 하므로, 입장이 분명하게 드러나도록 논제를 완결된 명제로 제시해야 한다.

토론자들의 입장이나 주장이 비교적 자유롭게 전개되는 자유 토론에서는 '체벌, 애정인가 폭력인가' '출산율 저하, 이대로 좋은가'라는 식의 의문형으로 논제를 정해도 된다. 그러나 교육 토론에서는 '체벌, 교육의 수단이다' '출산율 저하, 국가의 책임이다'와 같이 문제를 제기하는 찬성의 입장이 반영된 명제형으로 제시해야 한다. (이에 대한 구체적인 설명은 제5장을 참조할 것)

3) 사회자가 없는 것이 원칙이다

찬반이 분명하게 대립되고 승패가 분명한 교육 토론에서 사회자가 잘못 개입하게 될 경우 공정한 토론이 진행되기 어렵다. 또 토론의 방향이 사회자의 의도대로 흘러갈 수도 있다. 이런 문제를 방지하기 위해 교육 토론에서는 대부분 사회자를 두지 않는다. 설령 있다 해도 토론이 원만하게 진행되도록 돕는 역할에 그칠 뿐이다. 사회자가 없

교육 토론의 예. 사진 왼쪽이 찬성 팀, 오른쪽이 반대 팀.

기 때문에 진행에 차질을 가져올 경우에 대비하여, 진행 도우미를 두거나 심사위원이 진행을 돕는 역할을 하기도 한다.

4) 반드시 승패를 가른다

교육 토론은 토론을 훈련하는 교육적 목적이 강하기 때문에, 승패의 결과보다 자신의 주장을 선명하게 세우고 근거와 자료를 찾아 반박하고, 논리적으로 설득하는 과정을 중시한다. 그러나 역시 평가의 측면을 고려하여 어느 편이 더 설득력 있는 논증을 펼쳤는지, 규칙과 순서에 따라 원만하게 토론을 잘 진행했는지, 상대방의 발언을 잘 경청하고 예의 바른 태도를 갖추었는지 등을 평가하고 그 결과에 따라 승패를 판가름하게 된다. 만약 교육 토론의 본래 취지를 잊고 대결에만 집착하여, 지나치게 강한 승부욕만을 추구하면 오히려 평가에서 감점 요인이 된다는 점을 염두에 두어야 한다.

자유 토론과 교육 토론을 비교하여 정리하면 다음과 같다.

	자유 토론	교육 토론
토론자의 입장	• 반드시 찬반의 입장이 아니어도 좋다. • 입장이 다양할 수 있다. • 중간에 입장이 바뀌어도 상관없다.	• 찬반의 입장이 대립한다. • 중간에 찬반의 입장이 바뀌면 안 된다. • 승패가 분명하게 판명된다.
논 제	• 의문형 논제 　예: 출산율 저하, 이대로 좋은가? 　　　체벌, 애정인가 폭력인가?	• 명제형 논제 　예: 출산율 저하, 국가의 책임이다. 　　　체벌, 교육의 수단이다.
사회자	• 사회자가 있다.	• 사회자가 없는 것이 원칙이다.
형 식	• 규칙과 형식이 엄격하지 않다.	• 규칙과 형식이 엄격하다. • 지키지 않을 경우 감점된다.
승 패	• 승패를 분명하게 가르지 않는다.	• 승패를 분명하게 가른다.

3. 법정 토론

법정 토론은 법정에서 이루어지는 토론이다. 일반 사람들이 접할 수 있는 것으로는 모의 재판이나 배심원 토론 등이 있다. 배심원 토론은, 어떤 갈등이나 문제가 발생했을 때 전문가들이 나와 문제를 해결하기 위해 토론을 하고, 시민들로 구성된 배심원들이 전문가들의 토론 내용을 듣고 판단을 내리는 식으로 진행되기 때문에, 효율적으로 의견의 합일을 볼 수 있다.

수업 시간에는 배심원 토론이 종종 활용된다. 배심원 토론은 학생 수가 많은 학급에서 소수만이 토론에 참여하고 다수의 학생들이 소외되거나 방치되는 것을 막기 위한 방법으로 활용된다. 토론에 참여하지 않은 학생들은 배심원이 되어 토론을 방청하고 승패의 결과에

대해 판단을 내리는 역
할을 담당하기 때문에,
학급의 모든 학생들이
토론에 동참하는 효과를
얻을 수 있다.

법정영화 「앵무새 죽이기」의 한 장면으로, 왼쪽 윗편에 있는 사람들이
배심원들이다.

[배심원 제도]

배심원 제도는 법률 전문가가 아닌 시민 대표들이 재판에 참여하여 범죄의 유무
에 관한 사실 문제에 대해 평결(評決)을 내리는 제도이다. 즉 배심원들은 재판에
부쳐진 어떤 사실에 대해 죄의 유무 여부만을 판단할 뿐이고, 죄가 성립되었을
경우 법률적 판단은 법관이 내린다. 주로 미국이나 영국에서 채택하고 있다. 이
와 유사한 형태로 독일과 프랑스 등에서 채택하고 있는 참심제가 있다. 참심제는
시민 대표들이 범죄 유무의 사실 관계는 물론 법적 형량의 판결에까지 관여하는
제도이다.
우리나라에서는 2008년 2월 12일, '국민 참여 재판제'를 처음으로 도입하였다. 이
제도는 배심제와 참심제를 혼합한 형태이다.

1 TV토론 중 한 프로그램을 선택하여 논제가 무엇인지 살펴보자. 그리고 논제에 대해 각 토론자들이 어떤 입장을 취하고 있는지 알아보자.

2 TV토론에서 사회자가 담당하는 역할이 무엇인지 살펴보자.

3 토론대회의 토론과 TV토론의 다른 점을 찾아보자.

4 「12인의 성난 사람들」(1957, 시드니 루멧 감독)이란 영화는 12명의 배심원들이 모여 아버지를 살해한 18세 소년의 재판에 대해 최종 결정을 내리는 과정을 보여주고 있다. 투표 결과 11명의 배심원이 유죄 판결을 내렸으나, 토론이 진행되는 동안 정반대의 결과에 이르게 된다. '논리적 이성을 의심하라'는 인상적인 내레이션과 함께 시작하는 이 영화를 보고, 배심원의 역할과 배심원이 갖추어야 할 자세에 대해 논의해보자.

제 4 장

토론에서 지켜야 할 세 가지 원칙

토론에서 지켜야 할 원칙은 세 가지가 있다. 이 세 가지 원칙은 토론의 규칙과 형식을 만들고, 평가의 기준을 정하는 원리가 된다. 특히 교육 토론에서는 이 세 가지 원칙을 반드시 지켜야 한다.

1. 추정의 원칙

1) 추정의 원칙이란 무엇인가

추정推定의 사전적 의미는, '추측하여 판정하다'라는 뜻이다. 법률적으로는 '확실하지 않은 범죄 사건이나 사실에 대해, 범죄임을 증명할 수 있는 증거가 제시되기 전까지는 범죄로 인정하지 않는 법적 효과'를 의미한다. 다시 말하면 '추정의 원칙'은 '기존의 믿음이나 가치 판단, 정책을 적극적으로 부정하지 않을 경우 그것이 현재 상황에서도 그대로 통용된다고 보는 자동적인 의사결정의 규칙'을 말한다.

일상생활에서도 대부분의 사람들은 자신이 살아온 방식이나 습관을 선호하고 유지하려는 관성이 강하다. 그리하여 낯선 상황을 접하거나 새로운 제도로 바뀌는 것을 좋아하지 않는다. 이렇게 현재의 상황을 선호하는 사람들은 별로 문제의식도 갖지 않는다. 설령 문제의식을 느꼈다 하더라도 큰 불편이 없는 한 현재의 제도나 관습을 그대로 유지하려고 한다. 그런데 만약 현재 상황이나 제도에 대해 문제를 제기한 사람이 있다면, 현재 상황을 선호하는 사람들은 문제를 제기한 사람의 의견을 먼저 들어보고 나서 그 의견의 타당성을 따져보려고 할 것이다.

이런 이치에서 토론에서는 현재의 가치관이나 제도, 상황 등에 대해 문제를 제기하는 사람들이 먼저 발언한다. 즉 토론에서 '추정의 원칙'은 법률적 의미의 연장선에서, '대부분의 사람들은 어떤 상황이나 제도에 대해 명확하게 반대할 만한 증거가 제시되기 전까지 현재의 상황이나 제도를 유지하려는 심리적 경향이 있음'을 전제한다. 이런 이유로 토론을 할 때에는 추정의 원칙에 따라 항상 현재 상황이나 제도에 대해 문제를 제기하는 사람이 먼저 발언하도록 규칙으로 정해놓고 있다.

2) 찬성 측은 증명하고, 반대 측은 반증한다

앞에서 말한 바와 같이 대다수의 사람들이 현재의 상황이나 가치관을 유지하려고 하더라도 언제나 사회를 개혁하고자 하는 사람이 있게 마련이다. 이런 성향을 지닌 사람들을 일반적으로 '진보세력'이나 '개혁파'라 부른다. 반면에 현재 상황이나 가치관에 대해 별 문제의식을 느끼지 않는 사람들은 개혁해야 할 이유가 없다고 여기거나 다소 불편해도 굳이 바꿀 필요는 없다고 생각한다. 이들은 현실에 만족하는 편이고 현재 상황이 그대로 유지되기를 원하는 사람들이다. 그런 사람들을 '보수파' 내지는 '보수주의자들'이라 부른다.

개혁파와 보수파가 토론을 벌이는 상황이라면, 현재 상황을 유지하려는 보수파들은 문제 제기를 하지 않을 것이다. 별로 문제의식을 느끼지 못하기 때문에 보수파들은 문제 제기할 것이 없다. 그러니 현재 상황에 대해 문제가 있다고 느끼는 개혁파들이 먼저 문제 제기를 하면, 보수파들은 그것을 듣고 타당하다고 생각하면 수용할 것이고, 그렇지 않으면 거부하거나 반박 논리를 펼칠 것이다. 이는 친구 사이에서도 마찬가지다. 문제가 있다고 생각하는 쪽이 먼저 "우리 사이에 문제가 있으니 말 좀 하자"라고 제안하면, 다른 쪽이 "무엇이 문제인가?"라고 묻고 상대방의 말을 일단 들어보고 나서, 그 말을 인정하거나 아니면 자신의 입장을 설명할 것이다.

여기서 한 가지 분명히 짚고 넘어가야 할 중요한 점이 있다. 토론에서 개혁파는 논제에 대해 찬성의 입장을, 보수파는 반대의 입장을 표방한다. 얼핏 생각하면 개혁파는 현 상황에 대해 반대하는 사람들이니, 이들이 반대 입장일 것이라 생각하기 쉽다. 그러나 토론에서는 찬성 측이 현 상황에 대한 문제 제기를 먼저 하는 역할을 담당한다. 이러한 점은 논제를 정할 때에도 해당되니 반드시 기억하자(이 부분에 대한 구체적인 설명은 제5장을 참조할 것).

(1) 찬성 측은 '증명의 의무'가 있다

이처럼 토론에서 찬성 측은 현 상황에 문제가 있다고 먼저 문제 제기를 하는 개혁파들이다. 그러므로 대부분의 사람들은 현재 상황을 선호하는 심리를 지니기 때문에, 토론에서는 항상 문제 제기를 하는 찬성 측이 먼저 발언하도록 토론 형식을 만들어야 한다. 다시 말해 추정의 원칙에 따라 찬성 측이 먼저 무엇이 문제인지, 어떻게 해결해야 하는지 등에 대해 발언해야 한다.

그리하여 찬성 측은 반대 측의 토론자들이나 청중들이 이해하고 수긍할 수 있도록 현재 상황이 문제인 이유, 바꾸어야 할 이유 등을 증명해 보여야 할 의무를 안고 있다. 이와 같이 찬성 측이 먼저 나서서 현재 상황에 대해 문제 제기를 하고, 현재 상황이 문제가 있음을 증명해야 하기 때문에, 찬성 측은 '증명의 의무' 또는 '증명의 부담'을 져야 한다.

(2) 반대 측은 '반증의 의무'가 있다

반대 측은 보수파들이므로 현재 상황에 대해 문제의식을 갖지 않는 사람들이다. 그러니 개혁파인 찬성 측이 먼저 제기한 발언을 일단 듣고 나서, 이에 대해 '현재 상황에서 문제가 되지 않는다' 또는 '문제가 있을 수 있지만 제도를 고치거나 개혁해야 할 만큼 심각하지 않다' '문제가 있다는 것을 인정하지만 시간과 노력을 들여 새로운 제도를 만들더라도 현재의 제도보다 더 좋은 제도가 될 수 없다' 등의 이유를 내세워 찬성 측의 주장을 반박하는 입장이다.

반대 측은 찬성 측이 내세운 증명에 대해 설득력이 없다거나 타당성이 없다고 반론해야 하므로, 반대 측은 '반증의 의무' 또는 '반증의 부담'을 져야 한다. 물론 반대 측 역시 찬성 측뿐 아니라 청중들도 수긍할 수 있는 근거를 바탕으로 찬성 측의 주장이 타당하지 않거나 실현 가능성이 약하다는 것을 입증해야 한다.

그렇다면 토론에서 찬성 측이 유리할까? 반대 측이 유리할까? 찬성 측이 먼저 발언을 하여 토론의 방향을 이끌어가니 찬성 측이 유리한 것처럼 생각하기 쉽다. 그러나 대부분의 사람들이 현 상황을 선호한다는 점을 고려하면, 반대 측이 더 유리할 수도 있다. 그러므로 찬성 측이 결코 일방적으로 유리한 것은 아니다. 또한 찬성 측이 먼저 문제 제기를 했으니 그에 따라 대응 전략을 펼쳐야 하는 반대 측 역시 만만치 않은 어려움이 있다. 그러니 길고 짧은 것은 일단 토론에서 겨뤄봐야 판명이 날 것이다.

[찬성 팀은 청중의 왼편에, 반대 팀은 오른편에 앉는 이유]

토론에서 찬성 팀은 현재 상황에 대해 문제를 제기하는 쪽이고, 반대 팀은 현재 상황을 옹호하는 쪽이다. 이런 이유로 찬성 팀은 개혁적 성향이 강하고, 반대 팀은 보수적 성향이 강하다. 그런데 정치적으로 개혁적 성향이 강한 사람들을 좌파, 보수적 성향이 강한 사람들을 우파라고 한다. 좌파와 우파라는 말은, 1789년 프랑스 혁명기에 국민의회에서 의사결정자인 의장을 중심으로 볼 때 오른쪽에 보수적인 왕당파가 앉고 왼쪽에 개혁적인 공화파가 앉았던 역사적 사실에서 유래되었다. 이런 관습에 따라 토론에서 의사 결정자인 청중과 심사위원을 중심으로 개혁적 성향이 강한 찬성 팀은 왼쪽에, 보수적 성향이 강한 반대 팀은 오른편에 앉는다.

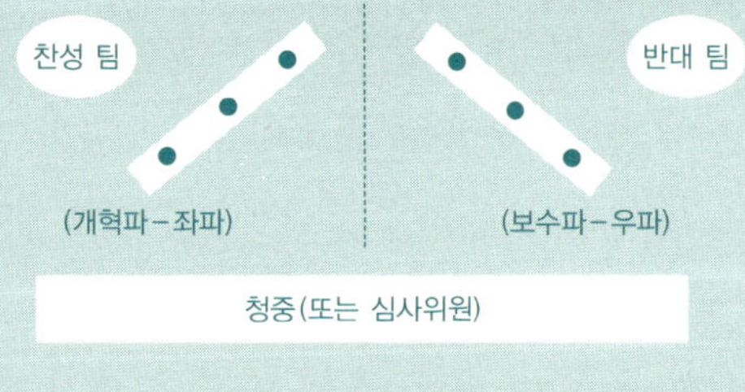

2. 평등의 원칙

토론에서는 민주주의 원리에 따라 토론 참여자들 모두가 골고루 발언할 수 있도록 규칙을 정하고 있다. 누구나 대등한 위치에서 자신의 주장을 펼칠 권리가 있으며, 자신의 발언권이 소중한 만큼 상대방의 발언권 역시 존중해야 할 의무가 있다. 이와 같이 토론 참여자들에게 발언 기회와 시간을 공평하게 주도록 정한 규칙을 '평등의 원칙'이라 한다.

특히 교육 토론에서는 발언 시간과 발언 기회를 공평하게 분배하여 이를 바탕으로 규칙과 형식을 만들어, 토론자들이 반드시 따르는 것을 원칙으로 정하고 있다. 자유롭게 발언하면 공평하지 않은 게임이 될 가능성이 높기 때문에, 이를 위반할 경우 평가 점수에서 감점하도록 정하고 있다. 예를 들면 찬성 측의 첫번째 토론자가 입론 시간을 5분간 사용했다면, 반대 측 입론 시간 역시 공평하게 5분을 배분해야 한다.

그러나 전문가들이 참여하는 자유 토론에서는 평등의 원칙을 제대로 지켰는지를 가지고 평가의 기준으로 삼을 수 없다. 다만 사회자가 참가자 전원이 골고루 발언하고 시간을 공평하게 사용할 수 있도록 안배하여 '평등의 원칙'을 준수하려고 노력해야 한다. 비록 규칙과 형식이 엄격하게 적용되지 않고 자유롭게 토론을 한다 해도, 참가자 전원의 공평한 발언권을 인정하는 태도는 민주주의 사회를 살아가는 성숙한 시민이 갖추어야 할 기본 소양이라 할 수 있다.

　토론은 대화로 문제를 해결하는 의사소통의 방식이다. 따라서 토론 참여자들은 의사소통에서 지켜야 할 수칙을 잘 실천해야 한다. 그러나 토론의 현장은 흥분과 열기에 휩싸이기 쉽고, 또 지나치게 대결을 의식하게 되면 자칫 승패에만 집착하게 될 수도 있다. 물론 이기기 위해 준비를 많이 하고 열심히 연습하는 등의 열성적 태도는 좋지만, 어디까지나 페어플레이 정신으로 토론에 임해야 한다.

　페어플레이 정신으로 토론에 임하기 위해 교육 토론에서는 '의사소통의 원칙'을 지켜야 한다. 즉 토론자들은 예의 바르게 행동하고, 정중한 표현을 써야 한다. 비록 상대방이 자신보다 훨씬 어리더라도 동등하게 토론할 권리를 가진 인격체라는 점을 인정하고, 존중하며 존댓말을 써야 한다. 표면적으로는 존댓말을 쓰고 예의 바르게 행동을 취한다 해도 내용상으로 상대방을 무시하거나 신상에 관한 발언을 하면 이것 역시 감점의 요인이 된다.

　토론자가 지켜야 할 의사소통의 원칙은 다음과 같다.

① 적절한 속도, 명료한 발음, 충분한 성량으로 발언 내용을 토론에 참여한 모든 사람이 알아들을 수 있도록 말한다.
② 짧은 문장으로 발언 내용을 선명하게 전달한다.
③ 말하는 내용의 핵심 요점을 먼저 말하고, 설명과 근거를 곁들인다.
④ 각 단계별 발언의 형식과 규칙을 지킨다.

가끔 말이 너무 빠른 토론자를 볼 수 있다. 하고 싶은 말은 많은데 제한된 시간 내에 준비한 말을 다 하려니 자연히 말이 빨라지게 마련이다. 말이 빠른 것은 토론을 잘하려고 열중하기 때문에 생기는 부수적인 문제일 수 있다. 하지만 지나치게 빠르게 말하면 멀리 있는 청중이나 심사위원은 물론 심지어 맞은편에 앉아 있는 상대 팀마저도 알아듣지 못할 수 있다. 아무리 훌륭한 발언을 한다 해도 내용을 이해할 수 없을 정도로 빠르게 말한다면 원활한 의사소통이 불가능하다. 그러므로 토론자들은 적절한 속도로 또박또박 말을 해야 하고, 객석에 앉아 있는 청중들까지 잘 알아들을 수 있게 명료한 발음과 충분한 성량으로 발언해야 한다. 또한 되도록 짧고, 간명한 문장을 써서 토론 내용을 충분히 전달할 수 있도록 해야 한다.

그런가 하면 규칙이나 형식을 무시한 채 수단과 방법을 가리지 않고 이기려고만 한다든지, 상대방을 놀리거나 무시하는 태도로 기선을 제압하여 상대방이 제대로 말을 못하게 만든다든지, 인신공격적 발언으로 몰아세우는 등의 비열한 태도는 토론에서 지양해야 할 행동이므로 당연히 평가에서 감점의 대상이 된다.

알아보기   **[토론대회에서 팀 이름을 정하는 이유]**

토론대회에서는 평등의 원칙과 의사소통의 원칙에 따라 토론자들의 출신 학교나 학년을 밝히지 않고 있다. 모든 토론자들이 대등한 위치에서 상대방을 존중하는 자세로 토론해야 하므로, 토론자들의 신상 정보가 드러나지 않도록 팀 이름을 정하고 그 이름에 따라 대회 일정을 진행한다.

1 일상생활에서 '추정의 원칙'에 해당되는 행동이나 사례를 찾아보자.

2 토론에서 찬성 측과 반대 측은 논제에 대해 각각 어떤 입장을 취하는가?

3 토론에서 '평등의 원칙'을 지키지 않으면 어떤 일이 벌어질지 상상해보자.

4 토론에서 '의사소통의 원칙'을 지켜야 할 이유에 대해 생각해보자.

5 토론대회에 출전한다고 가정하고, 멋진 팀 이름을 생각해보자.

제 5 장

논제란 무엇인가

1. 논제의 정의

1) 논제는 토론의 주제이다

요리를 잘하기 위해서는 요리하는 목적과 의도에 맞게 재료를 잘 다듬어야 한다. 이와 마찬가지로 토론을 잘하기 위해서는 토론의 의도와 목적이 잘 드러나도록 토론거리를 다듬어야 한다. 바로 토론의 의도와 목적, 즉 '주제theme'가 드러나도록 토론거리를 잘 다듬은 것을 '논제resolved'라고 한다. 논제는 토론에서 해결해야 할 문제나 대상이다.

좀더 정확하게 말하면, 논제는 토론에서 다루어야 할 가장 핵심적인 쟁점이 잘 드러나도록 선명하게 한 문장으로 만들어놓은 것이다. 이러한 문장은 '명제proposition'의 형식으로 기술되어야 한다. 명제는 'A는 B이다' 'A는 B해야 한다'와 같이 주어와 술어가 갖추어져 있고, 그 안에 판단이 담겨 있는 문장이다. 토론자들은 이 판단에 대해, 반드시 '예' 또는 '아니요'로 답을 해야 한다.

논제는 다음 조건을 충족시켜야 한다.

① 명제형으로 제시되어야 한다.
② 찬성과 반대의 대립이 분명하게 나타나야 한다.
③ 중심 과제가 하나로 모아져야 한다.

그런데 조금만 주의를 기울이면 이상한 점을 발견할 수 있을 것이다. TV토론에서는 대개 '불붙은 기름값 낮출 수 없나' '대선정국 어디로 가나'처럼 '예' 또는 '아니요'로 똑떨어지게 답을 할 수 없는 의문형 논제를 가지고 토론을 벌이는 경우가 많다. 이미 앞에서도 설명했던 대로 자유 토론은 찬반의 입장이 분명하게 대립하지 않을 뿐 아니라, 문제를 바라보는 관점과 입장이 다양하다는 점을 전제하고 토론을 벌인다. 자유 토론의 목적은 어떤 문제가 발생했을 경우 해결 방법을 찾아보고, 우리 사회가 안고 있는 문제를 바람직한 방향으로 해결하려는 데 있다. 이런 이유로 자유 토론에서는, 논제에 대해 찬성이나 반대 중 어느 한 입장을 반드시 정해야 하는 교육 토론과 다르기 때문에, 명제형이 아닌 의문형의 논제로 토론을 벌인다.

2) 논제는 찬성과 반대의 대립축이다

교육 토론은 논제를 둘러싸고 찬반 양 팀으로 나누어 행해지는 지적 대결이다. 여기서 논제는 찬성과 반대 입장의 대결 구도를 나누는 대립축이 된다. 그리고 논제는 반드시 찬성의 입장을 반영하여 하나의 문장으로 완성해야 한다. 이미 제4장에서 설명한 바대로 추정의 원칙에 따라 찬성 측이 먼저 현재 상황이나 현행 제도에 대해 문제 제기를 하기 때문에, 논제 역시 찬성 측의 주장을 반영한다.

이해하기 쉽게 예를 들어, '사형제도'에 대해 논제를 정한다고 가정해보자. 논제를 정하기에 앞서 먼저 사형제도와 관련된 현재 상황을 살펴보아야 한다. 현재 우리 사회는 10년이 넘게 사형이 실제로 집행되고 있지 않지만, 분명히 법적으로 사형제도를 실시하고 있는 상황이다.

토론이 성립되려면 현 상황에 대해 비판을 가하고 문제가 있음을 지적해야 한다. 법적으로 엄연히 시행되고 있음에도 불구하고 사형을 집행하지 않는 법의 실효성 등을 들어서 현행 사형제도에 대해 문제를 제기할 수 있다. 이와 같은 우리 사회의 현실 상황을 고려하여 논제는 '사형제도를 폐지해야 한다'로 정해야 한다. 그런데 만약 사형제도가 실시되지 않고 있는 사회라면, 반대로 사형제도의 필요성을 주장하며 현실 상황에 대해 문제 제기를 할 것이다. 이런 상황에서는 논제를 '사형제도 시행해야 한다'로 정해야 한다.

앞에서 설명한 바와 같이 추정의 원칙에 따라 토론에서 먼저 문제 제기를 하는 쪽이 찬성 측이기 때문에, 논제는 반드시 찬성 측의 입장을 반영한다. 즉 찬성 측은 논제에 담겨 있는 판단의 내용을 그대로 수용하는 입장이므로, 찬성 측은 '사형제도 폐지해야 한다'고 주장해야 한다.

그러나 반대 측은 현재 상황을 유지하려는 입장이고, 또 찬성 측의 주장에 대해 반대하는 입장이다. 그러므로 논제에 담겨 있는 판단에 대해 반대하기 때문에, 반대 측은 현재의 상황을 옹호하는 판단이 담긴 '사형제도 시행해야 한다'라는 입장을 취하게 된다. 찬성 측이 논제에 반영된 입장으로 사회 문제를 바라본다면, 반대 측은 그에 대립적인 다른 입장에서 사회 문제에 접근해야 한다.

2. 논제의 세 가지 유형

논제에는 사실 논제, 가치 논제, 정책 논제가 있다. '사실 논제'는 사실 판단에 관련된 논제이고, '가치 논제'는 가치 판단에 관한 논제이다. 반면에 '정책 논제'는 어떤 정책의 실행 방안에 대해 판단을 내리는 논제이다.

물론 우리 사회나 주변에서 일어나는 모든 문제를 이 세 가지 틀에 맞추어 나눌 수는 없다. 다만 일곱 가지 무지개 색깔을 가지고 수많은 색상을 구분하듯, 사회에서 일어나는 문제에 접근하는 방식을 이 세 가지로 크게 나눈 것이다. 실제적으로 존재하는 색깔을 보면 빨강과 노랑이 만나 주황색이 되고 빨강과 파랑이 만나 보라색이 되듯, 논제 역시 가치 논제와 정책 논제가 만나기도 하고, 사실 논제가 정책 논제와 겹치기도 한다.

1) 사실 논제: 사실 판단

사실 논제에서는 '이러한 것, 또는 이러한 사건이 실제로 있을 수 있다'로 추정되는 사실과 관련된 판단을 내려야 한다. 그래서 일명 '추정 논제'라고도 한다. 사실 논제에서 가장 중요하게 다루어야 할 점은 사실임을 증명해줄 수 있는 근거이다. 어떤 사건이 실제로 일어났다는 사실을 뒷받침하는 근거만 확실하면, 토론에서 무조건 이긴다.

예를 들어 '술은 인체에 해롭다'라는 논제를 가지고 토론을 벌인다고 하면, 술의 성분을 과학적으로 실험한 자료를 가지고 인체에 해롭다는 사실을 입증하면 토론은 싱겁게 끝나버린다. 이런 이유로 사실 논제는 토론에서 잘 다루지 않는다.

그러나 범죄의 성립 여부를 가리는 법정 토론에서는 사실 논제가 대부분을 차지한다. 범죄가 성립되려면 범인이라 의심이 되는 용의자가 죄를 지었다는 사실을 증명해야 한다. 그래서 변호사나 검사는 범죄를 입증할 정확한 사실을 얼마나 많이 가지고 있는지, 또는 범죄의 현장에 용의자가 있지 않았다는 사실을 말해주는 알리바이(현장 부재)를 증명할 자료를 가지고 있는지 등에 대해 관심을 집중한다. 범죄 영화에서 보면 사건 현장에서 경찰들이 범인의 머리카락이나 사소한 흔적까지도 소중하게 다루는 광경을 종종 보게 되는데, 이는 모두 범죄를 입증할 증거물을 확보하려는 행동이다.

역사적 사실이나 미래에 일어날 사건도 토론의 대상으로 삼을 수 있다. 역사적 사실은 과거의 역사적 시간 속에서 어떻게 진행되었는지, 발생 원인은 무엇인지 등에 대해 여러 가지 입장에서 접근이 가능하다. 예를 들면, 국사 수업에서 '대원군의 통상 수교 거부 정책은 쇄국정책인가, 19세기식 국난 해법인가' 여부에 대해 토론할 수 있다. 또한 '10년 후 대한민국은 경제 규모 세계 5위의 선진국이 될 수 있다'와 같이 미래에 닥쳐올 사건이나 사실에 대해서도, 서로 다른 관점이나 입장을 가질 수 있으므로 토론이 가능하다.

그러나 대부분의 학생들은 역사학자처럼 자료를 수집하기도 어렵고, 미래를 예측하는 능력을 갖추기도 어렵다. 그래서 교육 토론에서는 사실 논제를 즐겨 다루지 않는다.

2) 가치 논제: 가치 판단

가치 논제는 어떤 것이 좋은가 나쁜가, 가치가 있는가 없는가 등과 같이 가치 판단을 대립의 축으로 삼는다. '인간 배아 복제, 허용해야 한다'라는 가치 논제를 둘러싸고 '허용해야 한다'고 주장하는 과학계와 '허용을 반대한다'는 종교계의 입장이 팽팽하게 대립할 수 있다. 이렇게 가치 논제는 대립축이 선명하게 세워지기 때문에, 교육 토론에서 토론의 논제로 즐겨 다룬다.

그러나 가치 논제는 토론자들이 서로 다른 가치관을 고집할 경우 접합점을 찾을 수 없는 경우가 많다. 아무리 진지하게 토론해도 두 입장이 만나는 지점을 찾기 힘들기 때문에, 토론이 끝난 다음에 서로 가치관이 다르다는 것만 분명하게 확인하게 되고 만다. 즉 '나는 나의 가치관대로 살 테니 너는 너의 가치관대로 살아라'는 식의 태도가 더 강화될 수 있다. 토론을 참관하는 청중들 역시 과학계의 주장도 나름대로 옳고 종교계의 주장도 옳을 수 있지만, 두 가지를 접목할 방안을 찾기란 쉽지 않다. 그리하여 어느 편이 논제에 대해 충분히 이해하고 근거 자료를 많이 조사했는지 등에 대해서만 판가름할 수 있을 뿐이다.

이와 관련된 일화는 주변에서 많이 볼 수 있다. 가장 격렬하게 토론이 진행되었던 예로, 황우석 교수와 영화 「디 워」에 대한 토론을 들 수 있다. 먼저 황우석 교수에 대한 TV토론에서는, 황우석 교수의 연구를 지켜주고 육성해야 할 가치가 있다는 입장과 그의 연구 성과에 대해 과학적 사실 여부를 확인할 필요가 있다는 입장이 팽팽하게 대립했다. 또 영화 「디 워」에 대한 토론에서도, 심형래 감독이 갖은

고생 끝에 할리우드에서 만들었고 미국의 개봉관에서 상영을 했기 때문에 충분히 가치가 있다고 보는 입장과, 영화의 작품성이 떨어진다는 입장이 팽팽하게 맞섰다. 그런데 엄밀히 말하면 이 두 가지 상황은 모두 토론이 불가능한 것들이다. 한쪽에서는 가치 논제로, 다른 쪽에서는 사실 논제로 접근했기 때문이다. 그런데도 토론자들은 물론 청중, 시청자, 심지어 사회자까지 모두 흥분한 상태로 토론에 열중했다.

이처럼 가치 논제는 세상을 바라보는 가치관이나 신념과 밀접한 관련이 있다. 그래서 상대방이 아무리 충분한 근거를 가지고 주장을 하거나 반박을 해도 다른 입장을 수용하지 않으면 토론 자체가 무의미해진다.

3) 정책 논제: 실천 방안에 대한 판단

실천 방안에 대해 판단하는 논제를 '정책 논제'라 한다. 정책이 실천 방안 중 가장 대표적이기 때문이다. 정책 논제를 가지고 토론할 경우에는 이미 사회에서 실행되고 있는 정책을 왜, 어떻게 새롭게 바꾸어야 하는지에 대해 논의한다. 그래서 정책 논제는 찬성과 반대 모두 우리 사회가 바람직한 방향으로 나아가야 한다는 공유점을 토대로 토론이 시작된다. 이런 이유로 앞의 두 논제에 비해 훨씬 많이 활용된다.

정책 논제로 토론을 할 경우 우리 사회가 바람직한 방향으로 나아가기 위해 구체적으로 어떤 방안이 좋은지, 그 이유가 무엇인지, 새로운 정책을 실행하는 과정에서 들이는 시간과 노력과 비용을 감안하더라도 현재의 정책보다 훨씬 더 많은 이익과 효과를 가져올 수 있는지 등을 따져보아야 한다. 이렇게 정책 논제는 토론을 전개해나가는 방법이 구체적이고 선명하다. 찬성 측에서는 새로운 정책의 개념을 정리하고, 어떻게 실행할 것인지 구체적인 방법을 제시하고, 새로운 정책이 가져다줄 이익에 대해 발언한다. 물론 반대 측은 새로운 정책의 문제점을 제시하고, 그것이 왜 이익이 되지 못하는지를 증명한다.

예를 들어 '여성 할당제, 사기업에도 적용해야 한다'는 논제로 토론한다고 가정해보자. 우선 찬성 측은 여성 할당제에 대해서 설명하고, 현재 공기업에만 실행되고 있는 여성 할당제를 사기업에까지 확장해야 할 필요성과 이유 등을 따져보고, 여성 할당제가 사기업에까지 적용될 경우 생기는 이익을 제시한다. 반대 측은 여성 할당제를 사기업에 적용하면 안 되는 이유를 설명하고, 사기업에까지 적용될 경우 생기는 문제점이나 부작용 등을 밝혀야 한다.

그런데 이익이나 문제점 등을 입증하는 과정에서 새로운 정책이 필요하게 된 상황, 새로운 정책의 중요성, 새로운 정책이 필요할 정도로 현 상황이 지닌 심각한 문제점 등을 아울러서 논하게 된다. 그러므로 정책 논제는 부분적으로 사실 논제나 가치 논제의 요소를 포함한다.

3. 논제가 갖추어야 할 조건

요리를 잘하는 가장 중요한 비결은 좋은 재료를 구입하고 잘 손질하는 데 있다. 토론 역시 논제가 무엇인지, 또는 논제를 어떻게 구체화하는지에 따라 토론의 방향과 질이 결정된다. 논제가 토론의 성공과 실패를 결정하는 중요한 요인이기 때문에, 논제를 정하는 일에 많은 노력을 기울이게 된다. 그런데 논제는 대개 토론하기 전에 미리 정해지니, 학생들은 머리 아프게 고민하지 않아도 된다고 생각할 수 있다. 하지만 토론이 지적 대결이라는 점을 이해한다면, 논제가 갖추어야 할 조건을 잘 알아야 거꾸로 논제 분석도 잘할 수 있다. 논제 분석은 토론에 성공할 수 있는 열쇠에 해당한다.

논제는 다음의 조건을 갖추어야 한다.

1) 중심 과제는 하나이며, 단문으로 명확하게 제시해야 한다

과제가 두 가지 이상일 경우 초점이 흐려져 토론이 산만해지게 된다. 따라서 논제는 한 가지 과제를 명확하게 담아, 단문으로 제시해야 한다.

예를 들면 '내신 제도와 논술 시험을 개혁해야 한다'라는 논제에는 내신 제도 개혁과 논술 시험 개혁이라는 두 가지 과제가 들어 있다. 그래서 토론자들은 내신 제도를 어떻게 개혁할 것인지에 대해 한참 논의하다가, 다음으로 넘어가 논술 시험을 어떻게 개혁할 것인지에 대해 또다시 토론해야 한다. 이렇게 되면 내신 제도나 논술 시험의 문제점이 무엇인지, 구체적으로 어떤 문제가 발생하는지, 그것을 해결하기 위해서는 어떻게 접근해야 하는지 등에 대해 제대로 파헤치지 못하게 된다. 또한 내신 제도 개혁은 찬성하지만, 논술 시험은 개혁할 필요가 없다는 입장도 가능하다. 그러면 논제에 대해 선명하게 찬성과 반대의 입장을 세우기 어려워진다.

2) 구체적으로 입증할 수 있는 과제를 담아야 한다

과제가 하나로 모아졌다 해도, 무엇을 가지고 토론을 해야 하는지 구체적이고 명확하지 않으면 선명한 토론이 될 수 없다. '선거법, 개선해야 한다'와 같은 논제는 선거법을 어떤 방식으로 고치자는 것인지에 대해 구체적으로 명시하지 않았기 때문에 토론이 산만하게 흩어질 우려가 있다.

또 논제는 입증 가능한 것이어야 한다. 물론 입장에 따라 접근하는 관점의 차이가 있을지라도, 그 입장에 따라 입증 가능한 근거를 확보할 수 있는 논제라야 한다. 그렇지 않으면 주장만 무성하게 내세우고 주장을 지지해주는 근거가 없기 때문에, 토론이 아니라 '주장 우기기'가 될 가능성이 높다.

3) 대립축이 분명해야 한다

대립축이 분명해야 찬성과 반대가 대립할 수 있도록 전략을 세울 수 있다. '안락사, 허용해야 한다'는 대립축을 세우기가 어려운 논제이다. 안락사의 개념을 보면 환자의 의사에 따라 자발적, 타의적, 임의적 안락사가 있고, 또 행위에 따라 적극적, 소극적, 간접적 안락사가 있다. 그러므로 안락사의 종류는 이 여섯 가지 개념을 어떻게 조합하느냐에 따라 셀 수 없이 많아진다. 이런 문제로 인해 이 논제로 토론을 하게 되면, 안락사의 개념 정의나 허용의 범주에 치중될 가능성이 높다. 그리하여 정작 중요한 허용 여부에 대해서는 제대로 논의되지 못하는 일이 발생하게 된다.

이런 일이 발생하지 않으려면 찬반 입장이 선명하게 드러나도록 대립축이 분명하게 담겨 있는 논제를 선택해야 한다. 대립축이 분명하려면 찬성이나 반대 어느 한편에 유리한 표현이 들어가지 않도록 중립적인 표현을 써야 한다.

4) 찬성 측의 입장이 반영된 긍정문으로 제시한다

토론은 추정의 원칙에 따라 현 상황에 대해 문제의식을 갖는 쪽이 먼저 문제 제기를 하면서 시작된다. 그러므로 논제는 문제를 제기하는 찬성 측의 입장이 담긴 긍정문으로 표현해야 한다. 만약 부정문으로 작성되면, 적극적으로 주장을 펼치지 못하고 소극적인 문제 제기에 머물게 된다.

예를 들면 '두발 제한, 실행하지 말아야 한다'는 문장은, '두발 제한을 실행하지 않기만 하면 된다'는 의미를 지닌다. 따라서 이런 부정문의 논제는 현재 상황이나 제도의 문제점을 바꾸자고 먼저 나서는 찬성 측의 입장을 선명하게 반영하지 못하는 것이다. 그러므로 '두발 제한, 폐지해야 한다'와 같이 찬성의 입장을 반영하되, 적극적인 의지가 반영된 긍정문으로 표현해야 한다.

5) 시의성을 지녀야 한다

시의성時宜性이란 '시기적절한 의미를 지닌다'라는 뜻이다. 토론 교육은 토론하는 법을 배우는 데 일차적인 목적이 있지만, 토론을 통해 사회 문제나 쟁점에 대한 관심의 폭을 넓히려는 목적도 동시에 추구한다. 이런 맥락에서 이미 시간이 한참 지나 우리의 관심에서 벗어난 문제에 대해 토론하게 되면 흥미가 떨어질 수밖에 없다. 또 너무 오래된 논제는 어떤 방식으로든 이미 결론이 났기 때문에, 토론에 임하는 태도에 큰 영향을 미친다. 그러므로 우리에게 중요한 의미를 지니고, 동시에 현재에도 뜨거운 쟁점이 되고 있는 시의성을 지닌 논제로 정해야 한다.

[논제에서는 조사가 중요하다!]

'두발 제한은 폐지해야 한다'와 '두발 제한도 폐지해야 한다'라는 두 가지 문장은, 단지 조사만 다를 뿐인데도 그 의미상으로 상당히 차이가 있다. 이런 미묘한 차이가 토론에 큰 영향을 미치므로, 논제를 정할 때에는 조사 사용에 주의해야 한다. 이런 문제를 해결하기 위해 '두발 제한, 폐지해야 한다' 처럼 조사를 생략하여 의도하지 않은 부수적인 의미가 발생하지 않도록 할 수 있다. 그렇다고 무조건 조사를 생략하는 것이 좋은 해결책은 아니다. 예를 들어 '외모, 경쟁력이다'는 의미의 완결성이 부족하다. 학업 능력이나 의사소통 능력과 마찬가지로 외모 역시 경쟁력이 될 수 있는지에 대해 토론해보자는 취지를 살리려면 '외모도 경쟁력이다' 라는 표현으로 바꾸어야 한다.

1 아래에 제시한 논제는 어떤 유형에 속하는지 확인해보자. 그리고 다른 유형의 논제로 바꾸어보자.

❶ 여성 할당제, 사기업에도 적용해야 한다.

❷ 고교평준화, 하향평준화의 원인이다.

❸ 신용불량자, 정부가 구제해야 한다.

❹ 출산율 저하, 국가의 책임이다.

❺ 두발 제한, 폐지해야 한다.

❻ 체벌은 교육의 수단이다.

❼ 독도는 한국의 땅이다.

2 다음은 논제로서 부적합한 것들이다. 부적합한 이유를 지적하고, 토론에 적합한 논제로 바꾸어보자.

❶ 독도 문제, 어떻게 해결할 것인가?

❷ 영어 공용화와 영어 몰입교육, 실행해야 한다.

❸ 외모 중시 풍조는 바람직하지 않다.

❹ 야만적인 두발 제한은 폐지해야 한다.

❺ 출산문제, 전적으로 국가가 책임져야 한다.

❻ 호주제, 폐지해야 한다.

❼ 혼전 순결도 지켜야 한다.

제6장

토론의 핵심 과정

토론의 가장 핵심적인 과정은 아래의 그림과 같이 입론, 확인 질문, 반론, 최종 발언의 네 가지로 압축된다. 토론의 종류가 매우 많은 것처럼 보이지만, 이 네 가지 과정을 어떻게 조합하는가에 따라 다양한 토론 방식이 된다.

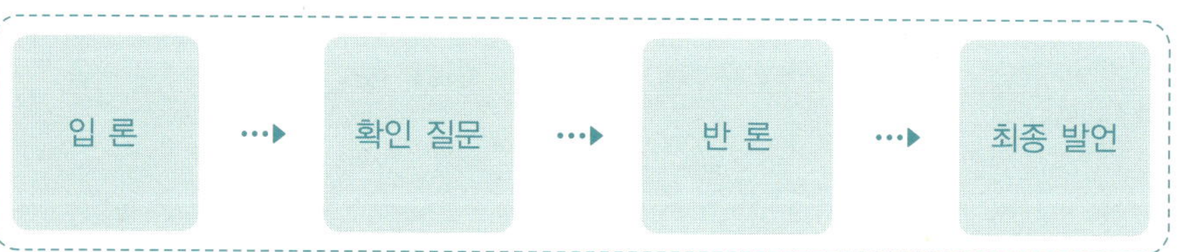

각 과정을 글에 비유하면 입론은 서론, 반론은 본론, 최종 발언은 결론에 해당한다. 확인 질문은 반론하기 전에 상대방이 주장한 내용을 확인하고 문제점을 발견하는 과정이다. 이 네 가지 과정이 모든 토론에 반드시 들어가야 한다거나, 또는 반드시 한 번씩만 들어가야 한다는 등의 법칙은 없다. 토론의 유형에 따라 네 가지 과정이 다양

• CEDA는 '교차 질문형 토론(Cross Examination Debate Association)'의 약자이다. 그러므로 CEDA 방식 토론은 '교차 질문형 토론'이라 말할 수 있다. 제12장 참조.

하게 조합된다. 예를 들면 CEDA 방식*에서는 입론과 반론이 두 번씩 있는 반면 최종 발언은 없다. 또 교실 토론에서는 확인 질문을 생략할 수도 있다(이에 대해서는 제10장을 참조할 것).

1, 입론

입론入論은 논제에 대해 자기 팀의 입장을 담은 논점(주장)을 펼치는 과정이다. '정해진 논제에 대해 자기의 생각을 말한다'는 의미에서 '발제發題'라고도 한다. 입론에서 펼친 논점을 토대로 해서 토론이 진행되기 때문에 자기 팀의 입장을 충분히 포괄해야 한다. 이런 이유로 입론을 '입장 표명'이라고도 한다.

토론 도중에 새로운 논점을 내세우거나, 또는 상대 팀이 입론에서 말하지 않은 논점에 대해 반박했다면 이는 모두 잘못이다. 논점은 입론에서만 제시하는 것이기 때문에 반론에서 새로운 논점을 들고 나오는 것은 토론의 규칙에 어긋난다.

입론의 내용은 다음과 같은 순서대로 전개된다.

1) 논제를 둘러싼 사회적 배경을 말한다

사회적 배경을 먼저 말하는 이유는, 이 논제가 토론을 해야 할 만큼 사회적으로 큰 문제가 되고 있기에 토론할 가치와 필요성이 충분히 있다는 점을 강조하기 위함이다. 토론할 만한 가치와 필요성이 있다는 말은, 많은 사람들이 그 문제에 대해 관심을 가지고 있어서 토론자들이 어떤 해결책을 내세울지, 또는 어떤 주장을 펼칠지 기대할 수 있다는 뜻이다.

만일 '체벌, 교육의 수단이다'라는 논제로 토론한다면, 먼저 체벌이 왜 지금 사회적으로 문제가 되고 있는지, 체벌 문제를 해결하기 위해 사회적으로 어떤 논의들이 제기되고 있는지 등에 대해 간략하게 말한다. 그럼으로써 상대 팀은 물론 청중에게 체벌 문제에 대해 바로 지금 토론해야 할 필요가 있음을 인식하게 만든다. TV토론의 경우에는 TV의 장점을 한껏 살려, 체벌이 문제가 되고 있는 교육 현장을 보여준다든지, 체벌에 대한 국민들의 반응을 살펴본다든지, 또는 체벌과 관련된 뉴스를 보여주는 방법을 동원하여 시청자들의 관심을 유도할 수 있다. 그러나 교육 토론에서는 이렇게 하기 어려우니 필요성을 실감할 수 있도록 말을 통해 체벌의 심각성을 설명한다.

2) 핵심 용어의 개념을 정의한다

사회적 배경을 말한 다음에는 토론에서 다루어야 할 가장 핵심적인 용어의 개념을 정의해야 한다. 핵심 개념을 정의하는 이유는, 핵심적인 단어에 대한 정의 자체가 곧 자기 팀의 입장이나 논점을 받쳐주는 기반이 되기 때문이다. 핵심 개념을 정의해야 할 용어는 대개 논제 안에 담겨 있다.

'체벌, 교육의 수단이다'라는 논제에서는, 핵심 용어에 해당하는 '체벌'의 개념을 반드시 정의해야 한다. 체벌을 '교육적인 목적으로 신체에 직접적인 고통을 가해 벌하는 것'이라는 개념으로 정의했다면,

토론을 진행하는 전 과정에서 이 범주 안에서 주장을 펼쳐야 한다.

토론에서는 찬성 측이 반대 측보다 먼저 발언하기 때문에, 개념 정의 역시 찬성 측이 먼저 제시한다. 그런데 반대 측도 개념 정의를 해야 하는데, 찬성 측 정의에 동의할 경우 "우리도 역시 체벌의 개념을 교육적인 목적으로 신체에 직접적인 고통을 가해 벌하는 것으로 정의한다"고 말한다. 그러나 이에 동의하지 않는다면 반대 측이 정의한 개념을 분명하게 밝혀야 한다.

논점이나 논거(논점과 논거에 대한 자세한 설명은 제7장을 참조할 것)가 상대방이 내린 정의의 범주를 벗어날 경우 반박의 대상이 될 수도 있다. 찬성 측에서 '신체에 직접적인 고통을 가하여 벌하는 것'을 체벌로 정의했지만, 만약 체벌이 아닌 보상 교육의 효과에 대해서 토론을 할 경우, 반대 측에서 개념 정의와 논점 사이에 논리적 오류가 있음을 지적하여 비판할 수 있다.

3) 논점을 3~4개 항목으로 정리하여 전개한다

논점은 3~4개 정도로 제시하는 것이 좋다. 논점을 너무 많이 나열하면 내용을 기억하기도 어렵고 산만할 뿐 아니라 중복되는 경우도 많아진다. 논점이 너무 많을 때에는 비슷한 항목끼리 모아 상위의 층위에서 묶어 3~4개 정도로 정리하는 것이 바람직하다.

각 논거를 제시할 때에는 먼저 논제에 대해 찬성하는 주장을 한 문장으로 간략하게 먼저 말한다. 그리고 바로 이어서 각 논점을 지지해 줄 수 있는 근거 자료를 제시해야 한다. 근거 자료는 주로 그렇게 주장하는 사실과 증거, 통계 자료로 구성된다.

예컨대, '체벌, 교육의 수단'이라는 논제를 가지고 찬성 측이 논거

를 열거한다면, "우리는 다음과 같은 세 가지 논거를 들어 체벌은 교
육의 수단이라고 주장합니다. 첫째, 체벌은 현재 다인수 학급을 운
영해야 하는 교실 여건을 감안할 때 가장 교육적 효율성이 높은 통제
수단입니다"라고 주장을 한다. 그런 다음 현재 우리 사회의 교육 여
건을 사례나 통계 자료 등을 들어 간략하게 설명하고, 교사들의 증언
이나 교육 사례 등을 근거로 지지 발언을 덧붙인다.

[왜 논점은 3개 정도가 좋은가?]

일반적으로 세 가지가 인지적 효과가 높아 잘 기억할 수 있을 뿐 아니라, 세 번
의 반복이 교육적 효과가 가장 높다고 한다. 이것을 삼의 법칙(the triad law)이라
고 한다. 우리가 어릴 적 읽었던 동화에는 모두 삼의 법칙이 적용된다. 양치기
소년은 세 번 거짓말을 하고, 백설공주 역시 계모에게 세 번 당한다. 또 신화나
민담에서도 세 가지의 과제나 세 번의 장애가 반복된다.

4) 기대효과를 열거한다

논거에 대한 발언이 끝났으면 입론의 마무리 단계로서 기대효과를
말한다. 논제로 주어진 문제를 해결하기 위해 어떤 노력을 해야 하는
지에 대해 언급하면서, 자기 팀이 주장한 바대로 한다면 지금 토론하
는 문제를 이러저러하게 해결할 수 있을 것이라는 식으로 내용을 정
리한다. 기대효과는 다른 토론자들에게는 물론 청중들에게 자신들이
내세우는 논거에 타당성과 현실성이 있음을 받아들이도록 유도하는
효과가 있다.

2. 확인 질문

확인 질문은 방금 입론이나 반론에서 발언을 마친 사람이 말한 내용을 확인하는 과정이다. 입론에 대해 반론을 펼치거나 또는 반론에 대해 재반론하기 위해 입론이나 반론에서 말한 상대방의 발언 내용에 대해 질문하는 과정이다. 상대방이 말한 바를 조사한다고 하여 '교차 조사' 또는 '교차 질문' '상호 질문' '심문'이라고도 한다.

확인 질문을 반론하기 위한 전 단계 정도로 여겨 과소평가하는 경향이 있다. 그러나 상대방의 발언 내용을 잘 들은 다음 문제점을 파악하고 그것으로부터 상대방의 논점이나 논거의 허점을 예리하게 찾아내야 하기 때문에 결코 소홀히 할 수 없는 중요한 과정이다.

질문은 답변을 강요하는 힘이 있다. 아마 누구나 갑작스럽게 예상치 않은 질문을 받고 어떻게 답을 해야 할지 몰라 당황했던 경험이 있을 것이다. 도대체 질문을 하는 사람의 의도가 무엇인지, 어떻게 답을 해야 좋을지, 또 섣부르게 답을 했다가 나중에 문젯거리를 만드는 것은 아닌지…… 짧은 시간 동안 많은 생각이 스치면서 머리가 복잡해졌던 경험을 해본 사람이라면, 질문하는 사람이 무엇을 어떻게 묻느냐에 따라 대답하는 내용이 크게 달라진다는 것도 확실하게 알 것이다. 이런 점에서 확인 질문은 상대방의 발언 내용을 단순히 확인하는 수준에 머무는 것이 아니라, 질문을 통해 토론의 흐름을 주도할 수 있는 중요한 과정이다.

확인 질문의 내용과 방법은 다음과 같다.

1) 상대 팀이 발언한 내용에 대해서만 질문해야 한다

확인 질문은 단순한 의견 교환이 아니라 질문하는 쪽이 주도권을 가지고 상대방으로부터 중요한 정보를 이끌어내는 과정이다. 목적은 상대방의 발언 내용을 확인하여 반론을 하기 위한 발판을 만드는 데 있다.

그런데 대체적으로 토론자들은 자기 팀의 주장에만 신경을 쓰고 상대방의 주장을 잘 듣지 않는 경향이 많다. 상대방의 주장을 전혀 듣지 않고 자신의 주장만을 내세운다면, 상대방의 허점을 지적할 수 없기 때문에 반박을 제대로 할 수도 없다. 그런가 하면 자기 팀의 주장에 대해 상대방이 어떻게 생각하는지 묻는 경우도 많은데 이것 또한 올바른 태도가 아니다. 일단 상대방의 발언을 듣고 그 내용에 대해서만 반박을 해야 하므로, 상대방의 발언을 듣지 않고 자기 팀의 입장에 대한 상대방의 생각을 묻는다면 토론을 하는 것이 아니라 각자 자신의 주장만을 내세우는 각축장이 되고 말 것이다.

2) 상대방이 내세운 논점이나 발언 내용의 허점에 대해 질문한다

확인 질문에 대해 상대 팀이 발언한 내용을 모두 확인하는 것이라 생각하면, 여러 가지 질문을 산만하게 던질 뿐 상대방의 문제점을 찾아내지 못하는 경우가 발생한다. 확인 질문을 할 때에는 상대방이 발언한 내용을 모두 검토하려 들지 말고, 상대방이 제시한 논점 중 가장 취약한 부분이나 논리적 허점에 대해 질문한다. 예를 들면 상대 팀이 정의하고 있는 개념이 논점의 내용을 다 포괄하는지, 논제와의 관련성이 있는지 등을 따져보고, 어긋나면 이에 대해 집중적으로 질

66

문을 하여 문제점을 드러낸다. 또 상대 팀에서 내세운 논점이 논제와 직접적인 관련성이 있는지의 여부를 집중 검토하고, 관련성이 약할 경우 이에 대해 질문해야 한다.

3) 논점을 뒷받침하는 논거의 타당성에 대해 질문한다

주장을 하려면 반드시 그것을 뒷받침하는 사례, 통계 자료, 사실 등의 자료를 토대로 그 주장이 옳다는 것을 입증해야 한다. 그런데 자신이 내세우는 주장이 옳다는 것을 입증하기 위해 자료를 지나치게 자의적으로 해석한다든지, 또는 일부에 해당하는 사례를 가지고 전체인 양 말하는 등의 오류를 범하기 쉽다. 또는 주장은 있되 근거가 분명하지 않은 경우도 많다.

확인 질문에서는 이렇게 논점과 논거 사이의 타당성을 문제 삼아야 한다. 제시한 근거가 통계 자료일 경우 출처가 어디인지, 언제 작성했는지, 통계 자료로 제시한 수치가 신빙성이 있는지, 출처가 모호한 자료를 활용하고 있지는 않은지 등을 확인해야 한다. 또한 사실이나 사례 등을 정확하게 해석했는지 등을 문제 삼을 수도 있다.

4) 발언 내용을 단순히 확인하는 질문은 피한다

질문할 때에는 묻고자 하는 목적이 분명하게 드러나야 한다. 일반적으로 가장 먼저 상대방이 발언한 내용을 인용하여 "이런 말씀을 하셨습니다. 맞습니까?"라고 시작을 하는데, 시작 단계에서 그치고 다음 질문과 연결되지 않는 경우가 종종 있다. 심지어는 아주 드물지만 이런 질문만 늘어놓는 경우도 있다. 이럴 때에는 질문의 의도가 무엇인지 분명치 않을 뿐 아니라, 질문을 통해 상대방의 문제점을 드러내는 확인 질문의 효과를 제대로 살릴 수 없다.

5) 짜임새 있게 단계별로 질문한다

확인 질문에서는 상대방의 문제점을 잘 찾아내는 능력이 요구된다. 문제점을 찾아내기 위해서는 문제점을 한 번에 지적하기보다는 짜임새 있게 몇 개의 질문으로 나누어 단계별로 접근하는 것이 효과적이다. 한 번에 문제점을 지적할 경우 상대방이 그 지적을 쉽사리 인정하지 않을 뿐 아니라, 지적에 대해 반박하는 답변을 길게 늘어놓게 된다. 이같이 답변이 길어지면 질문자가 질문할 기회가 그만큼 적어지게 되고, 질문할 기회가 적어지면 상대 팀의 문제점을 충분히 끌어내기 어렵게 되므로 불리해진다. 따라서 질문자는 답변이 길어지는 개방형 질문을 피하여, 되도록 '예'나 '아니요'로 짧게 답변할 수 있도록 여러 개로 나누어서 단계별로 질문한다.

6) 일련의 질문은 어떤 결론에 도달해야 한다

확인 질문은 상대방의 주장을 단순히 확인하는 과정이 아니라, 본격적으로 반론을 펼치기 위해 비판할 점을 찾아내는 과정이다. 그런데 단계별로 나누어 질문을 하다 보면 자칫 질문을 했던 애초의 의도가 무엇인지 모호한 단계에서 마무리되는 경우가 발생한다. 질문자는 일련의 단계별 질문이 어떤 결론에 도달하도록 확실하게 상대방의 답변을 이끌어내야 한다. 만약 상대방이 분명한 답변을 회피할 경우 "그 답변은 이런 식으로 이해해도 되겠습니까?" 또는 "그것은 이렇게 해석될 수 있군요?"라고 마무리를 지어야 한다.

7) 질문자는 상대방에게 예의 있는 태도로 질문해야 한다

확인 질문을 할 때에는 주도적으로 질문해야 한다. 물론 이 말은 질문의 내용이 날카롭고 예리해야 한다는 의미이지, 상대방에게 답변을 강요하거나 윽박지르는 공격적인 태도를 취해야 한다는 뜻이 결코 아니다. 흔히 확인 질문에서 상대방을 제압하려는 의도가 지나쳐 눈살을 찌푸리게 만드는 실수를 저지르기 쉽다. 확인 질문에서는 상대방을 위협하는 호전적인 태도보다, 재치와 순발력을 발휘하여 핵심을 찌르는 질문을 던지고 답변을 잘 유도하는 유연한 태도가 요구된다.

8) 답변자는 성실하게 답변할 의무가 있다

단계별로 치밀하게 질문할 경우 답변자들은 당황하여 순간적으로 머리에 떠오르는 대로 말하기 쉽다. 그러나 그럴수록 자기 팀의 전체 논지가 무엇인지를 잘 파악하고, 이에 모순이 되지 않는 발언을 하도록 정신을 바짝 차려야 한다. 만약에 머리에 떠오른 대로 별 생각 없이 답을 하거나 또는 자신이 말한 내용에 담긴 허점이나 모순점을 인정하지 않기 위해 과잉 방어를 할 경우, 자기 팀의 논지를 부정하거나 팀원들끼리 서로 일치하지 않는 주장을 펼치는 위험을 자초할 수도 있다.

그렇다고 답변을 짧게 하여 질문을 회피하거나, 상대방의 질문에 대해 어떤 답도 하지 않겠다는 태도를 취하는 것은 곤란하다. 질문에 대해 답변을 회피하는 태도는 오히려 자신의 주장에 대해 자신이 없거나 토론 자체를 꺼리는 태도로 비칠 수 있다. 적극적인 답변을 통해 자신의 주장을 보다 확고하게 만들 수도 있고, 역질문을 통해 상대방의 질문이 오히려 자신의 주장을 잘못 이해했거나 정확하게 듣지 않은 데서 비롯된 것임을 주장할 수도 있다.

물론 상대방이 잘못 이해를 했거나 정확하게 듣지 않고 던지는 질문에 대해서는 단호하게 대응해야 하지만, 무조건 자신의 주장이나 발언 내용이 전적으로 옳다고 답변하는 것도 문제가 있다. 어떤 주장이든지 보는 관점에 따라 다소 불이익이나 불안한 요소를 안고 있게 마련이다. 그러므로 완벽하다고 주장하는 것보다는 장점이 크다고 주장하는 편이 옳은 태도이다. 따라서 질문에 대해 적극적으로 대응하되, 자신의 논지와 잘 연관시켜 답변을 하는 지혜가 필요하다.

이 외에도 답변자는 다음 사항을 주의해야 한다. 질문에 적합하게 답하되, 간략하고 명료하게 답변해야 한다. 물론 자신의 답변을 한정할 권리가 있다. 만약 자세한 내용을 언급할 필요가 있다면 "그 부분에 대해서는 반론에서 자세하게 설명하겠습니다"라고 말하면 된다. 이때 시간을 벌기 위해 장황하게 답변을 하게 되면 오히려 감점의 대상이 된다.

3, 반론

토론의 핵심은 반론에 있다. 토론은 서로 다른 입장을 전제로 대립된 의견을 논의하는 것이므로, 반론은 토론에서 가장 핵심적인 단계이다. 반론은 상대방 주장의 허점이나 부족한 점을 지적하고, 왜 잘못되었고 어떤 점에서 오류가 있는지를 밝히는 부분이다.

토론은 자신과 다른 의견에 대한 반론에서 시작되고 또 다른 반론이 제기됨으로써 계속 이어진다. 어느 한쪽이 반론을 그만두게 되면 토론도 끝나게 된다. 그래서 반론은 종종 검투사가 창과 방패를 가지고 결투하는 장면에 비유된다. 훌륭한 검투사는 날카로운 검을 가지고 상대방의 허를 정확하게 찌를 수 있고, 또 방패를 가지고 상대방의 검을 날렵하게 방어하는 능력을 가진 사람이다. 이런 훌륭한 결투 장면을 지켜보는 청중들은 손에 땀이 나는 긴장감을 느끼게 된다.

그런데 아무리 상대방의 주장이 그럴듯하게 보일지라도 그것이 수학이나 과학에서의 객관적 증명이 아닌 이상 완벽할 수는 없다. 수학이나 과학에서는 확실한 전제에서 출발하여 필연적인 결론에 도달하지만, 사회 현상이나 현실적인 문제를 다루는 대부분의 토론에서는 있을 법한 개연적인 전제에서 출발하여 개연적인 확실성이라는 결론에 도달할 수밖에 없다. 따라서 자신의 주장은 물론 상대방의 주장역시 완벽할 수 없으며, 늘 반박이 가능하다는 점을 인정해야 한다. 따라서 반론은 토론의 전제 조건이자 본질에 해당한다.

주장이나 의견은 항상 반론의 대상이 되게 마련이다. 그러므로 자신의 주장이나 의견이 지닌 강점을 바탕으로 상대방의 약점을 비판하는 자세가 필요하다. 축구에서 소극적으로 수비만 하고 적극적으로 공격을 하지 않는다면 경기에서 지게 되는 이치와 같다. 토론에서도 자신의 주장이 지닌 강점을 가지고 수비를 잘하는 것도 중요하지만, 상대방의 주장이나 근거가 지닌 약점을 공격하는 '논파論破'의 기술을 터득해야 한다. 물론 그렇다고 지나치게 게임을 하듯 승패에 집착하는 자세로 토론에 임하라는 것은 결코 아니다. 상대방이 나의 약점에 대해 좋은 비판을 했다면 유연하게 받아들이고, 더불어 나 역시 상대방의 주장이나 의견에 대해 타당한 근거를 가지고 건전하게 비판하는 태도를 취해야 한다.

반론의 방법은 다음과 같다.

1) 상대방이 내세운 논점이 논제에서 벗어나지 않았는지 검토한다

반론은 상대방이 내세운 주장이 타당한지 꼼꼼하게 따져보는 단계이다. 그러므로 가장 먼저 상대방이 내세운 논점이 무엇인지, 논제의 범위를 벗어나지 않았는지를 검토해야 한다. 만약 상대방이 내세운 논점이 논제에서 벗어났다면, 어떤 점에서 어떻게 벗어나고 있는지에 대해 근거를 밝혀야 한다.

예를 들어 '고교 평준화, 폐지해야 한다'라는 논제에 대해 찬성 측에서 "고교 평준화 제도를 폐지하게 되면 사교육 열풍을 잠재울 수 있고 그 결과 부동산 가격 폭등 등 사회 문제를 해결할 수 있다"라는 논점을 제시했다고 가정해보자. 현재 강남 지역의 부동산 가격 폭등은 유명 입시 학원이 강남으로 몰림으로써 인근 부동산 가격을 상승시켰으므로 교육 문제가 하나의 원인으로 제기될 수는 있다. 그러나 강남 집값 폭등은 고교 평준화 제도와 직접적으로 관련이 있다기보다는 시중에 넘쳐흐르는 유동자금과 잘못된 부동산 정책에서 비롯된 것이다. 뿐만 아니라 '집값을 잡기 위해 고교 입시 제도를 바꾸어야 한다'는 주장은 교육 외적인 문제 때문에 교육 제도를 바꾸자는 것으로서 본말이 바뀐 경우에 해당한다. 따라서 이러한 찬성 측의 논점에 대해 반대 측에서는 "우리가 토론하고 있는 논제는 고교 평준화 제도에 대해 교육적 차원에서 존폐 여부를 문제 삼고 있기에 그러한 주장은 논제에서 벗어난 것이다"라고 반박할 수 있다.

2) 상대방의 근거가 타당한지 검토한다

일단 상대방의 논점을 검토했다면, 각 논점을 지지해주는 논거의 타당성을 검토해야 한다. 상대방이 내세운 논점을 지지하는 근거를 제대로 제시했는지, 제시했다면 빈약하지는 않은지, 신뢰할 만한 자료인지 꼼꼼하게 확인해야 한다.

확인 포인트는 다음과 같다.

(1) 논점과의 관련성

① 논점과 확실하게 관련이 있는가?

② 논점을 지지할 수 있을 만큼 자료가 타당한가?

③ 최근 자료를 제시했는가?

④ 전문적인 자료인가?

(2) 자료의 문제

① 명확하고 정확한 자료인가?

② 자료 안에 내적 모순은 없는가?

③ 논점을 타당하게 지지하고 있는가?

(3) 통계 자료(데이터)

① 통계 자료가 주장을 지지해줄 만큼 충분한가?

② 조사 시점이 언제인가(주장을 지지해줄 만큼 적절한가)?

③ 통계 자료의 출처가 어디인가(누가 만들었는가)?

이를 확인하여 반박할 점을 발견했다면, "○○ 측의 논거는 다음
과 같은 이유에서 신뢰할 수 없습니다" 또는 "○○ 측이 제시한 자
료는 불충분합니다"라고 말하고, 그렇게 말하는 이유를 차근차근 밝
혀야 한다.

또 반론을 할 때에는 상대방이 제시한 자료가 불충분하다거나 신
뢰할 수 없는 점을 지적하고, 여기에 덧붙여 자신이 조사한 자료를
밝힘으로써 자신의 주장이 타당함을 입증해야 한다. 즉 "○○대 교육
대학원에서 실시한 '중·고등학교에서의 학생 체벌에 대한 부모와
자녀의 인식 비교 조사 연구'에 따르면 체벌이 행동 개선 여부에 대
해 효과가 없다고 답한 응답자는 약 52%, 더 나빠지는 경우가 많다
고 답한 응답자는 약 36%로, 체벌에 대한 효과에 대해 부정적인 의
견이 지배적인 것으로 나타났습니다"와 같이 자신이 조사한 자료를
덧붙여서 상대방이 제시한 근거 자료가 확실하게 빈약하다는 것을
드러낸다.

자신이 조사한 자료와 상대방이 제시한 자료를 비교하는 법은 다
음과 같다.

① 자신의 주장을 지지해주는 통계 자료를 충분히 제시한다.
② 최근의 자료를 제시하여 상대 측이 준비한 근거 자료에는 이후
　의 상황 변화가 담겨 있지 않음을 알린다.
③ 자신이 제시한 근거 자료가 자신의 주장을 충분히 지지해주는
　이유를 제시한다.

3) 상대방의 주장이나 근거를 활용하여 반박한다

만약 상대방이 타당한 논거와 풍부한 자료를 바탕으로 자신 있게 주장을 펼치고 있다면, 거꾸로 주장과 논거 사이의 타당성을 검토하여 역으로 반박 자료로 활용할 수 있다. 이를 일명 '되돌려주기^{turn round}'라고 한다.

예를 들어 '사교육, 정부의 제재가 필요하다'라는 논제에 대해, 찬성 측이 "사교육의 열풍이 가계 부담은 물론 국가 경제에 악영향을 미치므로 국가가 개입해야 한다"라고 주장을 하고, 이에 대한 근거로 GDP(국내총생산)에 대한 조사 자료를 활용했다고 해보자. 구체적으로 말해 "만일 GDP의 1%를 사교육비로 지출하게 되면 민간 소비지출이 0.3% 감소되고, 투자는 0.2% 감소된다"는 자료를 근거로 제시했다고 하자. 그러면 이에 대해 반대 측에서는 "찬성 측은 교육의 가치와 파급 효과를 단기적으로 평가해서는 안 된다고 전제했습니다. 그런데 사교육의 악영향을 입증하는 근거로 1년 단위의 GDP를 들고 있습니다. 교육의 가치는 장기적으로 접근해야 한다고 하고서 1년 단위의 성과를 따지는 것은 논리적 모순입니다"라고 반박할 수 있다.

반면, 반론에서 주의할 점은 다음과 같다.

1) 입론에서 제시하지 않은 논점을 들어 반론해서는 안 된다

앞에서 말한 바대로 반론에서는 자신의 강점을 가지고 상대방의 약점을 공격해야 한다. 그렇다고 해도 상대방은 물론 자신이 입론에서 제시하지 않은 논점을 새롭게 들고 나와 상대방을 비판하는 도구로 삼아서는 안 된다.

TV에서 토론하는 장면을 보면, 토론자들이 본격적인 토론에 들어가기 전에 논점을 다 말하지 않고 있다가 토론이 진행되는 과정에 새로운 논점을 하나씩 하나씩 제시하고 이에 대해 계속 혼란스럽게 논쟁을 이어가는 광경을 흔히 볼 수 있다. 또, 하나의 논점에 대해 논의를 하다가 갑작스럽게 다른 논점으로 옮겨가거나 하나의 논점에 대해 충분히 논의하지 못한 상태에서 다른 논점으로 확대하는 경우도 심심치 않게 볼 수 있다. 이런 모습들은 질서와 규칙이 엄격하게 지켜지는 교육 토론에 비추어 보면, 큰 목소리로 자신의 주장만을 격렬하게 내세우고 상대방의 주장에 대해서는 전혀 귀를 기울이지 않는 토론꾼들의 무질서한 경연장으로 보일 수도 있다.

정치적 입장이나 현실적 이익과 직접적으로 연관이 있는 사람들이 토론을 벌이는 자유 토론과 교육 토론은 엄연히 다르다. 교육 토론에서는 학생들이 논제에 대해 타당한 근거와 논점을 들어 정당한 주장을 펼치는 토론 능력을 익히는 데 목적이 있다. 따라서 교육 토론의 입론 과정에서는 이미 언급한 논점에만 집중하여 그것의 타당성을 검증하고 비판하도록 제한하고 있다. 이런 까닭에 입론에서 제시하지 않은 새로운 논점을 들고 나와 반론한다면, 토론의 방향을 어지럽게 만드는 행위에 해당하므로 당연히 심사에서 감점을 받게 된다.

2) 효율적인 반론 전략을 세워야 한다

거듭 강조하건대, 반론은 상대방이 제시한 논점을 비판하고 검토하는 단계이다. 만약 반론에서 상대방이 제시한 논점에 대해 비판하지 않거나 또는 그에 대한 자신의 입장을 말하지 않는다면 그 논점을 받아들이는 것으로 간주된다. 상대방이 제시한 논점을 조목조목 다

반박하려면 시간도 부족할 뿐 아니라 반박의 내용도 부실해져 허술한 반론이 되기 쉽다. 그렇다고 해서 중요한 논점만 거론하면 나머지 다루지 않은 논점은 수용된 것으로 간주되기 때문에 반론을 할 때에는 상대방의 논점 중 어떤 것부터 어떻게 반박할지에 대하여 전략을 잘 세워야 한다.

만약 상대방의 논점 중 수용할 것이 있다면, 분명하게 공유점이라고 인정해야 한다. 이렇게 하지 않으면 곧 상대방의 논리나 입장을 받아들이는 것으로 간주될 수 있으므로, 상대방의 논점을 수용하더라도 자신의 입장과 어떤 점에서 차이가 있는지에 대해 분명하게 설명하고 상대방의 다른 주장과 공유점 사이에 어떤 모순이 있는지 등을 구체적으로 밝혀야 한다. 이와 같이 적극적으로 대처하지 않으면 상대방의 논점에 소극적으로 끌려 다니게 되어 자신의 주장을 일관성 있게 논리적으로 펼치기 어렵게 된다.

또 만약 상대방의 논점 중에서 수용할 점, 즉 공유점이 없다면 논점 중에서 가장 핵심적인 논점만 공략할 것인지, 아니면 전부 공략할 것인지를 결정해야 한다. 그러나 상대방의 주장이 모두 틀렸다는 것을 입증하는 것은 무리가 따른다. 상대방의 주장을 모두 거짓이라고 주장하면, 상대방 역시 자기들의 주장이 옳고 우리의 주장이 틀리다는 것을 입증하려고 노력할 것이다. 만약 상대방이 자기의 주장 중 하나라도 옳다는 것을 입증하면, 결국 우리의 주장은 모두 틀리게 되는 모순에 빠지게 되기 때문이다.

종합하자면 토론이란 논제에 대해 서로 다른 입장에서 접근하는 것이다. 그래서 공유하는 지점도 있고 팽팽하게 대립되는 지점도 있게 마련이다. 또 팽팽하게 대립되는 쟁점이라 하더라도 서로 밀접하게 관련이 있다. 따라서 반론을 할 때에는 양측이 공유하는 점이나 사소한 대립점에 집착하지 말고, 핵심이 되는 쟁점을 찾아 집중적으로 비판해야 한다.

요컨대 자신의 강점을 가지고 상대방의 약점을 반박하는 태도가 필요하다. 특히 반론이 두 번 있는 토론의 경우, 첫번째 반론에서는 상대방의 논점 중 가장 취약점을 공략하고 두번째 반론에서는 첫번째 반론에서 빠진 내용을 반박하는 것이 효율적인 전략이다.

4. 최종 발언

최종 발언은 글로 따지면 결론에 해당한다. 결론은 앞에서 길게 언급한 내용을 간략하게 요약·정리하고 독자에게 전하고자 하는 필자의 생각을 선명하게 각인시키는 단계이다. 이와 마찬가지로 최종 발언 역시 지금까지 토론한 내용을 간략하게 요약·정리하고, 토론 논제에 대한 자신의 입장을 청중을 향해 다시 한 번 선명하게 부각시키는 단계이다. TV토론에서 보면 토론이 끝날 무렵 사회자가 토론자들에게 '마무리 발언'을 부탁하는데, 이 마무리 발언이 최종 발언에 해당한다.

또한 최종 발언은 청중을 향해 설득을 하는 단계이다. 그러므로 자신의 입장을 대변할 수 있는 비유나 일화 등을 들어서 청중들에게 선명한 인상을 남기는 자세가 필요하다. 예를 들면 '체벌, 교육의 수단이다'라는 논제에 대해 반대 측이 최종 발언을 한다면 다음과 같은 식으로 마무리를 지을 수 있을 것이다. "나무가 자라려면 좋은 토양은 물론 햇빛과 바람과 빗물도 필요합니다. 교육을 나무 가꾸기에 비유하면 교과교육은 토양에, 햇빛과 바람과 빗물은 인성교육에 해당할 것입니다. 질 높은 교육이 이루어지려면 교과교육과 인성교육이 조화를 이루어 각 학생들이 지닌 능력과 인성을 계발할 수 있어야 할 것입니다. 그러기 위해서는 폭력적인 체벌보다는 대안 처벌 등의 보상 교육을 통한 교육이 필요합니다."

그런데 토론의 유형에 따라서는 최종 발언이 없는 경우도 있다(CEDA 방식이 대표적인 예이다. 이에 대해서는 제12장을 참조할 것). 이런 이유 때문인지 최종 발언 시간에 반론을 하는 학생들이 종종 있다. 물론 상대방의 주장에 대해 반박할 부분이 남아 있어서 이 시간을 활용하여 간략하게 반론할 수도 있다. 그러나 반론을 할 경우에는 반드시 "최종 발언을 하기에 앞서 간략하게 짚고 넘어가야 할 점이 있습니다"라고 말한 다음, 반박할 내용을 압축해서 요점만 간략하게 말해야 한다. 만일 그렇지 않고 최종 발언을 해야 할 시간을 전부 반론으로 채운다면 최종 발언에 충실하지 않았기 때문에 감점의 대상이 된다는 점을 명심해야 한다.

최종 발언의 순서는 다음과 같다.

① 논제에 대한 자기 팀의 입장과 논점을 간략하게 정리한다.
② 자기 팀의 논점에 대한 상대 팀의 반박을 간략하게 정리하고, 이에 대해 자기 팀의 전체적인 입장을 밝힌다.
③ 토론 내용을 압축적으로 담을 수 있는 비유나 일화 등을 활용하여 청중을 설득한다.

1 '고교 평준화 제도, 폐지해야 한다'라는 논제로 토론을 준비하는 상황을 가정하고, 다음 질문에 대한 답을 찾아보자.

❶ 찬성 팀과 반대 팀은 각각 어떤 입장을 취해야 하는가?

❷ 찬성 팀과 반대 팀의 입장에서 각각 입론을 작성한다면 어떤 내용이 들어가야 하는지 구상해보자.

2 다음은 위의 논제에 대해 반대 팀이 제시한 논점과 논거 중 일부이다. 이에 대해 확인 질문을 한다면 어떤 질문들이 가능한가? 본문에서 제시한 확인 질문 방법에 따라 이 질문을 단계별로 열거해보자.

고교 평준화 제도는 중학 교육 운영 과정의 정상화에 기여해왔습니다. 고교 평준화가 도입되기 시작한 1973년 당시에는 일반계 고등학교 지원자의 40%만이 진학할 정도로 고교 입시는 경쟁이 심했습니다. 그래서 중학 교육이 고등학교 입시 준비 교육으로 변질되는 등 파행적으로 운영되었습니다. 연세대학교 교육학 전공 강상진 교수는 2007년 9월 5일, 미래전략연구원 주최 토론회에서 "평준화가 중등교육 정상화에 기여했다"고 밝혔습니다. 즉 "평준화 제도의 도입으로 초·중학교의 과열 과외와 고입 재수생 문제가 어느 정도 해소되었으며, 또한 중학교 교육 과정이 인성교육을 중심으로 제자리를 찾고, 고교간 서열화 현상도 완화되는 등의 교육적 성과를 냈다"고 보고하였습니다.

3 위의 논제에 대해 찬성 팀이 다음과 같은 논점을 펼쳤다고
가정해보자. 이에 대해 반대 팀은 어떻게 반론을 할 수 있
는지 생각해보자.

고교 평준화 제도는 학생들의 학력 수준차를 배제한 채 공부를 잘하
는 학생과 못하는 학생을 같은 교실에서 획일적으로 수업을 하게 함
으로써 전반적으로 학생들의 실력을 하향 평준화시켰습니다. 그 결
과 상하위권 학생들 모두 학업에 흥미를 잃게 되었고, 교사의 학습
지도에 어려움을 가중시켰습니다. 전 세계적으로 교육 시장을 개방
하고 인적 자원의 경쟁력을 높여 나가는 현 시점에서, 우리나라의
고교 평준화는 세계적 흐름에도 역행하고 있는 것입니다.

4 찬성 팀과 반대 팀의 입장에서 각각 최종 발언을 한다면
어떤 내용이 들어가야 하는지 구상해보자.

제 II 부

토론의 준비

자! 토론에 관한 기본 지식을 익혔으니, 이제부터 토론의 준비 과정을 살펴보자. 토론을 잘할 수 있는 전략은 이 준비 과정에서 나온다.

토론의 준비 과정은 시험에 대비하여 공부하는 것과 같다. 무조건 열심히 공부하기보다는, 전략을 잘 짜고 그 전략에 맞추어 공부해야 좋은 성과를 얻을 수 있다. 또 더 좋은 생각이 떠오르면 언제든지 새로운 전략으로 바꾸어야 한다. 공부에서도 전략과 준비하는 과정이 중요하듯, 토론에서도 전략을 잘 짜고 준비를 잘해야 좋은 성과를 거둘 수 있다.

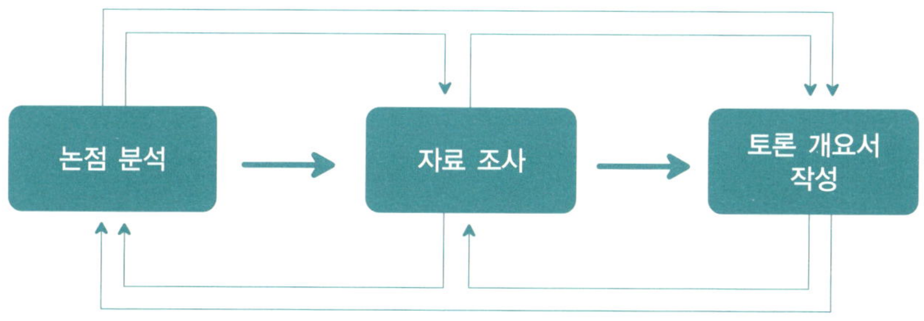

토론의 준비 과정에는 논점 분석, 자료 조사, 토론 개요서 작성이 있다. 이 세 가지 과정은 순서대로 진행되지만, 서로 밀접하게 연결되어 있다. 논점 분석을 잘해야 자료 조사를 충실하게 할 수 있고, 자료 조사를 하다 보면 논점 분석에서 부족한 점을 발견하여 다시 처음부터 재검토할 수도 있다. 이 두 과정을 거친 다음에 토론 개요서를 작성하지만, 개요서를 작성하다 보면 다시 자료 조사를 하거나 심지어 논점을 바꾸어야 할 경우도 발생할 수 있다.

제 7 장

논점 분석

1. 논점이란 무엇인가

　제5장에서 살펴본 바와 같이 논제는 토론에서 해결해야 할 문제나 대상이다. 논제 안에는 찬성과 반대의 대립축이 담겨 있다. 따라서 토론을 잘하려면 논제를 잘 파악하고, 논제 안에 담겨진 쟁점을 찾아내야 한다. 쟁점issue이란 찬반 양 팀이 각자 찬성하는 입장과 반대하는 입장에서 서로 치열하게 맞대결하는 주장이다.

　찬성 측은 논제에 대해 '예'라고 동의하지만, 반대 측은 '아니요'라고 부정하는 입장에 서 있다. 그런데 각자 입장을 잘 드러내기 위해서는 어떤 점에서 대결해야 하는지를 찾고, 대결하는 각 입장에서 쟁점을 찾아야 한다. 그러니 찬성 측은 논제에 대해 '예'라고 동의하는 입장을 지지해주는 몇 개의 주장, 반대 측은 '아니요'라고 부정하는 입장을 받쳐주는 주장을 찾아야 한다. 이 주장들을 논점controversy이라고 한다. 논점은 바로 찬성 팀이나 반대 팀이 주장하는 쟁점을 문장으로 진술한 것이다.

그런데 입장, 쟁점, 논점이 모두 주장이라니? 정말 헷갈릴 지경이다. 자! 흥분하지 말자. 토론에서 가장 경계해야 할 태도는 흥분이다. 일단 냉정을 되찾고, '독도는 한국의 땅이다'라는 논제로 토론하는 상황을 통해 차근차근 이해해보자.

우선 찬성 측은 '그렇다, 독도는 한국의 땅이다'라고 주장하는 입장이다. 찬성 측은 이 입장을 뒷받침할 여러 가지 주장을 찾아야 한다. 독도에 대한 역사적 기록이나, 지정학적 위치, 실질적인 영유권을 입증하는 국제법 조항 등을 찾아 한국의 땅이라고 주장할 것이다.

이에 반해 반대 측에서는 같은 논제에 대해 '아니다, 독도는 일본의 땅이다'라고 주장하는 입장이다. 물론 반대 측에서도 일본의 역사적 기록을 찾거나, 그린랜드가 지리적으로 가까운 영국의 소유가 아니라 덴마크의 소유인 점, 세계지도 중 97%에 독도 주변 바다가 동해가 아닌 일본해로 표기된 점을 들어 일본의 땅이라고 주장할 수 있다.

요컨대 '그렇다' 또는 '아니다'와 같이 찬성과 반대의 입장을 말해주는 주장은 핵심 주장이다. 이것은 국어 시간에 배운 주제문과 같은 것이다. 또 각 입장을 받쳐주는 쟁점을 진술한 여러 개의 주장을 논점이라 하는데, 이 논점은 핵심 주장을 받쳐주는 세부 주장에 해당한다. 국어 시간에 배운 대로 하면 주제문을 받쳐주는 소주제문에 해당한다. 이를 간략하게 도표로 그려보면 다음과 같다.

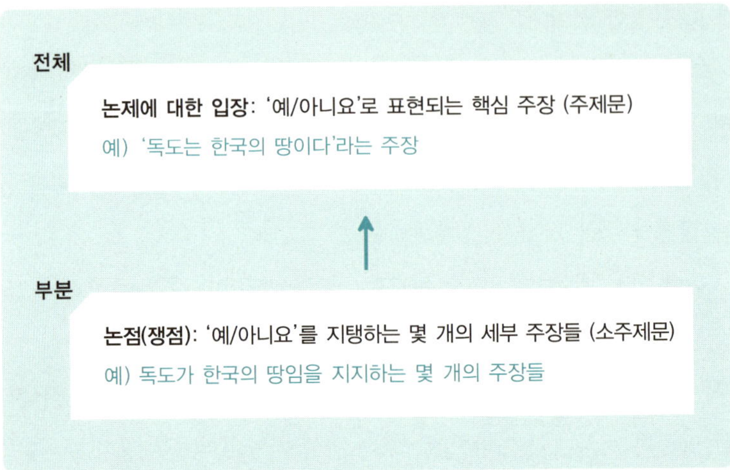

2. 논점 분석하기

논점 분석은 토론 준비에서 가장 핵심적인 단계이다. 논점 분석을 글쓰기에 비유하자면 글의 내용을 어떻게 정할지 궁리하는 단계에 해당한다. 글을 쓸 때 여러 각도에서 글감에 대해 고민하고 그것을 바탕으로 하여 글에 담을 자신의 생각과 주장을 정리하듯이, 논점 분석에서도 여러 각도에서 가능한 주장을 찾아내어 자신의 입장을 어떻게 세울지에 대해 궁리한다. 논점 분석을 제대로 하려면 자료 조사를 통해 어느 정도 배경 지식을 갖고 있어야 한다.

논점 분석의 과정을 다음의 세 단계로 세분할 수 있다. 물론 이해하기 쉽도록 설명하기 위해 편의상 나누는 것일 뿐, 실제로는 서로 밀접하게 연결되어 있어서 칼로 무 자르듯 나누어지지 않는다.

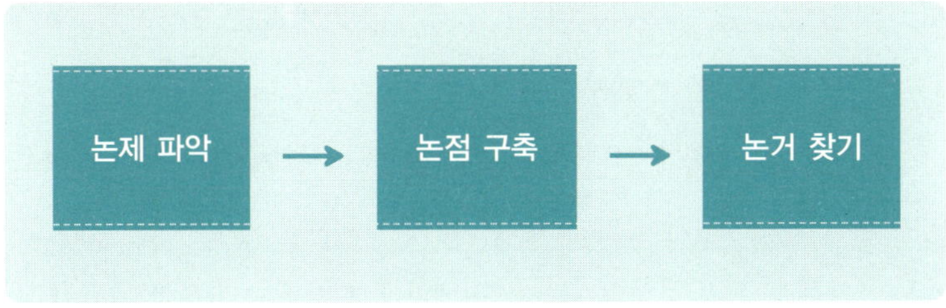

1) 논제 파악

논제 파악은 논제에 대한 어떤 입장이 가능한지 먼저 가늠해보는 단계이다. 즉 논제를 둘러싸고 찬성과 반대의 입장이 어떤 식으로 대립할 수 있는지에 대해 대략적으로 살펴본다. 그러기 위해서는 논제의 종류, 논제와 관련하여 사회적으로 문제가 되고 있는 점 등을 파악해야 한다.

(1) 논제의 종류를 파악한다

앞에서 이미 살펴본 바와 같이 논제의 종류에는 크게 사실 논제, 가치 논제, 정책 논제의 세 가지가 있다. 논제의 종류에 따라 논점에 접근하는 방법이 다르다. 사실 논제는 사실 여부의 판단에 중점을 두어야 하고, 가치 논제에서는 가치 판단의 기준이나 가치 판단이 충돌하는 지점 등이 중요하다. 정책 논제일 경우 정책이나 제도의 문제점이나 개선의 필요성, 개선 방안 등을 찾아보아야 한다.

(2) 논제를 둘러싸고 있는 사회적 배경을 살펴본다

논제는 우리 사회의 문제점을 반영하거나 사회 변화 과정에서 일어나는 크고 작은 갈등에 뿌리를 두고 있는 경우가 대부분이다. 그래서 논제를 제대로 파악하려면 그 논제가 토론거리로 부상하게 된 사회 상황이나 배경을 살펴보아야 한다.

'호주제, 폐지해야 한다'라는 논제를 예로 들어보자(물론 이것은 이미 법적으로 정리가 끝난 사안이기에 논제로서의 가치가 떨어지지만, 토론 과정에서 우리 사회의 갈등을 첨예하게 드러냈고 많은 문제점이 노출됐기에 논점 분석의 좋은 예에 해당한다). 이 논제가 토론거리로 부각된 배경은 '호주제 폐지 운동'에 있다. 그러나 더 중요한 것은 호주제 폐지 운동이 여성들의 사회적 진출이 증가하는 사회적 변화에서 비롯되었다는 점, 정치적으로 여성들의 사회 참여 확대와 권익 신장을 추구하기 위해 1998년 출범한 여성부가 중점 사업으로 내세운 정책 중 하나였다는 점을 파악해야 한다. 만약 이런 점을 고려하지 않으면 '호주제, 폐지해야 한다'라는 논제를 단순히 호주제 폐지를 둘러싼 여성들과 남성들의 대립 정도로 보는 협소한 시각에 머물 수밖에 없다.

2) 논점 구축

논제와 논점은 88쪽의 그림과 같이 전체와 부분의 관계에 해당한다. 따라서 논점 구축 단계에서는 논제 파악의 내용을 구체화하여 찬성 측이나 반대 측이 주장하는 구체적인 논점을 정하는 작업이 이루어진다. 논점 구축의 순서는 다음과 같다.

(1) 논제에 대해 '예/아니요'에 해당하는 답을 찾아본다

찬성 측과 반대 측은 논제에 대해 각각 '예'라고 답하는 입장과 '아니요'라고 답하는 입장이다. 먼저 논제에 대해 '예'와 '아니요'로 답하

려면 어떻게 접근할 것인지, 어떤 답이 가능한지 등을 찾는다. 이 과정은 아이디어를 생산하기 위해 브레인스토밍brainstorming을 하는 것과 같다. 즉 머릿속에 떠오르는 대로 논제에 대해 '예/아니요'의 답을 적는다. 이때 논제가 찬성 측의 입장을 그대로 반영하기 때문에 찬성 측은 논제를 그대로 써도 되지만, 반대 측은 찬성 측의 입장을 부정하는 식의 소극적인 입장을 취해서는 안 된다. 이해하기 쉽게 예를 들어보자. '독도는 한국의 땅이다'라는 논제에 대해 찬성 측의 입장은 논제를 그대로 쓰면 된다. 그러나 반대 측의 경우 '독도는 한국의 땅이 아니다'라고만 한다면 대립 구도가 형성되지 않을 뿐더러 입지점도 약하여 토론에서 찬성 팀에 끌려다니게 된다. 따라서 '독도는 일본의 땅이다'와 같이 찬성 측에 대립되는 명확한 입장을 내세워야 한다. 또 다른 예를 들어보면, '체벌, 교육의 수단이다'라는 논제에 대해 반대 측은 '체벌은 교육의 수단이 아니다'는 식의 소극적 입장이 아니라 '체벌은 교육을 가장한 폭력이다'와 같이 대립적인 입장을 분명하게 취해야 한다.

(2) 관련성이 깊은 답끼리 연결한다

머리에 떠오르는 대로 나열한 대답을 놓고 논제의 입장을 확실하게 지탱하는 주장으로 적합한지, 서로 긴밀한 관련성이 있는지 등을 따져 연결한다. 서로 연결한 대답들을 몇 가지 측면으로 분류하고, 비슷한 부류에 속하는 것들은 하나로 묶어서 상위 개념으로 정리한다.

물론 논제의 유형에 따라 대답을 분류하는 기준은 다음과 같이 달라진다.

❶ 사실 논제일 경우

사실 논제에서는 무엇이 사실인가, 또는 어떤 사건이나 행위가 실제로 일어났는가 등을 따져보아야 한다. 이에 따라 대답을 다음과 같은 항목으로 분류한다.

i) 개념 정의: 논제에서 가장 핵심적 용어의 개념을 어떻게 정의할지 확인한다.

ii) 사실의 진위 여부: 추정된 사실(찬반 양측이 주장하고 있는 사실)이 실제로 일어났는지 확인한다.

iii) 특수성 고려: 추정된 사실이 일반적인 상황에도 적용되는지, 혹은 특수한 상황에만 적용되는지를 확인하여 상황 판단이 과연 적절한지 따져본다.

iv) 절차상의 문제: 사실을 다루는 과정에서 절차상의 문제가 없는지 확인하여 갈등을 정당하게 해결하는 방법을 찾는다.

❷ 가치 논제일 경우

가치 논제는 동일한 사안이나 대상에 대해 서로 가치관이 다르기 때문에 일어나는 갈등과 충돌을 전제로 한다. 그래서 주로 개념 정의, 가치가 충돌하는 지점, 가치 판단의 기준 등에 따라 분류한다.

i) 개념 정의: 논제에서 가장 핵심적 용어의 개념을 어떻게 정의할지 확인한다.

ii) 가치 사이의 우선 순위: 서로 다른 가치가 충돌했을 때, 어떤 조건하에서 어떤 가치를 더 우선으로 삼아야 하는지를 따져본다.

iii) 가치의 판단 기준: 가치는 그것이 지닌 속성만으로 무엇이 타당한지, 옳은지 판단을 내리기 어렵다. 다만 그 가치를 현실에 적용할 때 나타나는 결과에 따라 가치의 필요성을 주장할 수 있으므로, 가치의 판단 기준을 찾아보아야 한다.

❸ 정책 논제일 경우

정책 논제에 대해서는 새로운 정책을 통해 과연 현재의 문제 상황을 해결할 수 있는지를 따져보는 것이 가장 중요하다. 찬성 측이나 반대 측 모두 현재의 정책이 문제가 있음을 시인하지만, 새로운 정책으로 바꾸어야 하는지 아니면 조금 문제가 있더라도 현재의 정책을 고수해야 하는지에 대해서는 의견이 다를 수 있다.

그러므로 정책 논제에 대해서는 일단 핵심 용어의 개념 정의, 현재 정책의 문제점, 새로운 정책의 필요성과 문제 해결의 가능성을 검토해야 한다. 또 아무리 좋은 정책이라 하더라도 현실적으로 실현하는 데 비용이 많이 들거나 어려움이 많다면 쓸모없는 정책이 되므로, 사회적 비용이 적은 정책을 선택해야 한다. 그리하여 새로운 정책 외에 더 좋은 대안이 있는지를 살펴볼 필요가 있다.

i) 개념 정의: 논제에서 가장 핵심적 용어의 개념을 어떻게 정의할지 확인한다.

ii) 현재 정책의 한계점: 현재의 상황이나 정책이 어떤 점에서 문제가 되는지 원인을 밝히고, 현재의 정책을 유지하면서 제기된 문제점을 해결할 수는 없는지 여부를 따져본다.

iii) 새로운 정책의 필요성: 새로운 정책이 필요한 배경이나 동기가 무엇인지를 찾아본다.

iv) 문제 해결의 가능성: 새로운 정책이 현재 제도가 지닌 문제를 과연 해결해줄 수 있는지를 따져본다.

v) **사회적 비용:** 새로운 정책을 도입할 경우 기존의 정책보다 비용, 대가, 이익 등의 측면에서 더 좋은 결과를 가져올 수 있는지 짚어본다.

vi) **다른 대안과의 비교:** 새롭게 제안된 정책보다 더 나은 대안적인 정책이 있는지 따져본다.

앞의 내용들을 정리하면, 사실 논제의 경우 핵심 개념, 사실의 진위 여부나 사실이 적용되는 상황의 문제, 절차의 문제 등에 해당하는 대답을 연결하여 분류해야 한다. 가치 논제일 경우 가치 충돌의 지점이나 가치 판단의 기준 등에 대한 대답을 분류한다. 반면 정책 논제에서는 현재 정책의 한계점, 개선의 필요성, 새로운 방안의 문제 해결 가능성, 사회적 비용 등의 기준에 따라 대답을 연결한다.

(3) 연결 지은 답을 토대로 가설을 세운다.

(2)에서 연결 지은 몇 개 군群의 답은 아직 확정되지는 않았지만, 논제에 대한 입장을 지지해주는 논점들이다. 이 답을 토대로 하여 어떤 가설을 세울 수 있는지 검토한다. 찬성 측이라면 논제에 대해 '예'라는 몇 개의 답을 토대로 입론에서 어떤 식으로 논점을 전개할 것인지를 염두에 두면서 가능한 가설을 세운다. 반대 측 역시 '아니요'를 충족시키는 답을 바탕으로 하여 찬성 측과 어떤 지점에서 대립각을 세울지, 입론에서 논점을 어떤 식으로 전개할 것인지를 염두에 두면서 가설을 세운다. 가설은 논제에 대해 찬성의 입장과 반대의 입장을 지지해주는 각 논점들이 어떤 식으로 연결 가능한지 미리 예상해보는 것이다.

가설을 세울 때에는 다음 사항에 유의한다.

❶ 분류한 답의 중요도를 결정한다

쟁점에도 반드시 다루어야 할 핵심 쟁점이 있고, 중요도가 떨어지는 부차 쟁점이 있다. 핵심 쟁점은 놔두고 부차 쟁점만 가지고 토론하면, 아무리 열심히 해도 당연히 질이 떨어지는 토론이 될 수밖에 없다. 우선 몇 개 군의 답을 놓고 중요도의 순서에 따라 분류하고, 핵심 쟁점을 찾아낸다.

❷ 핵심 용어의 개념을 규정한다

핵심 용어의 개념 규정은 논점을 세우는 밑바탕이 된다. 그런데 동일한 용어에 대해 개념 규정이 다르면 전혀 다른 해석을 낳게 된다. 일반적으로 핵심 용어의 개념 규정은 사전이나 전문가의 책에서 인용하거나, 어원을 따지거나, 유사한 용어와의 비교를 통한 방법을 활용한다. 그러나 어떤 책을 인용했느냐에 따라, 또는 사회 변화에 따라 어원적 의미가 달라질 경우, 용어 비교의 자의성 등으로 인해 개념 규정도 달라진다.

또 토론자가 자신의 논리를 선명하게 만들기 위한 목적으로 사전적 용어에 대해 재정의^{再定義}를 내릴 수도 있다. 예를 들면 호주제의 사전적 의미는 '호주를 중심으로 가족 구성원들의 출생, 혼인, 사망 등의 신분 변동을 기록하는 것'이다. 하지만 이런 사전적 정의는 호주제 폐지를 주장하는 측의 입장을 충분히 반영하지 못하기 때문에, '남성 중심으로 호주를 편제함으로써 여성 차별과 가족 내 주종관계를 제도적으로 보장하는 민법 4편에 있는 제도'라는 식으로 정의를 내릴 수 있다. 이런 재정의 자체가 비판의 대상이 될 수도 있지만, 상대 측의 논리 구조 안에서 그 개념 정의가 타당한지 따져보고 그렇지 못할 경우 이 점을 비판할 수 있다.

❸ 논제의 대립축을 중심으로 대립적 쟁점을 찾는다

논제는 사회적 갈등에 관련된 이해 당사자의 입장을 반영한다. 동일한 사안을 바라보는 가치 기준이 대립되거나, 정책의 실현 과정에서 발생하는 실익 평가에 대해 대립적 관점이 충돌할 수 있다. 따라서 논제의 대립축을 어떻게 세워야 할 것인지를 결정하고, 이 대립축을 중심으로 찬반 양 팀에서 가능한 가설과 쟁점을 찾아야 한다.

예를 들면 '호주제, 폐지해야 한다'라는 논제에 대해 찬성 측은 호주제로 인해 피해를 본 여성들이나 이혼 또는 재혼 가정의 입장을 대변한다. 반면 반대 측은 호주제를 지키고자 하는 남성들이나 여성들의 입장을 대변한다. 따라서 찬성 측은 호주제가 여성들이나 이혼 또는 재혼 가정에 피해를 끼치거나 여성의 인권을 침해한다는 가설을 세우고 이 가설을 입증할 수 있는 쟁점을 찾아야 한다. 반면 반대 측은 호주제가 이혼이나 재혼 가정에 미치는 영향보다 사회 질서 유지 등의 장점이 더 많다는 가설에 입각하여 쟁점을 찾아야 한다.

❹ 공유점과 쟁점을 구분한다

열을 올리며 토론을 벌였는데 서로 동의하는 공유점에 대해서만 토론하고 있다면 얼마나 맥이 빠지겠는가? 더구나 상대방이 내세운 논점에 대해 전부 동의한다면, 토론할 이유도 없어진다. 이런 일이 일어나지 않으려면 찬성 측과 반대 측이 서로 동의하는 공유점이 무엇인지, 또 쟁점이 무엇인지를 명확하게 따져봐야 한다. 공유점은 놔두고, 핵심 쟁점을 제대로 따져서 주장하고 반박해야 한다.

❺ 가설을 검증한다

가설을 검증하는 단계는 자료 조사를 거친 다음 가설로 구축한 논점을 확정하는 단계이다. 막연하게 어떤 이점이나 해악이 있을 것이라고 생각했던 가설이, 과연 정말로 옳은지 확인하는 작업을 거친 후에, 비로소 논점으로 확정될 수 있다.

이 검증의 과정은 자료 조사 과정과 상당 부분 겹친다. 가설을 세우지 않은 상태에서 자료 조사를 하게 되면 발품만 들고 정작 효율적이고 가치 있는 정보를 찾아내기 어렵다.

3) 논거 찾기

논점 분석의 과정은 '논제 파악 ┅▶ 가설 세우기 ┅▶ 배경 지식 찾기 ┅▶ 가설 재구축하기 ┅▶ 자료 조사하기 ┅▶ 논거 찾기'의 순으로 진행된다.

논점 분석을 제대로 하려면 우선 논증에 대한 이해가 필요하다. 논증論證의 사전적 의미는 '주장의 옳고 그름에 대해 이유를 들어 밝히는 것, 또는 밝히는 행위'이다. 즉 어떤 논제에 대해 분별력 있는 판단을 내리는 주장을 펼치는 행위이다. 그런데 논증을 설명하는 방식에 대해서는 여러 가지 학설이 있지만, 여기서는 토론할 때 반드시 알아야 할 핵심적인 내용을 중심으로 설명하고자 한다.

우리가 토론에서 자신의 주장이 정당하다는 것을 입증하려면, 기본적으로 주장claim, 주장을 지지해주는 근거 자료data,• 근거 자료를 바탕으로 주장이 가능하게 해주는 논거warrant, 이 세 가지 요소를 갖추어야 한다.

• 툴민은 '자료(data)'라고 했으나 일반적으로 자료는 토론에 관련된 문헌이나 인터넷 정보 등을 모두 포괄하는 개념으로 사용되기 때문에 혼돈의 우려가 있다. 따라서 여기서는 '근거 자료'라는 용어를 쓰고자 한다.

주장은 동의를 얻기 위해 제시된 문장이다. 토론에서의 주장은 논제에 대해 '예' 또는 '아니요'로 답하는 찬성 측 또는 반대 측의 각 입장이 담긴 문장(명제)일 수도 있고, 그 입장을 지지해주는 각각의 논점이 될 수도 있다. 앞에서 설명한 바와 같이 논제에 대한 입장은 찬성 측이나 반대 측의 전체적인 핵심 주장에 해당하고, 전체적인 입장을 지지해주는 각각의 논점은 부분적인 세부 주장들에 해당한다.

근거 자료는 주장을 지지해주는 구체적인 사실적 정보를 말한다. 자료에는 누구나 수용할 수 있는 이미 확립된 주장, 경험적 관찰, 통계 자료, 사례, 사실 등이 있다. 자기의 주장이 정당하다는 것을 입증하려면 주장을 지지해주는 근거 자료가 구체적이고 충분해야 하며, 주장과 관련성이 깊어야 한다. 마치 요리를 잘하기 위해서는 요리의 목적에 맞는 싱싱하고 풍성한 재료를 갖추어야 하는 것과 같은 이치이다.

그러나 아무리 좋은 재료를 갖추었다고 해도 재료를 냄비에 한꺼번에 쓸어 넣고 끓인다거나, 순서를 뒤죽박죽 만든다면 결코 훌륭한 요리를 만들 수 없을 것이다. 음식을 잘 만들려면 풍성하고 싱싱한 재료를 갖추는 것 못지않게 든든한 요리법이 필요하다. 이미 맛으로 검증된 엄마표 요리 비법이나 요리 전문가의 요리법은 훌륭한 요리를 만들 수 있는 보증 수표가 된다. 이와 마찬가지로 주장의 정당성을 입증하기 위해서는 자료를 나열하는 것만으로는 충분하지 않다. 근거 자료와 주장을 연결시켜주는 일반적인 원리나 원칙을 들어서 정당성을 보증해줄 필요가 있다. 이같이 어떤 근거 자료를 바탕으로 어떤 주장을 하는 것이 옳다는 이유를 들어 보증해주는 역할을 담당하는 것, 그것이 바로 논거이다. 그러므로 논거는 근거 자료와 주장을 정당하게 연결시켜주는 연결고리에 해당한다. 논거는 우리 사회에서 통용되는 관습이나 상식, 누구나 인정하는 가치, 검증된 판단이나 축적된 경험, 법률적 규정, 자연의 법칙, 언어적 정의 등 대부분의 사람들이 받아들일 수 있는 개연적인 규준을 말한다.

이 외에도 논거 보강backing, 유보 사항rebuttal, 확률치modality의 세 가지 요소가 더 있다. 논거 보강은 논거가 올바른 것임을 확고하게 지지해주는 것이다. 논거 보강에는 통계, 증언, 가치 기준 등이 있다. 그러나 논거 보강은 넓게 보면 논거의 범주에 속하므로, 굳이 논거와 구분하지 않아도 된다.

또 유보 사항은 주장이 타당하지 않거나 적용되지 않는 예외적인 경우를 말하고, 확률치는 주장의 타당성이나 정당성의 정도를 나타내는 것이다. 그런데 이 두 가지는 토론에서 대립적인 입장에 서 있는 상대 팀의 반론을 통해 제기된다. 물론 여섯 가지 요소를 모두 고려하면 좋지만, 자기 팀의 논점을 분석하고 구축하는 단계에서는 주장, 근거 자료, 논거의 세 가지 요소를 고려하면 된다.

요약하면, 설득력 있는 토론을 펼치려면 근거 자료와 타당한 논거를 가지고 논점을 제시해야 한다. 특히 입론에서 자기 팀의 논점을 제시할 때에는 근거 자료와 논거를 토대로 하여 논점의 정당성을 입증해야 한다. 또 반론할 때 역시 타당한 논거와 근거 자료를 바탕으로 상대방의 논점이 타당하지 않다는 것을 주장해야 한다. 이런 점에서 토론의 성공은 바로 풍부한 자료를 찾고, 적절한 논거를 확보하는 데 달려 있다고 말하는 것이다. 이해하기 쉽게 도표로 정리해 보자.

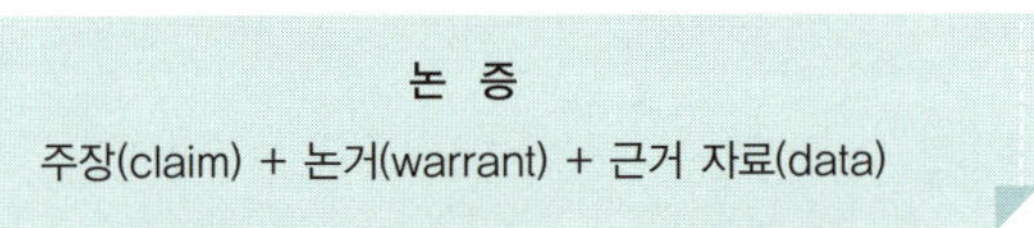

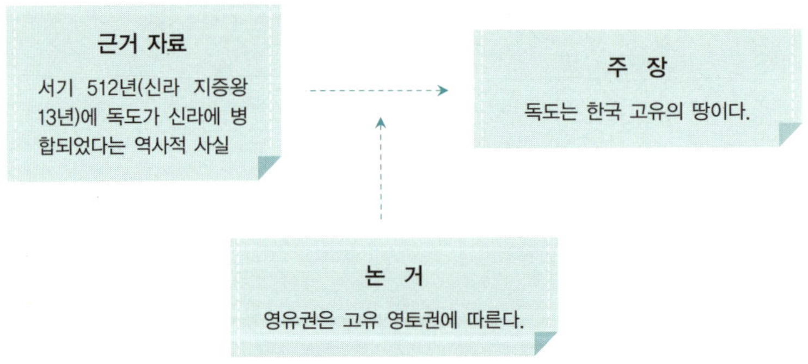

이상에서 설명한 논점 분석과 논거 찾기를 바탕으로 전체적인 내용 구성도를 그려보면 다음과 같다.

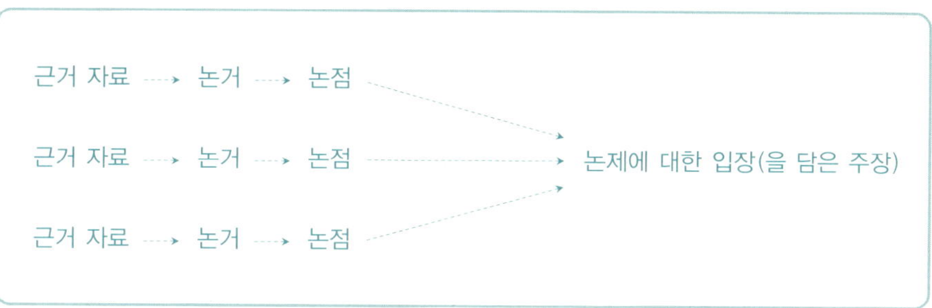

3, 범하기 쉬운 오류

토론에서 오류는 늪과 같다. 아무도 발을 담고 싶어 하지 않지만 자신도 모르게 빠지게 되거나, 일단 빠지면 헤어나오기 힘들기 때문이다. 이런 이유로 아주 오래전부터 논리학자들은 주장을 펼칠 때 범할 수 있는 오류에 대해 경고해왔다. 토론이 곧 주장을 펼치는 행위이므로, 오류를 외면할 수 없다. 오류를 피하려면 무엇이 오류인지를 알아야 할 것이다. 이런 맥락에서 여기서는 논점을 분석할 때 흔히 범하기 쉬운 오류를 중심으로 살펴보기로 하겠다.

'오류'는 넓게는 잘못된 생각이나 믿음을 의미한다. 그러나 좁은 의미로는 추론상의 잘못을 말한다. 추론inference이란 자신의 주장이 정당하다는 것을 입증하기 위해 주장과 근거 자료, 논거를 연결시키는 사고의 과정이다. 앞에서 살펴본 바와 같이 논점 분석을 할 때에는 자신의 주장이 정당성을 갖기 위한 근거 자료를 제시하고 논거를 들어야 하는데, 이 과정에서 잘못을 범하는 것이 바로 추론적 오류이다.

1) 권위나 힘에의 호소

부적절한 권위에 호소하거나, 어떤 지위나 힘을 이용하여 자신의 주장을 받아들이도록 위협하는 경우이다. 이때는 논리적 타당성을 지니지 못하므로, 토론 자체가 불가능할 수 있다.

예) 아무리 그렇게 주장해도 소용없습니다. 결국 선생님의 말씀에 따라야 하니까요.

⋯▶ 말하는 내용과 상관없는 지위나 힘에 의지하여 상대방의 주장을 꺾는 것이므로 결국 토론의 합리성도 무너진다.

예) 아인슈타인의 상대성 이론을 끌어와서 문화적 상대성을 주장하는 경우.

⋯▶ 과학 분야에서 상대성 이론으로 명성이 있는 아인슈타인의 권위에 의존하여 문화적 상대성을 입증하는 것은 논리적 타당성이 없으므로 잘못이다.

2) 인신공격의 오류

주장과 무관하게 주장하는 사람의 경력, 인품, 직업, 성격 등을 이유로 들어 주장에 문제가 있다고 비판하는 경우이다.

예) 마르크스는 사회주의자이기 때문에 그의 이론에 의거하여 자본주의 사회를 논하는 것은 잘못이다.

⋯▶ 마르크스의 이론에 대한 정확한 이해도 없이 그가 사회주의자라는 이유만으로 자본주의를 논하는 데 부적합하다고 공격하고 있다.

3) 대중에의 호소

적절한 근거를 바탕으로 하지 않고 군중심리를 이용하여 주장에 대해 동의를 얻어내려는 오류이다.

예) 동성동본금혼제도를 아직도 채택하고 있는 나라는 세계 어디에도 없을 것입니다.

⋯▶ 동성동본금혼제도를 채택하고 있는 나라에 대한 정확한 조사도 없이 대중을 선동하고 있기 때문에 잘못이다.

4) (동정이나 공포 등) 감정에 호소

상대에게 연민이나 동정심을 유발하여 자신의 주장을 받아들이도록 하는 오류이다.

예) 숭례문에 불을 지른 범인의 '자신의 억울함을 한 번이라도 들어주었다면 이런 일은 없을 것'이라는 주장

⋯▶ 국보 1호 숭례문에 방화를 저지른 범죄 자체를 문제 삼는 상황에서, 자신의 억울함을 호소하여 범죄를 합리화하고 있기 때문에 잘못이다.

5) 순환론적 오류

근거 자료로 제시된 사실에서 주장이 도출되고, 그 주장이 다시 근거의 타당성을 뒷받침하는 순환을 반복하는 오류이다.

예) 신은 최고로 완전한 것이다. 완전성에는 존재도 포함된다. 그러므로 신은 존재한다.

⋯▶ 얼핏 봐서는 쉽게 알아차릴 수 없는 복잡한 나선형의 순환론적 오류에 해당한다.

6) 동어 반복의 오류

주장을 되풀이하는 방법을 통해 다시 그 주장을 입증하는 오류이다.

예) 다른 나라에 인간의 생명을 앗아가는 도구를 팔아서는 안 되기 때문에, 한국에 무기를 팔아서는 안 된다.

⋯▶ 주장과 근거가 분명한 것처럼 보이지만, 실제로는 '무기를 팔아서는 안 되기 때문에 한국에 무기를 팔면 안 된다'고 같은 말을 반복하고 있다.

7) 성급한 일반화

제한되거나 부족한 자료에 근거하여 자신의 주장을 일반화하려는 오류이다.

예) 독일과 싱가포르 등의 나라에서도 사교육이 활성화되고 있는 현상으로 미루어 보면, 사교육 열풍은 전 세계적 현상이라 할 수 있다.

⋯▶ 독일과 싱가포르에서의 사교육은 우리 사회와 그 실정이 다름에도 불구하고, 우리 사회와 같은 사교육 열풍이 전 세계적인 현상인 것처럼 일반화하고 있다.

8) 논점 일탈

주장과 관련이 없는 근거를 들어서 다른 주장이 되게 만드는 오류이다.

예) 교육의 가치를 입증하기 위해 조기 졸업을 허용하는 이번 조치에 대해 반대합니다.

⋯▶ 교육의 가치를 입증하는 것이 조기 졸업을 반대하는 근거가 될 수 없다.

9) 무지에의 호소

어떤 주장이 거짓이라 밝혀진 것이 없으니 정당하다고 주장하거나, 반대로 주장의 정당성이 증명되지 않았다고 해서 허위라고 비판하는 오류이다.

- 예) 이 약은 개발된 지 10년이 지났지만, 임상적으로 부작용의 사례가 전혀 없었습니다. 그러므로 이 약은 안전합니다.
- 가장 안전하다는 아스피린조차 부작용이 입증된 것으로 미루어 보면, 현재까지 부작용의 사례가 없다고 해서 그 약이 안전하다고 볼 수는 없다.

10) 잘못된 인과 관계

어떤 사건의 원인이라고 보기에 충분한 근거가 없는 것을 실제적인 원인인 것으로 보고 어떤 주장을 이끌어내는 오류이다.

- 예) 올해에는 소비가 증가할 것입니다. 선거가 있는 해에는 항상 소비가 증가하였던 것이 통상적인 관례입니다.
- 선거 직전에 정부는 재집권을 위해 세금 감면 정책을 펼치는 것이 통상적이지만, 그러나 그것이 반드시 소비 증가로 이어지지는 않는다.

11) 선험적 추론

어떤 원칙의 옳고 그름은 사실에 의거하여 판단한다. 그러나 원칙을 먼저 선험적으로 정해놓고 이를 수용하거나 거부함으로써 판단의 순서가 바뀐 오류에 해당한다.

- 예) 만화는 가장 천박한 책임에 틀림이 없다. 물론 도서관 대출 목

록에 보면 항상 대여 순위 1위를 차지한다. 그러나 바로 그 점이 만화가 가장 천박하다는 증거가 된다. 모두 인정하다시피 정말 좋은 책은 직접 사서 보기 때문이다. 만화는 한 번 보고 말 책이므로 도서관에서 빌려 보는 것이다.

  ···▶ 만화가 천박하다는 판단을 미리 내리고, 도서관 대여 1순위와 작품의 질을 연결시키는 무리를 범했다. 만화 중에는 작품성을 인정받는 것도 있으므로, 만화에 대한 자신의 선험적 판단을 주장의 근거로 삼는 것은 잘못이다.

12) 원천 봉쇄

반론의 가능성을 원천적으로 봉쇄하여 자신의 주장이 옳다는 것을 입증하는 오류이다.

  예) 중학교 학력고사에 대해 문제 제기를 하는 사람들은 시험 성적이 낮은 학생과 학부모들뿐이다.

  ···▶ 학력고사가 학교와 학생들의 등급화를 조장한다는 비판에 대해 인신공격적 비난을 퍼부어서 반론의 가능성을 원천적으로 봉쇄하고 있다.

13) 흑백 논리

어떤 주장의 근거가 단순히 두 가지 중 하나라고 주장함으로써 범하는 오류이다.

  예) 지금 현재 우리 사회에 사교육이 활성화되고 있는 이유는 공교육이 제대로 된 교육을 감당하지 못하고 있기 때문입니다.

  ···▶ 우리 사회의 사교육 문제는 공교육과 사교육 둘 중 어느 하나에

그 원인이 있는 것이 아니라, 지나친 교육열을 부추기는 사회 구조 전반에서 찾아야 한다.

4, 논점 분석의 사례

1) 사실 논제의 논점 분석

사실 논제는 어떤 사건이 실제로 일어났는가, 과연 어떤 행위가 벌어진 것이 사실인가를 따져보는 토론거리이다. 사실 논제로 토론을 벌일 경우 짚어보아야 할 쟁점은 다음과 같다. 이러한 쟁점을 바탕으로 '독도는 한국 땅이다'에 대한 논점 분석을 해보자.

(1) **개념 정의**: 각 입장의 논제에서 가장 핵심적 용어인 '독도'와 '영유권'을 정의해보자.

(2) **사실의 진위 여부**: 한국과 일본이 각각 독도가 자기 땅이라고 내세우는 사실을 찾아보자.

(3) **특수성 고려**: (2)의 사실들을 뒷받침할 수 있는 특수한 상황적 사실을 찾아보자.

(4) **절차상의 문제**: 각자의 입장에서 (2)의 사실을 인정하는 데 절차상의 문제는 없는지 확인해보자.

<table>
<tr><td colspan="3" align="center">논제: 독도는 한국 땅이다.</td></tr>
<tr>
<td rowspan="2">논
제
파
악</td>
<td>사회적
배경</td>
<td>이 논제는 아래 세 사건을 계기로 하여 사회적으로 부각되었다.
· 일본의 시마네 현이 2005년 2월 22일을 '다케시마(죽도)의 날'로 선포하는 조례를 제정하기로 하자, 독도 관할 당국인 경상북도가 일본에 대해 강력하게 비판하였다.
· 2006년 일본의 독도 주변 수역 해양과학조사에 대해 한국이 강력하게 반대를 제기하였다.
· 2008년 일본이 '중학교 사회 과목 새 학습 지도 요령 해설서'에 독도 영유권을 주장하는 문구를 넣자, 이에 대해 한국이 강력하게 비판하고 나섰다.</td>
</tr>
<tr>
<td>논제에
담긴
본질</td>
<td>독도는 다음과 같이 엄청난 가치를 지니기 때문에 양국이 독도 영유권을 주장하고 있다.
· 어장으로서의 가치: 독도 주변 해역은 풍성한 황금어장이다.
· 군사적 가치: 동북아 및 국가 안보에 필요한 군사 정보 확보가 용이하다.
· 해양 과학적 가치: 해양 과학기지를 통해 환경 연구, 해양 산업 활동 지원, 해양 오염 방지에 효율적인 대처가 가능하다.
· 경제적 가치: 독도 주변 해역에 존재하는 천연가스층은 엄청난 경제적 가치를 지닌다.</td>
</tr>
<tr>
<td colspan="2">공유점</td>
<td>한일 양국은 독도가 자국의 국토임을 증명해야 한다.</td>
</tr>
<tr>
<td colspan="2"></td>
<td align="center">찬성 측</td>
<td align="center">반대 측</td>
</tr>
</table>

논제에 대한 입장	'독도는 한국 땅이다'를 주장하는 한국 사람을 대변하는 입장	'독도는 일본 땅이다'를 주장하는 일본 사람을 대변하는 입장

<table>
<tr>
<td rowspan="4">논
점
구
축</td>
<td rowspan="2">개념
정의</td>
<td>독도: 울릉도에서 남동쪽으로 87.4㎞ 떨어진 해상에 있으며, 동도(東島)와 서도(西島) 및 그 주변에 산재하는 89개의 바위섬으로 이루어진 화산섬이다.</td>
<td>다케시마(죽도): 시마네 현 오키 섬 북서 85해리(북위 37도 9부, 동경 131도 55부)에 위치한, 히가시지마(메지마)와 니시시마(남도)의 작은 섬과 그 주변의 수십 개의 암초로 구성되어 있다.</td>
</tr>
<tr>
<td>영유권: 한국이 독도에 대한 영유권을 주장하는 논거는 고유 영토와, 국가 성립 이후의 시효 취득에 바탕을 두고 있다.</td>
<td>영유권: 일본이 독도에 대한 영유권을 주장하는 논거는 선점권에 있다.</td>
</tr>
<tr>
<td>사실의
진위
여부</td>
<td>독도가 한국 땅임을 증명해야 한다.
· 역사적: 서기 512년(신라 지증왕 13년)에 우산국이 신라에 병합될 때부터 한국의 고유 영토였다.
기타 한국 땅임을 증명하는 역사적 자료를 근거로 든다.
· 지정학적: 독도는 울릉도에 가깝다.
· 국제법상: 실질적으로 한국인이 독도를 관리하고 있으므로 영유권은 한국에 있다.</td>
<td>다케시마가 일본 땅임을 증명해야 한다.
· 역사적: 기원전 4세기 히데토시 야마모토라는 어부가 독도에 발을 들여놓은 이래, 일본이 독도를 실질적으로 점유해왔다. 기타 역사적 기록을 들어 일본 땅임을 증명한다.
· 지정학적: 지리적 거리가 아니라 실질적 소유권이 중요하다(예: 그린랜드는 영국이나 아일랜드가 아니라 덴마크의 땅이다).
· 국제법상: 1905년, 메이지 정부가 다케시마를 시마네 현에 편입해 국제법적으로 일본 영토임을 선언했다.</td>
</tr>
<tr>
<td>특수성
고려</td>
<td>1952년 미국의 독도에 대한 연구 결과 '독도가 대한제국 영토'임을 증명하는 비밀문서를 발견하고, 이를 토대로 주일 미국대사관이 '독도는 대한제국의 영토였다'는 결론을 내렸으므로 독도는 한국 땅이다.</td>
<td>1946년 샌프란시스코 조약에서, 독도는 울릉도와 제주도 등과 함께 일본이 반환해야 하는 한국 영토 가운데 빠져 있으므로 독도는 일본 땅으로 남아 있다.</td>
</tr>
</table>

| 절차의
문제 | 일본은 '폭력과 강요에 의해 취득한 모든 영토를 돌려준다'는 포츠담 회담의 '카이로 선언'을 수용하였다. 그러니 폭력과 강요에 의해 빼앗은 독도를 일본 땅이라 주장하는 것은 절차상의 문제가 있다. | 근세 초기 이래 일본이 독도를 편입할 당시 독도는 주인 없는 돌섬이었다. 주인 없는 물건을 선점한 것이기에 절차상 문제가 없다. |

'독도는 한국 땅이다'라는 논제는 사실 논제이지만 가치 논제의 특성도 함께 지닌다. 아무리 우리가 역사적·지질학적·국제법적인 근거를 들어 '독도는 한국 땅이다'라는 주장을 펼친다 해도 일본이 타당성을 수용하지 않으면 해결점을 찾을 수 없다. 영토는 한 나라의 통치권이 행사되는 한계선이므로 국가의 이익과 주권과 깊은 관련이 있는 민감한 문제이다. 따라서 영토 분쟁에 휘말린 당사국들은 자기 나라의 이익이나 자존을 지키기 위해 절대로 양보하지 않으려 한다. 우리가 독도 문제에 대해 지속적인 관심을 갖고 체계적인 대책을 세워야 하는 이유가 바로 여기에 있다.

2) 가치 논제의 논점 분석

가치 논제는 동일한 사안이나 대상에 대해 서로 가치관이 다르기 때문에 일어나는 갈등과 충돌을 전제로 한다. 그래서 주로 개념 정의, 가치가 충돌하는 지점, 가치 판단의 기준 등을 쟁점으로 삼아야 한다. '인간 배아 복제, 허용해야 한다'를 예로 들어 논점 분석을 해보자.

(1) 개념 정의: 각 입장에서 가장 핵심적 용어인 '배아'의 개념을 정의해보자.

(2) 가치 사이의 충돌 지점: 각 입장에서 우선시하는 가치를 따져보고, 가치가 충돌하는 지점을 찾아보자.

(3) **가치의 판단 기준**: 가치는 그 속성만으로 무엇이 타당한지, 옳은지 판단을 내리기 어려우므로, 그 가치를 현실에 적용할 때 나타나는 결과에 따라 가치의 필요성을 주장할 수 있다. 따라서 각 입장에서 가치를 판단하는 기준이 무엇인지를 따져보자.

논제: 인간 배아 복제, 허용해야 한다.		
논제 파악 / 사회적 배경	1997년 영국의 로슬린 연구소가 양의 성체 체세포에서 핵을 추출하여 난자에 이식하는 방법으로 최초로 복제양 돌리를 탄생시켜 세계적 관심을 집중시켰다. 또한 영국에서는 2004년 8월 11일, 인간 배아 복제를 승인했다. 이를 계기로 생명공학의 급속한 발전을 중시하는 관점과 생명 윤리와 연구 방법의 비윤리성을 문제 삼는 관점에서 많은 논란이 일고 있다.	
논제에 담긴 본질	생명 자체를 과학적 수단이나 도구로 사용할 수 있는가 하는 문제를 중심으로, 생명공학의 발전으로 인해 나타나는 다양한 이점과 부작용에 대한 찬성과 반대의 입장이 대립하고 있다.	
공유점	인간의 생명은 모두 중시돼야 한다. 생명의 존엄성을 지키기 위해 난치병이나 희귀병을 앓는 사람의 생명도 존중되어야 한다.	

	찬성 측	반대 측
논제에 대한 입장	희귀병과 난치병 치료를 위해 인간 배아 복제 연구를 허용해야 한다는 과학자들을 대변하는 입장	인간 배아는 생명이므로 어떠한 경우에도 배아를 이용한 연구는 전면 금지해야 한다는 종교계와 시민단체를 대변하는 입장
논점 구축 / 개념 정의	배아는 정자와 난자가 수정된 이후 14일 이전까지의 수정란으로 장기와 조직으로 나뉘지 않은 세포 덩어리이다. 14일이 지난 이후에야 비로소 척추로 자라는 원시선이 생기는 등 생명체(태아)로 볼 수 있다. 더구나 인간의 수정란을 분할하거나 혈액·살점 등에 들어 있는 체세포만을 이용해 인공적으로 복제해낸 것이 배아이므로, 배아는 생명체가 아니다.	일단 정자와 난자가 합쳐진 수정란은 자연적 배아이든 체세포만을 이용해 인공적으로 복제한 배아이든 그 자체가 이미 생명체이다.
가치 기준	· 배아는 엄격한 의미에서 생명체라고 말하기 어렵다. · 인간은 여러 가지 의학적 기술을 발전시켜오면서 치료를 통해 생명을 연장하는 등 이미 생명 영역에 관여해왔다. · 생명 복제 기술이 인간 개체 복제라는 구체적인 위험성을 가지고 있지만, 잠재적인 의학적 유용성이 너무 크기 때문에 연구를 허용해야 한다.	· 장기와 조직으로 분리되지 않은 세포 덩어리라 해도 엄연히 생명체이다. 따라서 수정 후 14일이라는 기준이 의미가 없다. · 인간 생명은 인간이 함부로 관여할 영역이 아니므로 인간 배아 복제는 생명 윤리에 어긋난다. · 의학적 유용성이 크다 해도 인간을 복제하는 것이고, 위험성이 너무 크기 때문에 연구를 허용하면 안 된다.

| 절차의
문제 | · 인간 배아 복제에 대한 연구를 금지하는 것은 곧 난치병 치료를 위한 기초 연구를 막는 위험이 있다.
· 인간 배아 간(幹)세포 복제 연구는 특정 질환과 그 치료법에 관한 연구를 촉진할 수 있는 유일한 수단이다.
· 인간의 발생 과정과 같은 과학 지식상의 중요한 발전을 가져올 수 있다. | · 핵을 이식한 배아를 자궁에 착상하여 분만시키면 인간 복제로 발전할 가능성이 있다.
· 인간 배아 복제 기술을 통해 생명공학 산업이 발달하여 생명의 상품화를 초래할 수 있다.
· 배아 복제 기술의 안정성이 확보되지 않았고, 성공한다 해도 부작용이나 기형화, 종양화 등의 가능성이 높다. |

3) 정책 논제의 논점 분석

정책 논제에 대해서는 새로운 정책을 통해 과연 현재의 문제 상황을 해결할 수 있는지를 따져보는 것이 가장 중요하다. 찬성 측이나 반대 측 모두 현재 정책이 문제가 있음을 시인하지만, 새로운 정책으로 바꾸어야 하는지 아니면 조금 문제가 있더라도 현재 정책을 고수해야 하는지를 놓고 의견이 다를 수 있다.

그러므로 정책 논제에 대해서는 일단 핵심 용어의 개념 정의, 현재 정책의 문제점, 새로운 정책의 필요성과 문제 해결의 가능성을 분석해야 한다. 또 아무리 좋은 정책이라 하더라도 현실적으로 실현하는 데 비용이 많이 들거나 어려움이 많다면 쓸모없는 정책이 되므로, 사회적 비용을 따져야 한다. 어떤 정책이든 이익과 불이익이 반드시 있게 마련이다. 그러므로 이익이 많을수록 실현 가능한 대안이라 할 수 있다. 그리하여 새로운 정책 외에 더 좋은 대안이 있는지를 살펴볼 필요가 있다. '청소년 성범죄자 신상 공개 제도, 폐지해야 한다'라는 논제를 가지고 구체적으로 분석해보자.

(1) 개념 정의: 찬성과 반대의 각 입장에서 가장 핵심적 용어인 '청소년 성범죄자 신상 공개 제도'를 정의해보자.

(2) **현재 정책의 한계점:** 현재의 '청소년 성범죄자 신상 공개 제도'가 지닌 한계점을 살펴보자.

(3) **새로운 정책의 필요성:** '청소년 성범죄자 신상 공개 제도'를 보완할 수 있는 새로운 정책이 필요한 배경이나 동기를 찾아보자.

(4) **문제 해결의 가능성:** 새로운 정책이 현재 제도의 문제점을 과연 해결해줄 수 있는지 따져보자.

(5) **사회적 비용:** 새로운 제도를 도입할 경우 현행 제도보다 비용, 대가, 이익 등의 측면에서 더 좋은 결과를 가져올 수 있는지를 짚어보자.

(6) **다른 대안과의 비교:** 새롭게 제안된 정책보다 더 나은 대안적인 정책이 있는지를 따져보자.

논제: 청소년 성범죄자 신상 공개 제도, 폐지해야 한다.		
논제 파악	사회적 배경	국가청소년위원회는 2008년 2월 4일부터 "청소년 대상 성범죄자 신상 정보, 등록 및 열람제도"를 시행하고 있다. 즉 미성년자를 대상으로 한 성범죄자나 성 매수자의 이름, 직업, 주소, 사진, 범죄 경력 등을 지역 주민들이 열람할 수 있도록 하며, 정보 공개 기간도 출소 후 10년으로 늘렸다. 이로 인해 제도 시행 초기부터 제기되었던 범죄자에 대한 인권 침해, 이중 처벌 등의 논란이 더욱 강화됨에 따라, 신상 공개 제도를 둘러싼 논쟁이 또다시 달아오르고 있다.
	논제에 담긴 본질	사회적 약자인 청소년과 아동을 보호하기 위해 범죄자의 인권을 유보해야 하는가, 또는 범죄자의 인권도 존중되어야 하는가 하는 문제와 관련하여 찬성과 반대의 입장이 대립하고 있다.
공유점		청소년 대상 성범죄율을 최소화하면서 인권을 보호하는 방법을 찾아야 한다.

	찬성 측	반대 측
논제에 대한 입장	'가해자의 인권도 보호되어야 한다'고 주장하는 국가인권위원회를 대변하는 입장	성범죄자 신상 공개 제도는 '청소년을 보호하기 위한 불가피한 제도'라고 주장하는 청소년위원회나 시민단체를 대변하는 입장
논점 구축 — 개념 정의	청소년 성범죄자 신상 공개 제도는 청소년을 대상으로 성범죄를 저지른 자의 성명, 주민등록번호, 주소 및 실제 거주지, 직업 및 직장 등의 소재지, 사진, 소유 차량 등록번호를 10년간 관리하며, 거주 지역 내 성범죄자의 사진과 상세한 주소 등 신상 정보를 관할 경찰서에서 상시 열람이 가능하도록 2008년 2월 4일부터 시행하는 제도를 말한다.	청소년 성범죄자 신상 공개 제도는 청소년 대상 성 매수, 강간, 강제 추행, 매매춘 알선 등의 성범죄 예방을 목적으로, '청소년 성 보호에 관한 법률'이 정한 범죄 행위를 범하고 형이 확정된 자에 대하여, 국가청소년위원회가 범죄자의 신상과 범죄 사실의 요지를 공개하는 것을 말한다.

현재 정책의 한 계점	신상 공개 제도는 이중 처벌 금지 원칙(동일한 범죄에 대한 이중 처벌 금지)과 적법절차 원칙(법관에 의하지 않고 처벌하면 안 됨), 평등의 원칙(청소년 대상 다른 범죄와 비교할 때 차별 대우를 받음) 등에 위배되므로 위헌의 소지가 있다.	2008년 2월부터 시행되는 청소년 성범죄자 신상 공개 제도는 범죄자 정보의 공개 수준이 높아졌다. 그러나 13세 미만의 청소년 대상 성범죄자에 국한되어 있고, 외국에 비해 형사 처벌의 정도가 여전히 낮은 편이다.
새로운 정책의 필요성	신상 공개 제도는 청소년 대상 성범죄율을 낮추자는 취지로 도입된 것이다. 그런데 신상 공개 이후 오히려 범죄율이 증가 추세에 있고, 청소년 성 매수 사건 중 적발되는 사건의 비율도 극히 낮으므로 신상 공개 제도는 폐지되어야 한다.	신상 공개 제도의 모델이 되었던 미국의 메건법은 공개 수준이 매우 높고, 알래스카 주의 신상등록 공개법 역시 미 연방 대법원에 의해 합헌이라는 판결이 내려졌다. 이처럼 전 세계적으로 청소년 대상 성범죄에 대해 강력하게 대처하고 있는 추세에 따라 가해자의 인권에 관대한 현행 제도보다 더 강력한 제도가 필요하다.
문제 해결의 가능성	이미 유죄판결을 받은 청소년 대상 성 매수자의 신상을 별도로 공개하는 현행 신상 공개 제도를 폐지하고, 현행 청소년보호법에 의한 형사 처벌과 보안 처분을 강화하면, 이중 처벌과 재판 절차의 문제, 형평성의 문제 등을 해결할 수 있다.	신상 공개 제도는 청소년 대상 성범죄자들을 대상으로 사회적 처벌을 통해 성범죄 재발을 방지하는 예방 효과를 노릴 수 있고, 국민들의 청소년 성 보호 의식을 높일 수 있다.
사회적 비용	현행 청소년보호법에 의한 형사 처벌과 보안 처벌을 강화하면 청소년보호위원회에서 신상 공개를 결정하고 집행하는 데 드는 인력과 비용을 절감할 수 있고, 검찰에서도 신상 공개 자료를 작성하기 위한 인력과 비용을 줄일 수 있다.	신상 공개를 하지 않은 성범죄자의 경우 재범률이 신상 공개자에 비해 2.6배나 높았고, 신상 공개 대상자 4,624명 가운데 실형을 선고받은 경우는 37.3%에 머물렀다. 이렇게 신상 공개를 하지 않거나, 신상 공개의 강도가 낮을 경우 그 피해는 고스란히 청소년들에게 돌아간다. 청소년의 성 폭력 피해는 개인은 물론 우리 사회 전반에 엄청난 영향을 끼칠 것이다.
다른 대안과 비교	신상 공개가 아니라 성범죄자의 효율적 감시, 청소년에 대한 선도, 청소년 유해환경 개선 정책 등을 통해 근본적 예방책에 치중하는 방법도 있다.	공개의 강도를 높이고, 성범죄자들에 대해 2008년 9월부터 시행하는 '전자팔찌제' 외에 '외출 제한 제도' '석방 공고제' 등을 병행하면 성범죄 예방 효과가 더 클 것이다.

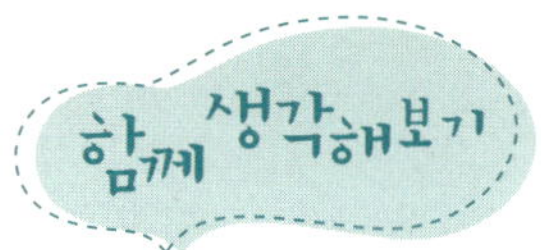

1 '동북공정은 역사적 침략이다'라는 논제를 가지고 논점 분석을 해보자.

1_논제에 대해 다음 사항을 파악해보자.

❶ 사회적 배경:

❷ 논제에 대한 찬성과 반대의 입장

• 찬성 팀:

• 반대 팀:

2_위의 논제 파악을 바탕으로 찬성 팀과 반대 팀이 각각 세울 수 있는 가설은 무엇인가?

• 찬성 팀:

• 반대 팀:

3_위의 가설을 지지해줄 수 있는 논점을 구축하고, 논거를 찾아보자.

❶ 공유점:

❷ 개념 정의:

◐ 길잡이: 핵심 용어에 해당하는 '동북공정'과 '역사적 침략'의 개념을 정의한다.

• 찬성 팀:

• 반대 팀:

❸ 사실의 진위 여부

• 찬성 팀:

• 반대 팀:

❹ 특수성의 고려

• 찬성 팀:

• 반대 팀:

❺ 절차상의 문제

•찬성 팀:

•반대 팀:

2 '외모도 경쟁력이다'라는 논제를 가지고 논점을 분석해보자.

1_논제에 대해 다음 사항을 파악해보자.

❶ 사회적 배경:

❷ 논제에 대한 찬성과 반대의 입장

•찬성 팀:

•반대 팀:

2_위의 논제 파악을 바탕으로 찬성 팀과 반대 팀이 각각 세울 수 있는 가설은 무엇인가?

•찬성 팀:

•반대 팀:

3_위의 가설을 지지해줄 수 있는 논점을 구축하고, 논거를 찾아보자.

❶ 공유점:

❷ 개념 정의:

◐ 길잡이: 핵심 용어에 해당하는 '외모'와 '경쟁력'의 개념을 정의한다.

•찬성 팀:

•반대 팀:

❸ 가치 충돌의 지점

•찬성 팀:

• 반대 팀:

❹ 가치 판단의 기준

• 찬성 팀:

• 반대 팀:

3 '사형제도, 폐지해야 한다'라는 논제를 가지고 논점을 분석해보자.

1_논제에 대해 다음 사항을 파악해보자.

❶ 사회적 배경:

❷ 논제에 대한 찬성과 반대의 입장

• 찬성 팀:

• 반대 팀:

2_위의 논제 파악을 바탕으로 찬성 팀과 반대 팀이 각각 세울 수 있는 가설은 무엇인가?

• 찬성 팀:

• 반대 팀:

3_위의 가설을 지지해줄 수 있는 논점을 구축하고, 논거를 찾아보자.

❶ 공유점:

❷ 개념 정의:

• 찬성 팀:

• 반대 팀:

❸ 현재 정책의 한계점

• 찬성 팀:

• 반대 팀:

❹ 새로운 정책의 필요성

• 찬성 팀:

• 반대 팀:

❺ 문제 해결의 가능성

• 찬성 팀:

• 반대 팀:

❻ 사회적 비용

• 찬성 팀:

• 반대 팀:

❼ 다른 대안과의 비교

• 찬성 팀:

• 반대 팀:

제 8 장

자료 조사

  자료 조사는 목적에 따라 '배경 지식 찾기'와 '자료 찾기'의 두 가지가 있다. 배경 지식 찾기는 논점을 분석하기 전에 논제에 대해 어떻게 접근할 것인지, 논제를 둘러싼 사회적 상황이 어떻게 전개되고 있는지 등에 대한 지식을 얻기 위한 목적에서 이루어진다. 자료 찾기는 논점 분석을 마친 후 각 논점을 받쳐주는 근거 자료를 찾는 작업이다. 앞의 논점 분석과 연결하여 그 과정을 정리하면 다음과 같다.

① 논제에 대해 어떻게 접근할 것인지 계획을 세운다.
② 배경 지식을 얻기 위해 자료 조사를 한다.
③ 배경 지식을 토대로 하여 논점을 분석한다.
④ 논점을 지지해줄 근거를 찾기 위해 자료를 찾는다.
⑤ 조사한 자료를 체계적으로 정리한다.

1. 배경 지식 찾기

배경 지식과 관련된 자료 조사는 대개 인터넷을 이용하는 손쉬운 방법을 택한다. 인터넷으로 검색하면 짧은 시간 내에 많은 정보를 얻을 수 있기 때문에 효율적이다. 그러나 누구나 쉽게 접근할 수 있는 만큼 정보 가치가 높지는 않다. 지나치게 인터넷에만 의존하면, 질적인 면에서 깊이가 없고 참신하지 못한 토론이 될 가능성이 높다.

만약 논제에 대해 배경 지식을 갖추지 못한 상태에서 찬성이나 반대의 입장을 지지하는 정보를 많이 접하게 되면 자신의 입장을 제대로 세우기가 힘들어진다. 이런 점을 보완하기 위해 논제와 관련된 기본적인 문헌이나 서적을 찾아보는 것이 좋다. 문제는 관련 서적이나 문헌들이 대체로 광범위한 내용을 다루고 있거나 너무 전문적이어서 읽기에 벅찰 뿐 아니라, 그 내용을 파악하는 데도 어려움이 많다는 것이다. 그래서 자료를 찾았다 해도 그 많은 책들 중에서 무엇을 선택하고 어떻게 읽어야 하는지 고민에 빠지게 된다. 배경 지식에 도움이 되는 관련 서적을 선택하는 기준은 대략 다음 세 가지이다.

① 대립된 의견을 싣고 있는 것
② 빈번하게 인용되고 있는 것
③ 전문가가 추천하는 것

2. 자료 찾기

아무리 멋진 주장을 내세우더라도, 주장을 지지해주는 근거 자료가 없으면 좋은 주장이라 할 수 없다. 또 아무리 예리한 비판이라 하더라도 비판만 있고 비판을 지지해주는 논거가 없다면 역시 받아들이기 어렵다. 토론을 잘하는 사람은 풍부한 근거 자료를 적절한 시점에 정확하게 활용하는 능력을 발휘한다. 풍부한 근거 자료와 타당한 논거를 충분히 확보하기 위해서는 인터넷, 단행본, 잡지, 논문, 신문, 데이터 등을 샅샅이 뒤지는 작업이 요구된다.

그런데 이런 정보를 어떻게 찾아야 하는지 난감하다. 사실 도서관에 가면 엄청난 자료가 있다는 것을 잘 알지만 너무 양도 많고, 또 구체적으로 어떻게 찾아야 하는지 방법을 잘 모르는 경우가 많다. 그때는 아래와 같은 방법에 따르면 쉽게 접근할 수 있다.

1) 인터넷으로 자료 검색하기

인터넷은 자료 수집에서 가장 많이 활용되는 매체이다. 사실 신문 기사를 찾고, 관련 서적이나 문헌을 찾는 일도 모두 인터넷 검색에서 비롯되므로 인터넷의 활용 범위는 상당히 넓다. 그러나 한 가지 경계해야 할 점은 인터넷을 통해 검색한 지식이나 정보만을 가지고는 심도 있는 토론이 불가능하기 때문에 자료 찾기를 위한 일차적인 방법 정도로 생각해야 한다.

관련 자료를 찾기 위해서는 먼저 국회도서관(www.nanet.go.kr)이나 국립중앙도서관(www.nl.go.kr) 홈페이지를 활용하는 것이 좋다. 여기에서는 논제와 관련된 단행본이나 논문 등에 대한 정보를 손쉽게 얻을 수 있기 때문이다. 구체적으로 이용 방법을 설명하면, 국회도서관이나 국립중앙도서관 홈페이지에서 전자도서관 코너로 들어간다. 그리고 검색이라고 씌어 있는 아이콘을 클릭하고 나서, 통합 검색 창에서 주제어를 치게 되면 관련 서적의 목록이 뜬다. 서적 목록 중에서 필요한 책이나 논문의 제목과 상세 정보를 찾아본다.

2) 문헌 자료 찾기

국회도서관이나 국립중앙도서관에서 목록을 찾았으면 학교의 도서관이나 서점으로 직접 가서 책이나 논문을 읽고 필요한 자료인지를 검토한다. 사실 많은 자료를 처음부터 끝까지 세밀하게 읽기는 힘들다. 자료를 효율적으로 열람하는 방법은 다음과 같다.

① 책의 머리말을 먼저 읽고 저자의 의도와 관점을 파악한다.
② 목차를 읽고 책에서 다루는 문제와 범위, 책의 전체적인 논지를 파악한다.
③ 필요한 정보와 관련된 부분을 찾아 집중적으로 읽는다.

또 전문용어사전이나 백과사전 등을 활용하여 핵심 용어의 개념을 분명하게 정의해야 한다. 잡지나 신문을 통해 최근에 나온 조사 결과나 통계 자료, 사례 등을 찾을 수 있다.

3) 설문 조사 및 인터뷰

논제에 따라서는 설문 조사나 인터뷰를 통해 얻은 결과가 논거로서 더 신뢰성을 가질 수 있다. 해당 논제와 관련된 연구가 부족하거나 최근의 실상을 보여줄 자료가 부실한 경우, 직접 설문 조사한 결과물이나 인터뷰한 것을 논거로 활용하는 것이 좋다. 예를 들면 혼전 순결에 관한 학생들의 의식 조사는 현재 학생들의 의식 실태를 잘 반영할 수 있고, 학교 급식에 대한 학생들의 인터뷰는 급식의 문제점에 대해 학생의 입장에서 생생하고 실감나게 전달할 수 있다.

설문 조사나 인터뷰를 할 때에는 누구를 대상으로 무엇에 대해 질문했는지가 가장 중요한 관건이 된다. 설문 조사를 할 때에는 규모와 대상이 문제되는 경우가 종종 있다. 너무 적은 인원일 경우에는 통계 자료로서의 가치가 떨어지고, 또 어느 한쪽에 편중된 대상자들을 선정하면 공정성을 갖지 못한다. 가능하면 많은 인원을 대상으로 하여 공정한 결과를 취하도록 노력해야 한다. 또 인터뷰를 할 때에는 어떤 사안이나 문제점에 대해 인터뷰를 할 만큼 대표성을 지닌 인물인지, 그 분야에 전문적인 지식이나 정보를 가지고 있는 사람인지 등을 따져보고 선택해야 한다.

설문 조사나 인터뷰의 결과를 제시할 때에는 누구를 대상으로, 어떤 질문을 어떻게 했는지 등에 대해 구체적으로 밝혀서 결과에 대한 공정성과 신뢰성을 확보하도록 노력해야 한다.

3. 자료 정리하기

자료 조사가 어느 정도 이루어졌으면, 수집한 자료를 꼼꼼히 읽고 정리해야 한다. 자료를 읽고 다음의 기준에 따라 정리한다.

① 저자의 주장을 명확하게 찾아낸다.

② 주장을 지지하는 근거 자료가 무엇인지 찾는다.

③ 자료를 구체적으로 분류한다.

가장 많이 활용되는 자료는 다음의 세 가지가 있다.

① 통계 자료(데이터)

② 전문가의 견해

③ 사례

1) 통계 자료

통계 자료는 어떤 현상이나 문제에 대한 집단적 현상의 특징을 숫자로 제시한 것이다. 숫자를 포함한 문장, 도표, 그래프 등이 여기에 속한다.

(연합뉴스, 2008. 7. 31.)

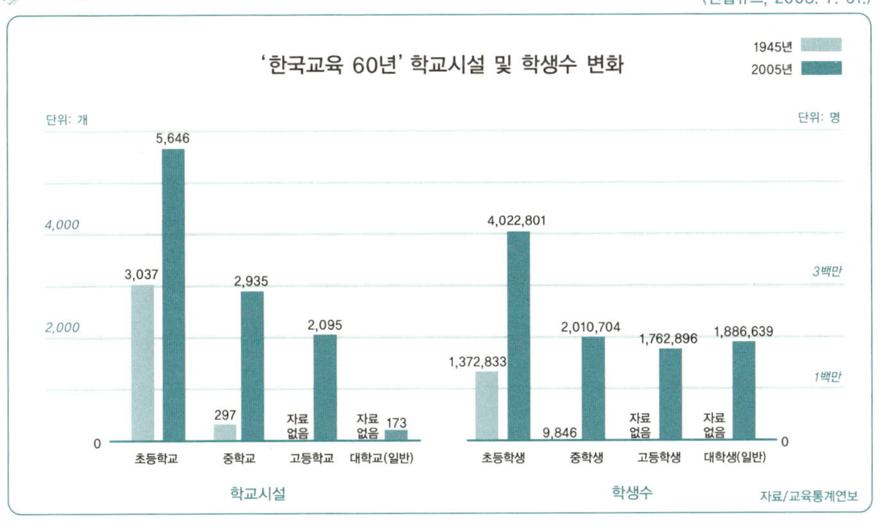

예) 경찰청 자료에 따르면 우리나라의 2000년도 성폭력 범죄는 9,775건으로 1995년 6,093건보다 60.4% 증가하였다. 특히 13세 미만 청소년에 대한 강간사범은 1998년 218건, 1999년 433건, 2000년 594건으로 증가 추세에 있고, 전체 강간 피해자 중에서 20세 미만이 39.9%를 차지하고 있는 것으로 나타나고 있다.

2) 전문가의 견해

전문가의 견해를 근거 자료로 활용하는 것은, 관련 분야의 연구자이거나 전문가로 인정할 만한 사람들의 판단이나 관점을 빌려 자신의 주장이 정당하다는 것을 증명하기 위함이다. 아무리 전문가의 견해라 하더라도 단순한 단정이나 주장만 인용하면 설득력이 떨어지므로, 자신의 주장이나 반박의 근거로 삼을 만한 것인지를 확인해야 한다. 그리고 전문가의 견해를 인용할 때에는 전문가의 직위나 사회적 위치 등을 밝혀 인용할 가치가 있음을 보여주어야 한다.

아래는 '청소년 성범죄자 신상 공개 제도를 폐지하자'는 주장을 받쳐주는 근거로 전문가의 견해를 활용한 예이다.

예) 경기대학교 법학부 박영규 교수의 「청소년 성보호법상 신상공개 제도의 문제점과 개선방안」(『교정연구』 22집, 2004)이란 논문에 의하면, 신상 공개 제도는 형벌과 보안 처분의 성격을 지니고 있는 형사 제재임에도 불구하고 행정기관인 청소년보호위원회가 신상 공개를 담당함으로써 행정 처분의 성격을 띠고 있기 때문에 법관에 의한 형벌이라는 헌법적 원리에 맞지 않는 제도이다.

3) 사례

사례는 실제로 일어난 사항으로서, 주장을 강화하거나 반론의 타
당성을 높여주는 근거 자료로 활용될 수 있다. 신문 기사나 각종 보
도자료 등에서 찾을 수 있다. 사례는 문제적인 상황을 단적으로 보여
주는 대표성을 지녀야 하고, 인용한 자료의 출처와 날짜 등을 반드시
밝혀 신뢰할 만한 자료임을 보여주어야 한다. 다음의 예는 '현행 제
도보다 신상 공개 제도를 강화하자'는 주장을 지지하는 근거로 사례
를 활용하였다.

예) 최근 들어 연쇄 성폭행범들의 재범률이 높아지고, 더욱더 지능화
되고 흉포화되는 경향이 있다. 내일신문 2007년 3월 6일자에 의하면
인천 부평경찰서에 구속된 박모씨(41)는 수도권 일대에서 21회에 걸
쳐 강도와 성폭행을 일삼았고, 박씨가 성폭행한 7명의 피해자 중에는
10세 어린아이를 포함해 미성년자만 4명이나 됐다고 한다. 박씨는 지
난 1987년 서울 일대에서 17차례의 강도와 성폭행을 저질러 무기징
역을 선고받고, 2005년 성탄절 특사로 석방된 상태였다.

4. 논거 카드 작성하기

논거 카드는 조사한 자료를 카드로 일목요연하게 정리한 것이다.
보통 손에 쥐고 보기 편한 크기로 만든다. 논거 카드에는 입론에서
주장할 논점과 논거를 정리하고, 반론에서 반박할 근거 자료들을 체
계적으로 정리한다. 주로 반박할 때 많이 활용하므로 '반박 카드'라

고도 한다.

논거 카드를 만들지 않으면, 토론에서 짧은 시간 내에 필요한 자료를 빨리 찾아내어 적재적소에 효율적으로 활용하기가 어렵다. 열심히 발로 뛰어 찾아낸 자료를 정말 중요한 시점에 제대로 활용하지 못한다면, 아무리 열심히 조사하고 논점 분석을 잘했다 하더라도 한갓 종잇장에 지나지 않게 될 것이다. 사실 토론대회나 토론 수업에서 학생들이 조사한 자료를 다 써먹지 못해 아쉬워하는 경우를 많이 보게 된다. 이런 불상사를 막기 위해서는 반드시 조사한 자료를 논거 카드로 만들어야 한다.

논거 카드 만드는 방법은 다음과 같다.

① 자기 나름의 정리 체계를 세우고 일관성 있게 정리한다.
② 논점별로 카드 색을 구분하여 서로 섞이지 않게 한다.
③ 구별하기 쉽게 각 카드에 일련번호를 붙인다.
④ 카드에 데이터, 사례, 전문가의 견해 등을 구분하여 붙인다.
⑤ 논거로 활용되는 한 가지 자료는 한 장의 카드에 들어가도록
　 정리한다.

논점별로 카드 색을 구분하면 서로 섞이지 않는다. 상대방이 어떤 논점에 대해 반박하면, 그 논점 색에 해당하는 카드 중에 관련이 있는 것을 찾아내 그 여백에 재반박할 내용을 적어두면 재반론 시간에 효율적으로 대처할 수 있다.

또한 동일한 논점에 속하는 논거를 정리하여 카드에 일련번호를 붙이면 쉽게 찾을 수 있다. 다음 장의 예와 같이 논점1에 해당하는

카드 색을 초록색으로 정했다면, 그에 따라 카드의 일련번호, 자료
의 제목과 출처, 내용 등을 일관성 있게 체계적으로 정리하여 구별하
기 쉽도록 만들어야 한다.

번호: 논점1- ①

제목: 연쇄 성폭행범들의 재범률이 높아지고, 흉포화되는 경향

출처: 내일신문, 2007년 3월 6일자

인천 부평경찰서에 구속된 박모씨(41)는 수도권 일대에서 21회에 걸쳐 강도와 성폭
행을 일삼았고, 박씨가 성폭행한 7명의 피해자 중에는 10세 어린아이를 포함해 미
성년자만 4명이나 됐다. 박씨는 지난 1987년 서울 일대에서 17차례의 강도와 성폭
행을 저질러 무기징역을 선고받고, 2005년 성탄절 특사로 석방된 상태였다.

토론대회 출전자들은 찬성과 반대의 두 입장을 모두 준비해야 하
고, 또 동일한 논제로 여러 차례 토론하게 된다. 따라서 처음에 논거
카드를 잘 만들고 토론할 때마다 언급되었던 내용들을 각 해당 논거
카드의 여백에 메모해놓으면, 다음번 토론에서 이를 적절하게 활용
할 수 있다.

논거 카드를 만드는 가운데 근거 자료로 활용할 수 있는 통계표나
도표 등이 있으면, 크게 만들어서 토론 시간에 제시할 수도 있다. 너
무 많이 만들어서 매번 도표를 들고 발언할 수는 없지만, 자기 팀의
주장을 확실하게 지지해주는 자료를 적절하게 활용하면 반론의 효과
를 높일 수 있다.

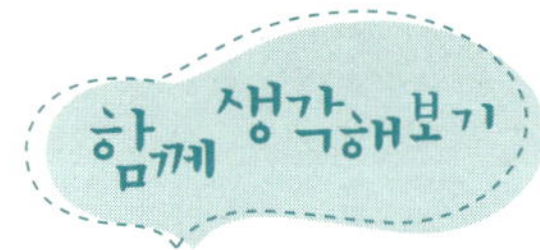

1 제7장에서 논점 분석을 해본 '동북공정은 역사적 침략이다' '외모도 경쟁력이다' '사형제도, 폐지해야 한다'는 세 가지 논제에 대한 자료를 찾으려고 한다. 어떤 식으로 자료를 찾아야 하는지 그 방법을 구체적으로 논의해보자.

❶ 동북공정은 역사적 침략이다:

❷ 외모도 경쟁력이 다:

❸ 사형제도, 폐지해야 한다:

2 위에서 조사한 자료를 논거 카드로 정리하려고 한다. 정리 방법을 생각해보자.

❶ 동북공정은 역사적 침략이다:

❷ 외모도 경쟁력이 다:

❸ 사형제도, 폐지해야 한다:

제 **9**장

토론 개요서 작성

1. 토론 개요서, 전략 세우기

논점을 분석하고 근거 자료를 찾아 어느 정도 준비가 되었다면, 이를 바탕으로 토론 개요서를 작성한다. 물론 개요서 작성 중에 부족한 부분이 발견되면 다시 논점을 분석하고, 자료를 조사하여 보충해야 한다.

토론 개요서 작성은 여행을 떠나기 전 계획을 점검하는 단계에 해당한다. 친한 친구들과 함께 배낭여행을 떠나는 상황을 상상해보자. 떠나기 직전 친구들끼리 모여 지도와 계획서를 놓고 행선지를 검토하고, 각자 감당해야 할 준비물을 나눈다. 또 여행하는 동안 일어날 수 있는 위험 사항이나 재난에 대비하여 준비물을 챙긴다. 이처럼 철저한 점검과 준비 과정 없이 여행을 떠난다면 어떻게 될까? 이동 과정에 차질이 생겨 스케줄이 엉망이 되거나, 가져간 돈보다 훨씬 많은 돈을 낭비하면서도 불편하기 짝이 없을 것이고, 친구끼리 의견이 엇갈려 서로 싸우기도 할 것이다. 그렇게 되면 돈과 시간을 낭비하는 것은 물론이고, 우정이 깨지는 등 좋지 않은 추억만 남을 것이다.

이와 마찬가지로 토론 개요서를 작성하지 않으면 어떻게 될까? 상대방의 전략에 제대로 대비하지 못했기 때문에 상대방의 논리에 휘말려서 정작 자기 팀이 준비한 주장이나 자료를 활용할 수도 없게 된다. 심지어 상대방의 여유 있는 태도에 주눅이 들어 말 그대로 죽을 쑤는 토론이 되기 십상이다. 더욱이 토론은 혼자가 아니라 팀원이 함께하기 때문에, 자기 팀의 입장이나 논점 등에 대해 팀원 전체가 충분히 준비하여 공유하지 않으면 실제로 토론을 할 때 팀원들끼리 서로 논리적으로 모순이 되는 발언을 하게 되는 경우도 발생하게 된다. 이렇게 되지 않으려면 토론 개요서를 반드시 작성해야 한다.

토론 개요서 작성의 장점은 다음과 같다.

1) 토론의 전략을 체계화할 수 있다

논점을 몇 개로 정할지, 각 논점에 대해 어떤 논거를 활용할지 등을 한눈에 파악할 수 있기 때문에 빠진 부분이나 부족한 부분을 보완하고 점검할 수 있다. 논리적 흐름에 따라 자료를 분류하고 분석하여 토론의 흐름에 맞게 정리할 수 있다.

2) 상대방의 전략에 대비할 수 있다

찬반 양쪽의 논점과 논거를 대조하면서 비교·정리하기 때문에, 자기 팀은 물론 상대 팀의 전략을 예측하고 이에 대비하는 안목이 생기게 된다.

2. 토론 개요서 작성의 원칙

토론 개요서는 토론이 어떻게 진행될 것인지 전체적인 흐름을 예측하고 이에 대한 전략을 세워 한눈에 파악하기 위해 정리한 일종의 시나리오에 해당한다. 따라서 토론 개요서에는 자기 팀의 입장과 논점은 물론 상대 팀의 입장과 논점도 예측할 수 있도록 작성해야 한다.

토론 개요서를 작성할 때에는 아래의 사항을 지켜야 한다.

① 논점을 일목요연하게 항목화하여, 논리적 흐름에 따라 번호를 붙여 정리한다.

② 논점을 받쳐주는 논거를 간략하게 정리하여 전체적인 윤곽이 드러나도록 정리한다.

③ 근거 자료 역시 항목화하여 정리하고, 자세한 자료는 논거 카드로 정리한다.

보다 구체적인 작성법은 아래 두 가지의 토론 개요서를 들어 설명하겠다.

1) 간략한 토론 개요서

이 개요서는 간략하게 자기 팀과 상대 팀의 논점과 논거를 살펴보고, 그에 대한 대책을 세우는 데 유용하다. 주로 토론을 처음 접하는 학생들이나 교실 토론에서 활용하기에 적합하다.•

개요서 작성 순서는 다음과 같다.

(1) 먼저 자기 팀의 논점과 논거를 정리한다.

(2) 그에 대해 예상되는 반론과 반론에 대한 대책을 마련한다.

(3) 상대 팀의 논점과 논거를 찾아본다.

(4) 상대 팀의 논점과 논거에 대해 반론할 만한 문제점을 분석한다.

(5) 자기 팀의 논점과 논거에 대한 상대 팀의 반론을 예측하고, 이에 대해
    대책을 세운다.

논 제:		
	우리 팀	상대 팀(예측)
입론	1. 논점(주장)	1. 논점(주장)
	2. 논거와 근거 자료	2. 논거와 근거 자료
반론	3. 상대 팀 입론에 대한 반론	3. 우리 팀 입론에 대한 상대 팀의 반론
	4. 상대 팀 반론에 대한 우리 팀의 대책	4. 우리 팀 반론에 대한 상대 팀의 대책

구체적인 예는 다음과 같다.

논 제: 체벌, 교육의 수단이다(반대 팀)		
	우리 팀	상대 팀(예측)
입론	**1. 논점(주장)**	**1. 논점(주장)**
	① 체벌은 폭력성을 내재하고 있다. ② 체벌은 지속 효과가 없다. ③ 체벌은 교사와 학생 간의 인격적 관계를 훼손시킨다. ④ 보상 효과를 달성할 수 있는 대안 처벌을 활용해야 한다.	① 체벌은 교육적 효과가 높다. ② 체벌은 현재와 같은 다인수 학급의 질서 유지에 효과가 높다. ③ 교사는 학급을 바르게 이끌어갈 권한과 의무가 있다.
	2. 논거와 근거 자료	**2. 논거와 근거 자료**
	① 체벌을 가한 후 교사의 심정에 대한 연구 자료—후회한다는 부정적 반응. ② 심리학자 스키너Skinner의 조작적 조건화 이론—체벌은 일시적인 행동 억제 효과를 지님. ③ 매일신문 인터뷰—'체벌 중독성의 예.' ④ 대안 처벌의 행동 변화—교사, 학부모, 학생 50% 이상 선호도를 보임.	① 다인수 학급의 통제 수단이 필요함—체벌은 통제 수단의 효과가 높음. ② 효율적인 학교 환경 유지와 다른 학생들에게 간접적 교육 효과가 높음. ③ 체벌은 교사 책임을 수반하는 '권한'—초·중등교육법 제18조 1항.
반론	**3. 상대 팀 입론에 대한 반론**	**3. 우리 팀 입론에 대한 상대 팀의 반론**
	① 강압적 통제를 통한 교육은 그리 좋지 않다. ② 체벌은 비행의 결과를 공개적으로 알려주고, 폭력성을 학습하도록 조장한다. ③ 체벌의 효과는 체벌을 가하는 순간에만 존재할 뿐, 지속적이지 못하다. ④ 교사도 사람이기 때문에 객관적 거리 유지가 어렵다.	① 교사와 학생의 위치는 대등하지 않다. ② 체벌은 여러 가지 교육 수단 중 하나일 뿐이다. ③ 체벌의 효과는 즉각적이고, 효율적이라는 점에서 긍정적이다. ④ 체벌은 교사의 권리로 인정받는 부분이다.
	4. 상대 팀 반론에 대한 우리 팀의 대책	**4. 우리 팀 반론에 대한 상대 팀의 대책**
	① 학생의 인권을 인정해야 한다. 교권이 학생들의 인권보다 우선시될 수 없다. ② 교육은 교사와 학생 간의 믿음을 바탕으로 이루어져야 하므로, 체벌의 폭력성은 옳은 교육법이 아니다. ③ 학생들은 체벌을 인지적·정서적 측면에서 부정적으로 받아들인다. ④ 의무가 수반되지 않는 권리는 보장되지 못한다.	① 체벌을 통한 질서는 강제적이지만, 학생들을 획일적으로 만드는 질서는 아니다. ② 비행을 학습시키는 것보다 체벌을 활용하여 간접 효과를 높이는 것이 더 교육적이다. ③ 체벌의 즉각적인 효과는 효율적으로 학급을 운영하는 데 있어 경제적이다. ④ 교사는 여러 교육 과정을 거쳤으므로, 체벌이 필요한 적절한 시기와 정도에 대한 판단력과 분별력을 갖추었다.

2) 상세한 토론 개요서

이 개요서는 입론은 물론, 찬성과 반대 측의 논거를 대비적으로 정리하여 전체적인 토론의 구도를 한눈에 파악할 수 있다. 세부적인 사항을 정리하여 토론의 전체적인 흐름을 파악하고, 찬성과 반대의 대립 지점을 정리할 수 있다. 이는 토론대회에 출전하는 학생들이 활용하면 좋을 듯하다.

개요서 작성 순서와 요령은 다음과 같다.

(1) 배경 상황에는 논제를 둘러싼 사회적 갈등의 배경을 정리한다

배경 상황을 정리하면 입론에서 토론을 해야 할 필요성을 언급하는데 긴요하게 활용할 수 있다.

(2) 논제에 대한 자기 팀의 입장(또는 찬성과 반대의 대립된 입장이나 관점)을 정한다

교실 토론에서는 찬성과 반대의 입장이 미리 정해진 상태에서 토론을 준비한다. 그러나 토론대회에서는 찬성이나 반대의 입장이 정해지지 않으므로 두 가지 입장을 모두 준비해야 한다. 논제는 찬성의 입장을 반영하고 있으므로 찬성 측은 논제를 그대로 쓰면 되지만, 반대 측은 논제에 대해 대립각을 세우고 가능한 입장을 모색해야 한다. 선명하게 찬성이나 반대의 대립각을 세워보면, 양쪽 입장이 분명해지므로 어느 한쪽에 치우치는 논지를 세우지 않게 된다.

(3) 공유점을 확인한다

공유점을 찾으면, 토론에서 다루어야 할 쟁점이 무엇인지를 확연하게 파악할 수 있다. 종종 공유점을 가지고 열심히 토론을 하다가 서로 일치한다는 것을 확인한 다음, 허탈해하는 모습을 보게 된다. 이런 일을 미연에 방지하려면 찬성이나 반대 양쪽이 모두 인정하는 공유점을 찾아내, 토론의 논점에서 배제해야 한다.

(4) 자기 팀의 입장에서 입론에 들어갈 전제, 핵심 개념, 논점, 논거를 정리한다

우선 자기 팀의 입장의 토대가 되는 전제를 확실하게 해두면 대립각이 분명해지므로, 상대 팀의 논리에 휘말리지 않게 된다.

입론에서 진술해야 할 내용은 배경 상황, 핵심 용어의 개념 규정, 논점과 논거의 나열, 기대효과의 순서로 구성된다. 찬성 측이라면 찬성 측의 입장과 핵심 개념을 먼저 채우고, 그에 맞추어서 논점을 정리한다. 그리고 각 논점에 따라 준비한 논거를 각각의 번호에 맞추어서 정리한다. 예를 들면 ①번 논점을 받쳐주는 논거라면 논거의 항목 ①번에 적는다. 지면상 준비한 것을 모두 다 정리할 수 없으므로 주요 대목만 써놓고, 자세한 통계표나 자료 등은 따로 논거 카드로 만든다. 토론할 때 개요서를 가지고 전체적인 흐름을 파악하고, 세세한 부분은 논거 카드와 원활하게 연결지어 활용할 수 있다.

(5) 상대 팀의 입론을 예측하여 위의 순서대로 정리한다

(4)와 같은 순서와 요령으로 상대 팀의 입론을 예측하여 작성한다. 어디까지나 예측을 하는 것이므로, 반드시 상대 팀이 개요서대로 토론하는 것은 아니다. 따라서 예측이 실제 토론에서 적중할 수 있도록 자료 조사와 논점 분석 등에서 다각도로 심도 있게 접근해야 한다.

(6) 자기 팀의 입론에 대한 상대 팀의 반론을 예측하여, 상대 팀의 반론 란에 적는다

여기에서 각별히 주의해야 할 점은 찬성 측에 대한 반대 측의 반론은 반대 측의 반론 란에 적고, 반대 측에 대한 찬성 측의 반론은 찬성 측의 반론 란에 적어야 한다. 이렇게 서로 교차하여 적는 이유는 찬성 측의 전략과 반대 측의 전략을 논리적 흐름에 따라 한눈에 파악할 수 있기 때문이다.

자기 팀의 각 논점에 대한 반박 내용을 적는 것이니, 역시 입론의 각 논점과 반론의 각 항목이 맞아야 한다. 예를 들면 ①번 논점에 대한 반론은 ①번으로 정해야 한눈에 파악할 수 있다. 역시 상대 팀이 자기 팀의 입론에 대해 반박할 내용을 예측하는 것이므로, 예측이 정확하게 들어맞기 위해서는 그만큼 많은 준비가 필요하다.

(7) 상대 팀의 반론에 대한 대책을 바로 아래 자기 팀의 반론 대책 란에 적는다

역시 입론과 마찬가지로 각각 반론에 대해 어떻게 대책을 세울 것인지를 정하고, 반론과 대책의 번호가 서로 일치하도록 적는다. 예를 들면 ①번의 반론에 대한 대책은 ①로 맞추어서 적는다.

자기 팀의 전략을 정리했으면, 이를 토대로 하여 상대 팀의 전략을 위의 순서대로 정리한다(구체적인 예는 229~30쪽과 같다).

논제			
배경 상황			
입장			
공유점			
		찬성 측	**반대 측**
입론	전제		
	핵심 개념		
	논점		
	논거		
	기대 효과		
반론	예상 반론		
	대책		

1 제7장에서 논점 분석을 하고, 제8장에서 자료를 찾았던 세 가지 논제 중에서 하나를 선택하여, 토론 개요서를 작성해 보자. 만약 토론에 익숙하지 않은 학생이면 간략한 토론 개요서를, 토론에 익숙하거나 토론대회에 출전하는 학생이면 상세한 토론 개요서를 작성하는 것이 좋다. 물론 두 가지 모두를 해보면 더욱 좋을 것이다.

토론의 실전

제 10장

교실 토론, 이렇게 해보자

1. 교실 토론이란 무엇인가

교실 토론class debate이란, 말 그대로 교실에서 학생들이 벌이는 토론이다. 토론은 그리스 시대에 시작되었지만, 토론 교육에 대한 본격적인 관심은 현대에 이르러 미국에서 비롯되었다. 초기의 토론 교육은 주로 토론대회를 중심으로 이루어졌다. 그런데 토론대회는 마치 선수들이 치열하게 경쟁을 벌이는 스포츠 경기와 같이 논리력과 사고력을 견주는 프로급 토론에 해당한다. 그러나 토론을 처음 접하는 아마추어급 학생들이 토론대회식으로 토론을 하기에는 어려움이 많다. 이런 점을 고려하여 학생들의 수준에 맞게 규칙과 시간을 조정하고, 토론을 하기 위한 준비나 사후 과정을 지도하는 데 초점을 두어, 토론 교육의 방법을 고안했다. 이렇게 고안된 토론이 바로 교실 토론이다.

교실 토론은 다음과 같은 특성을 지닌다.

① 찬성 팀과 반대 팀이 교대로 발언하기 때문에 논점이 맞물려 긴장감을 유발한다.
② 찬성과 반대 양 팀이 동일한 수로 대립되기 때문에 어느 편으로 기울어도 활발한 토론이 될 수 있다.
③ 모든 학생들이 골고루 발언할 기회를 갖기 때문에 평소 말을 잘 못하는 학생이라도 자연스럽게 동참할 수 있다.
④ 일종의 게임처럼 진행되기 때문에 팀원들끼리 협동하여 열심히 준비하고 토론 과정에도 적극적으로 참여한다.

최근 들어 토론 수업이 점차 많아지고 있다. 교사로부터 일방적으로 지식을 전달받는 강의식 수업보다 토론식으로 수업을 하면, 학습 효과는 물론 학업 성취도 또한 훨씬 높아지기 때문이다. 토론을 하기 위해 어떤 주제에 대해 자신의 생각을 정리하고, 자료를 찾고, 조원들과 함께 자료를 정리하고 서로 의견을 교환하면, 자연스럽게 이해하고 분석하는 능력이 향상된다. 또 평소에 친했던 친구들이 토론하는 모습을 지켜보면서 새로운 면을 발견하는 것도 교실 토론이 갖는 큰 묘미이다. 나아가 친구들이 멋지게 토론하는 모습을 보면서 논리적으로 설득력 있게 발표하는 법을 구체적으로 배울 수도 있다.

['Class Debate'가 '교실 토론'으로 정착된 과정]

1990년대 초반부터 토론 교육이 활성화되었던 일본에서, 미국의 class debate 교육 방법을 일본의 교육적 환경에 맞게 도입하려는 노력이 시도되었다. 그런 과정에서 class debate는 교실 토론, 수업 토론, 학교 토론 등 다양한 이름으로 번역되었다. 그러나 1993년 '교실 토론 원년'이 선포됨에 따라 '교실 토론'이란 명칭으로 일원화되었다.

우리나라에서는 2000년대 초반부터 토론 교육이 활성화되기 시작했다. 미국이나 일본의 토론 교육 방법을 도입하는 과정에서 '교실 토론'이란 이름을 받아들였다.

2. 교실 토론의 진행 과정

교실 토론의 진행 과정은 크게 3단계로 나눌 수 있다.

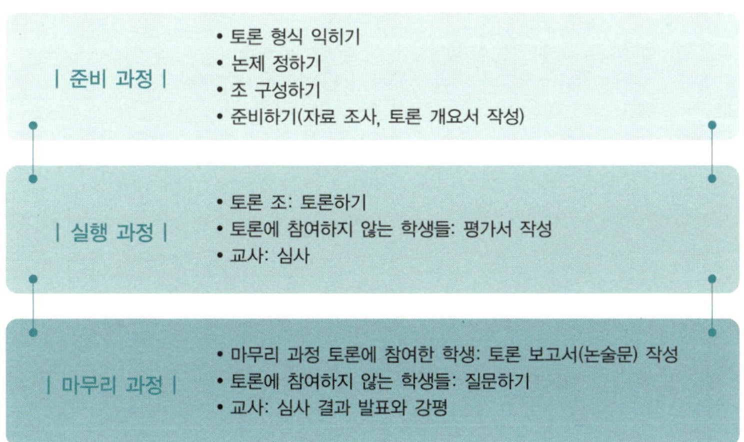

이를 수업 진행 순서에 따라 정리하면 다음과 같다.

단계	학 생	교 사	비 고
1단계	논제 파악 자료 조사	토론 논제 제시	학생들의 수준에 따라 교사의 지도를 받을 수 있다.
2단계	논점 분석	찬/반 팀별로 면담을 통한 지도	- 면담은 팀별로 지도받는다. - 비토론자들이 논점 분석을 하여 토론 팀에게 줄 수도 있다.
3단계	찬성 팀/반대 팀으로 나누어 토론 개요서 작성	토론 개요서 작성 요령 설명	팀원들이 논의하여 작성한다.
4단계	토론 조: 토론 실행 비토론자: 평가서 작성	사회자 또는 원활한 진행 자의 역할	- 청중: 토론의 결과를 평가한다. - 교사: 토론의 논점과 토론 진행 과정을 간략하게 논평한다.
5단계	논술문 작성	글쓰기 개요 작성 설명	수업 시간에 개요 작성을 하고 글쓰기는 과제로 제출한다.

3, 교실 토론의 형식

교실 토론은 토론에 참여하는 학생들 대부분이 토론에 서투르고, 시간이 짧고, 승패를 판가름하기 어려울 때가 많다는 점에서 토론대회와 차이가 있다. 이에 따라 교실 토론은 교실의 상황, 수업의 특성, 학생들의 능력과 인원수 등을 고려하여 토론의 네 가지 핵심 과정, 즉 입론, 확인 질문, 반론, 최종 발언을 적절하게 조합하여 만든 것이다. 따라서 이론적으로는 수많은 토론 형식이 가능하다. 가장 많이 활용되는 토론 형식의 예를 몇 가지 살펴보자.

1) 사회자가 없는 토론 형식

교실 토론에서는 사회자가 없는 것이 원칙이다. 사회자는 토론의 방향을 이끌어가는 중요한 역할을 담당하지만, 능숙하지 않은 사회자는 토론을 잘 이끌어가지 못할 뿐 아니라 토론을 실타래 엉키듯 혼란스럽게 만들 가능성이 높다. 또 사회자의 능력에 너무 많이 의존하게 되면 사회자의 생각이나 의지대로 토론이 진행될 위험이 많아지기 때문이다. 따라서 토론이 원활하게 진행될 수 있도록 사회자의 역할을 대폭 축소하여 규칙과 순서를 안내하고 시간을 측정하도록 한다.

(1) 일반적인 토론 형식의 예

	찬성 팀	반대 팀
입론	① 갑 입론 (3분)	② 갑 입론 (3분)
	숙의 시간 (1분)	
반론 1	④ 을 반론 (2분)	③ 을 반론 (2분)
	숙의 시간 (1분)	
반론 2	⑥ 병 반론 (2분)	⑤ 병 반론 (2분)
	숙의 시간 (1분)	
최종 발언	⑧ 정 최종 발언 (2분)	⑦ 정 최종 발언 (2분)

토론 시간은 총 21분이고, 참여 인원은 양 팀 4명씩 총 8명이다. 토론에 익숙하지 않은 학생들을 고려하여 팀원들이 토론의 흐름에 대한 대책을 논의할 수 있도록 숙의 시간(전략 시간)을 주었고, 확인 질문이 없다. ●

(2) 변형한 토론 형식의 예

	찬성 팀	반대 팀
1라운드	① 갑 입론 (3분)	② 을 확인 질문 (2분)
	③ 병 반론 (2분)	④ 갑 입론 (3분)
	⑤ 을 확인 질문 (2분)	⑥ 병 반론 (2분)
	숙의 시간 (1분)	
2라운드	⑦ 자유 토론 (5분)	
	숙의 시간 (1분)	
3라운드	⑨ 정 최종 발언 (2분)	⑧ 정 최종 발언 (2분)

총 토론 시간은 25분이다. 이 형식은 확인 질문과 자유 토론이 있어서 토론에 조금 익숙해진 학생들에게 적합하다.

각 팀의 인원을 3명으로 줄이고, 병이 반론과 최종 발언을 모두 담당하되 다른 학생과의 형평성을 고려하여 최종 발언을 1분으로 줄이는 방법도 가능하다. 토론에 좀 익숙한 학생들이 박진감 넘치는 토론을 하려면, 숙의 시간을 양 팀에 동일하게 부여하지 않고 자율적으로 필요할 때 쓰도록 하는 방법도 가능하다.

3명이 한 팀을 이루는 사회자가 없는 교실 토론의 예

2) 사회자가 있는 토론 형식

교육 토론에서는 일반적으로 사회자가 없는 것이 원칙이지만, 원활한 진행을 위해서 사회자가 있는 토론 형식을 정할 수 있다.

사회자의 역할을 교사가 담당할 수도 있고, 학생들 중 한 명이 담당하고 교사는 수업 전체를 총괄할 뿐 토론에는 개입하지 않을 수도 있다. 사회자가 갖추어야 할 자세는 다음과 같다.

① 토론이 원활하게 진행되도록 철저하게 준비한다.

② 토론 논제에 대한 양 팀의 논점을 충분히 이해한다.

③ 청중들이 논제에 대해 관심을 갖도록 유도한다.

④ 토론자들이 규칙과 순서를 잘 지키도록 유도한다.

⑤ 공정하게 진행한다.

⑥ 정해진 시간 내에 토론이 끝나도록 시간을 잘 관리한다.

사회자: 개회사 및 토론 논제 소개 (2분)
토론자 소개 (1분)
양   팀: 갑 입론 (각 팀 2분, 찬성 팀 먼저 발언)

	찬성 팀	반대 팀
1라운드	② 병 반론 (2분)	① 을 확인 질문 (2분)
	③ 을 확인 질문 (2분)	④ 병 반론 (2분)
	숙의 시간 (1분)	
2라운드	⑤ 갑 확인 질문 (2분)	⑥ 을 반론 (2분)
	⑧ 을 반론 (2분)	⑦ 갑 확인 질문 (2분)
	숙의 시간 (1분)	
3라운드	⑩ 병 최종 발언 (2분)	⑨ 병 최종 발언 (2분)
	사회자 : 마무리 (2분)	

* 이 형식은 총 3명의 학생으로 구성되어 있고 토론 시간은 31분이다.

4. 토론의 준비 과정

1) 토론 형식 익히기

토론을 준비할 때에는 주제나 내용 못지않게 형식 면에서 어떤 규칙과 순서로 진행되는지 제대로 알아야 토론을 잘할 수 있다. 아무리 멋진 주장과 많은 자료를 준비했다고 하더라도 규칙과 순서를 제대로 익히지 않아 발언 시간을 초과한다거나, 자신의 순서가 아닌데 불쑥 나서서 말을 한다거나, 질문할 시간에 반론을 펼친다면 좋은 토론을 펼칠 수 없게 될 것이다.

앞에서 살펴본 바와 같이 토론 형식은 대개 한 팀의 구성원이 몇 명인지, 구성원들 사이에 역할을 어떻게 분담하는지, 어떤 순서로 몇 분 정도 발언하는지, 발언할 내용이 무엇인지 등에 관한 정보를 담고 있는 일종의 경기 규칙과 같다. 토론 형식은 대개 토론 수업 시간 전에 미리 공지된다.

2) 논제 정하기와 조 구성하기

(1) 학생들이 자율적으로 논제를 정할 때

조 구성원들끼리 토론 논제를 정할 때 가장 염두에 두어야 할 점은, 자신들이 제시한 논제가 과연 찬반 양쪽의 팽팽한 대립각을 세울 수 있는지 그래서 토론이 성립할 수 있는지 가늠하여 토론에 알맞게 가다듬어야 한다.(논제 정할 때 구체적으로 알아야 할 사항은 앞의 제5장을 참조할 것).

(2) 조를 구성할 때

학생들은 흔히 조 구성 문제로 심리적으로 많은 갈등을 느끼게 마련이다. 그런데 조금만 생각을 바꾸어보자. 토론이란 나와 의견이 다른 사람을 설득하는 훈련의 과정이다. 내 마음에 들지 않는 학생을 설득하고 토론 준비를 함께하는 과정, 이 역시 토론 능력 향상에 큰 도움이 된다. 상대방을 설득하는 훈련을 많이 할수록 토론 실전에서 훨씬 잘할 수 있지 않겠는가? 그러니 긍정적으로 받아들여 훈련의 기회로 삼는 것이 현명한 처사다.

(3) 찬성 팀과 반대 팀을 정할 때

일단 논제가 정해지고 조원이 구성됐으면, 충분히 논의하여 찬성 팀과 반대 팀을 정해야 한다. 가장 최선의 방법은 논제에 대해 자기의 소신대로 찬성과 반대를 정하는 것이다. 그러나 혹시 자신의 소신과 다른 입장에서 토론을 하게 되더라도 너무 불안해하지 마시라. 어차피 토론은 주장과 반박의 연속이다. 그러니 이렇게 되면 오히려 자신의 소신에 대해 조목조목 반박해볼 수 있는 기회를 가질 수 있게 되는 것이니, 토론에서 더 유리한 경험을 할 수 있다.

3) 토론 준비하기

일단 논제가 정해지고 찬성 팀과 반대 팀이 구성되었다면, 본격적으로 토론 준비 단계로 들어간다. 논제에 대해 어떻게 접근할 것인지, 논점을 무엇으로 삼을 것인지, 논점을 지지하는 근거를 찾기 위해 어떻게 자료를 조사해야 하는지 등을 논의하고 준비 작업에 착수해야 한다. 또 자료 조사한 내용을 정리하고, 토론 개요서도 작성해야 한다. 이런 과정이 좀 복잡하므로 소홀히 하는 경향이 있다. 그러나 이 과정을 소홀히 하다 보면 정작 토론할 때 큰 어려움에 부딪히게 된다. 그러니 힘들더라도 차근차근 준비해보자.

일단 같은 조에서 찬성 팀과 반대 팀으로 다시 나누어지면, 이제부터는 서로 거리를 유지하고 자료를 공유하지 말아야 한다. 비록 같은 조라 하더라도 서로 대립하는 상태이므로, 자료를 공유하게 될 경우 상대방의 논점이나 논거 등을 훤히 알게 되어 실제로 토론하는 것이 아니라 이미 알고 있는 내용을 전혀 모르는 듯 토론 연극을 하게 될 가능성이 높다. 물론 잘해보겠다는 의욕이 앞서서 자료를 공유하는 것이겠지만, 실제로 토론을 하는 것이 아니므로 좋은 점수를 받을 수 없게 된다.

(1) 논점 분석하기

논점에 대해서는 이미 제7장에서 상세하게 설명했으므로 여기서는 간략하게 순서만 나열한다.

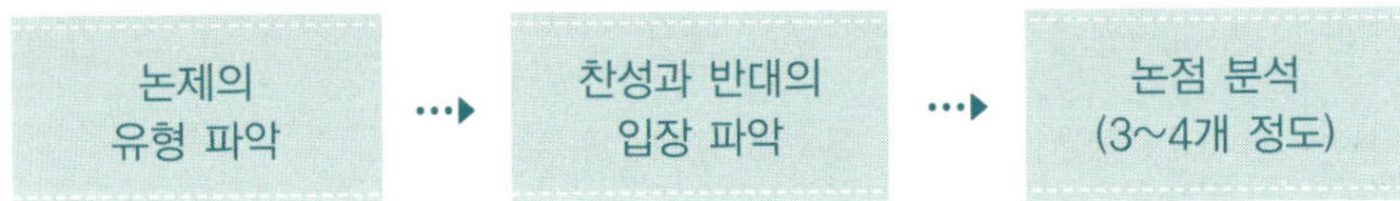

(2) 자료 수집하여 정리하기

자료 조사의 순서는 다음과 같다. 구체적인 방법은 제8장을 참조할 것.

인터넷 자료 찾기 … 도서관이나 서점에서 관련 서적과 문헌 찾기 … 자료 취사 선택하기 … 일목요연하게 정리하기 … 논거 카드 만들기

(3) 통계표 만들기

토론에서 통계 자료의 역할은 예상보다 크다. 통계 자료는 자기 팀의 논거를 한눈에 파악하기 쉽게 보여주는 효과가 있다. 토론에서 유용하게 쓸 만한 통계 자료가 있으면, 크게 도표화하여 적절하게 반박 자료로 활용하는 것이 좋다.

토론 수업 시간에 학생들이 통계표를 신문지에 꽁꽁 싸가지고 와서 결정적인 순간에 제시하는 모습을 종종 보게 된다. 통계표가 갖는 선명한 자료 제시 효과로 인해 상대 팀이 압도되어 반박을 잘 못하는 경우가 많다. 말할 것도 없이 이런 일에 대비하여 통계표 안에 담겨 있는 여러 가지 함의를 잘 따져보고 예리하게 반박하는 훈련을 쌓아야 할 것이다.

토론에서 통계표를 활용하는 예

(4) 토론 개요서 작성하기

토론 개요서를 작성하는 것은 토론의 전략을 짜는 일에 해당한다. 토론 개요서는 자기가 속한 팀원들과 함께 계획을 세우고 상대 팀의 여러 학생들과 토론을 벌이기 위한 것이기 때문에, 철저하게 전략을 세우고 대비해야 한다. 토론 개요서 작성의 구체적인 설명은 앞의 제9장을 참조할 것.

5, 토론의 실행

1) 자리 배치하기

찬성과 반대 양 팀의 토론자들이 청중을 향하고, 서로 마주 보는 형태로 앉는다. 찬성 팀은 청중의 왼편에, 반대 팀은 오른편에 앉는다(이런 자리 배치의 이유에 대해서는 제4장을 참조할 것). 팀원들이 앉는 순서는 칠판 가까운 곳에서부터 갑, 을, 병 순서대로 앉는다. 사회자가 있는 토론일 경우, 사회자가 가운데 앉고 양편에 토론자들이 마주 보며 앉는다. 교실 토론은 주로 앉아서 토론한다. 토론대회처럼 순번에 따라 서서 발언하게 되면 시간도 많이 걸리고, 학생들이 긴장을 많이 하기 때문이다. 그러므로 교탁은 한쪽으로 치우고 토론자들이 중앙에 자리한다. 시간을 체크하는 도우미 학생은 청중석 맨 앞에 앉아 초시계를 잰다.

> ● 토론 실행 과정은 거의 학생의 활동이 중심을 이룬다. 따라서 교사는 수업 시간 초에 토론 진행과 관련된 주의 사항을 설명하거나 또는 토론 논제에 관한 간략한 설명을 하는 선에 그친다. 일단 토론이 진행되면 교사는 토론을 심사하는 역할을 한다. 물론 학생들이 당황하여 토론이 혼선을 빚게 되는 상황에 처하게 되면 당연히 교사가 개입하여 정리한다.

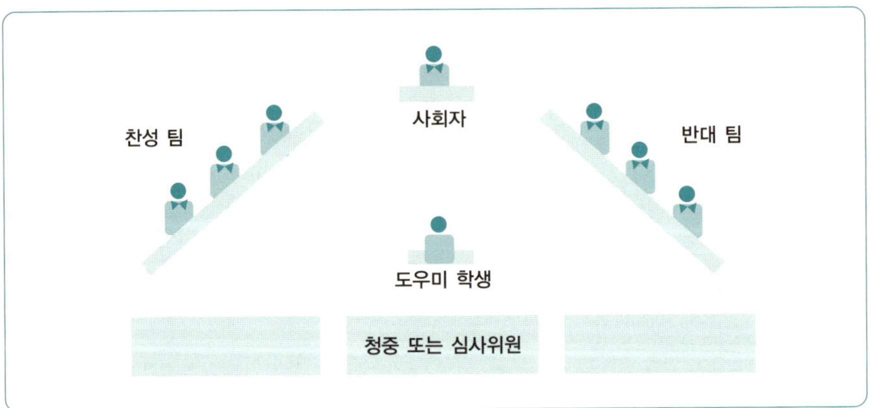

2) 논제와 토론자 소개하기

본격적으로 토론에 들어가기에 앞서 논제와 토론자들을 소개하는 시간을 갖는다. 사회자가 있는 토론이라면 사회자가 소개하고, 사회자가 없는 토론일 경우 조원 중에 한 명이 나와서 소개하거나 칠판에 적는다.

3) 논점 알리기

토론에 참여하는 조의 학생들은 토론할 논제에 대해 준비를 했으니 자세히 알겠지만, 청중으로 앉아 있는 학생들은 논제에 대해 잘 알지 못한다. 또 찬성 팀과 반대 팀에서 각각의 논점을 말하더라도 정확하게 알아듣지 못하는 경우가 많다. 이를 막기 위해 토론을 시작하기 전에 양 팀의 논점을 칠판에 적거나, 또는 논점을 정리한 프린트물을 준비하여 청중들에게 나눠주는 방법을 택할 수 있다. 이때 논점뿐 아니라 입론 전체를 프린트물로 정리하여 배포해도 좋다.

논점을 열거할 때에는 첫째……, 둘째……, 셋째……와 같이 항목화하여 말한다. 이런 식으로 항목화하여 열거하면 논점이 몇 개인지 분명하게 드러나서 상대 팀과 청중들이 그 내용을 일목요연하게 구조적으로 정리할 수 있다. 또한 상대방이 자기 팀의 논점에 대해 질문을 하거나 반박을 할 때에도 그 번호에 따라 말을 하게 되면 토론의 내용이 선명하게 전달된다. 그러면 자연히 청중들도 현재 몇 번째 논점에 대해 무엇을 문제 삼고 있는지를 분명하게 파악할 수 있어 토론의 흐름을 잘 따라갈 수 있게 된다.

배심원 토론으로 진행할 경우에는 논점을 알리고 토론에 들어가기

직전 청중들에게 토론할 논제에 대한 찬성과 반대의 입장을 밝히도
록 하여 그 숫자를 파악해둔다.

4) 토론 실전에서 실력 발휘하기

토론 준비를 아무리 많이 하더라도 막상 토론에 임하게 되면 긴장
하게 마련이다. 그리하여 "너무 긴장하여 무슨 말을 어떻게 했는지
잘 모르겠다"고 고백하는 학생들이 많다. 또 "준비는 엄청 많이 했는
데 다 활용하지 못했다"고 아쉬워하는 학생들도 많다. 긴장하게 되면
자신도 모르게 실수를 범하기 쉽다. 긴장하더라도 마음을 다잡고 다
음과 같은 사항을 점검한다.

(1) 규칙과 순서를 다시 확인하고, 자신의 역할이 무엇인지를 짚어가는 여
유를 갖는다

규칙을 잊는 경우가 빈번하게 발생하므로, 이에 대비하여 토론 형
식표를 옆에 놓고 순서대로 짚어가면서 진행하는 것이 좋다.

(2) 토론 참여자들은 자기 팀의 입론을 한 부씩 가지고 있어야 한다

입론의 내용은 반론에서 자신이 반박할 내용을 정하거나, 토론의 방향을 잡아가는 이정표 역할을 한다. 그러므로 자기 팀의 입론을 중간중간 확인하면서 상대 팀의 반박에 어떻게 대비할 것인지, 토론의 방향을 어떻게 끌고 나갈 것인지 등에 대해 판단을 내려야 한다.

(3) 팀원들끼리 역할을 분담해 서로 도와야 한다

다음에 발언할 차례인 사람은 자기의 역할과 말할 내용에만 집중하므로, 상대방의 발언 내용을 잘 듣지 못하는 경우가 많다. 이럴 때 옆에서 다른 팀원이 근거 자료를 찾아주거나 전체적인 흐름에 맞추어 놓친 점을 지적해주는 등 적절하게 도움을 주어야 한다. 팀원들끼리 서로 도우면 상대방의 주장과 논리에 휘말려 자신의 논점을 놓쳐버리는 실수를 범하지 않게 된다.

(4) 발언을 할 때에는 다음과 같은 사항을 반드시 지켜야 한다

① 준비한 자료를 그대로 읽지 말고 구어체로 자연스럽게 말한다.
② 사실과 의견을 분명하게 구분하여 말한다.
③ 반박할 때에는 먼저 상대방의 발언 내용을 요약하고 난 다음, 그에 대해 자신이 반박하는 논거와 근거 자료를 말한다.
④ 상대방이 말하는 내용을 잘 듣고, 그 내용 안에서 반론한다.
⑤ 각 단계마다 시작과 끝을 분명하게 말한다. 예를 들면 "찬성 팀 입론을 시작하겠습니다" 또는 "이상으로 찬성 팀 입론을 마치겠

습니다"와 같이 자신이 발언하는 단계를 분명하게 알려야 한다.

5) 토론 평가서 작성하기

(1) 토론 평가서 작성하는 방법

토론 수업에서는 자신이 토론할 때보다 남이 토론하는 모습을 지켜보는 시간이 더 많다. 자신이 직접 토론을 해보는 것이 토론 능력을 배양하는 데 가장 직접적인 도움이 되지만, 남이 토론하는 모습을 보고 분석하고 비판해보는 것도 토론 능력 향상에 많은 도움이 된다. 그러므로 친구들의 토론을 잘 듣고 평가서를 작성하는 일을 소홀히 해서는 안 된다.

토론을 평가할 때는 다음과 같은 사항을 반드시 지켜야 한다.

❶ 논제에 관한 자신의 관점이나 판단을 일시적으로 유보한다

청중도 논제에 대해 자신의 입장을 가질 수 있다. 그러나 토론 내용을 분석하고 비판하려면 자신의 입장이나 관점을 일단 유보하고 토론자의 발언이 그 입장을 잘 지지해주는 내용인지, 논거나 근거 자료는 논점을 타당성 있게 지지해주는지 등을 파악하는 일에 집중해야 한다.

❷ 개인적인 취향이나 감정적 판단을 지양한다

토론을 방청할 때 범하기 쉬운 실수 중의 하나는 토론자의 말하는 모습이나 스타일에 대해 감정적으로 판단한다는 점이다. 물론 토론자의 발언 태도가 예의에 어긋나거나 상대방을 배려하지 않는 등 의

사소통의 원칙에 위배되는 행동을 할 때에는 당연히 좋지 않은 평가를 해야 한다. 그러나 평가자의 개인적 취향이나 감정적 판단에 흔들리지 않고 엄정한 평가를 내리려면, 토론의 흐름에 따라 내용을 잘 정리하고 명확한 판단 근거에 따라 평가서를 작성해야 한다.

❸ 양 팀의 논점과 논거의 타당성을 비교하여 우열을 가린다

토론자들은 서로 자기 팀의 논점과 논거는 옳고, 상대방의 논점과 논거는 타당하지 못하다고 주장한다. 양 팀 토론자들의 주장을 면밀하게 분석하지 않고 그 태도만 미루어 보면, 양쪽 다 옳은 것 같기도 하고 어느 한쪽이 확신에 차서 말하는 것으로 보아 그쪽이 옳은 것처럼 보이기도 해 정당한 판단을 내리기 어렵다. 이렇게 되지 않으려면 양 팀의 논점과 논점을 지지해주는 논거 사이의 관련성이 타당한지, 상대방을 반박하는 이유와 근거가 과연 설득력이 있는지 등을 비교하여 우열을 따져보아야 한다.

❹ 토론 평가서도 성적에 반영되므로 성실하고 꼼꼼하게 작성한다

토론 수업은 학생들의 수행으로 이루어지는 수업이기 때문에, 수행의 모든 과정이 성적에 반영된다. 토론 수업에서 간혹 "저는 토론 준비도 열심히 했고, 토론에도 적극적으로 참여하여 열심히 발언했는데 왜 점수가 이렇게 안 좋은가요?"라고 물어보는 학생들이 있다. 이렇게 물어보는 학생들의 대부분은 토론 평가서를 제대로 성실하게 작성하지 않은 경우에 해당한다.

(2) 토론 평가서의 예

사회자가 없거나 확인 질문이 없는 토론일 경우에는 확인 질문 평가 란과 사회자 평가 란을 모두 삭제하여 활용하도록 한다.•

• 오른쪽의 평가표는 숙명여자대학교에서 숙명토론대회와 토론 수업 시간에 활용하는 평가표를 참고하여 교실 토론에 맞게 작성한 것이다.

6. 토론의 마무리

토론이 끝나면 평가의 시간을 갖는다. 교실 토론에서는 승패의 결과보다 토론이 어떻게 진행됐는지 어떤 점을 보완하면 더 좋은 토론이 될 수 있는지 등에 대해 검토하고 피드백을 받는 과정이 더 중요하다. 피드백이 중요한 이유는, 토론 수업이 단지 토론을 해보는 수업에 그치는 것이 아니라 피드백을 통해 어떤 문제나 주제에 대해 깊이 생각해보고 성찰하는 수업이 될 수 있기 때문이다.

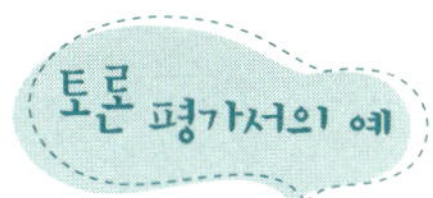

		학년 반 이름: 조 이름:		
논 제				
토론자	찬성 팀 |			
	반대 팀 |			
사회자				

	평가 기준	찬성 팀	반대 팀
공통 항목	언어적 태도(목소리, 속도, 말투 등)의 적절성 토론의 예절과 규칙 준수 여부	각 단계별 평가에서 이를 반영하여 채점함 (+1. 0, −1)	
입 론	토론의 쟁점을 잘 포착했는가? 논점은 참신했는가? 논거가 적절한가? 논거가 타당한가?	점수: 1 2 3 4 5	점수: 1 2 3 4 5
확인 질문	토론의 쟁점을 분명하게 파악하는 질문을 했나? 상대방의 논리적 허점을 잘 짚었나?	점수: 1 2 3 4 5	점수: 1 2 3 4 5
반 론	상대방의 논리적 허점을 잘 지적했나? 반론의 논거는 타당한가? 반론거리를 모두 지적했는가?	점수: 1 2 3 4 5	점수: 1 2 3 4 5
최종 발언	토론의 핵심 쟁점을 잘 정리했는가? 자기 팀의 입장을 효과적으로 부각했는가?	점수: 1 2 3 4 5	점수: 1 2 3 4 5
합 계			
사회자	논제의 의의를 잘 부각했는가? 토론의 규칙과 시간을 잘 지키도록 했는가? 토론의 내용을 잘 요약했는가?		
총 평			

1) 청중 질문하기

토론에 참여하지 않는 학생들은 토론의 내용을 일방적으로 듣기만 하는 소극적 청중이 아니다. 토론 내용에 대해 의문을 가질 수도 있고, 토론자의 주장이나 근거에 대해 반박을 할 수도 있다. 이러한 점을 반영하여 토론이 끝난 다음 청중이 토론자들에게 질문하는 시간을 가질 수 있다. TV토론에서 시민 논객이 토론자에게 질문하거나 반박하는 모습과 같다.

사회자가 있으면 사회자가 이 부분을 진행하지만, 사회자가 없으면 교사가 개입한다. 청중의 질문은 청중의 참여도를 높일 수 있는 효과 외에 토론 실행 과정에서 미처 언급하지 못했거나 놓쳐버린 쟁점에 대해 생각해볼 수 있는 기회를 제공한다.

배심원 토론으로 진행할 경우에는 토론이 끝난 후 찬성과 반대의 입장을 지지하는 청중의 수를 파악한다. 그리하여 토론 직전에 체크했던 청중의 지지 수와 비교하여 양 팀의 지지도 변화에 따라 승패를 판정할 수 있다. 그리고 입장을 바꾸지 않은 학생이 손을 들고 자신과 입장이 다른 팀에게 의문점이나 반박을 제기하는 방식으로 토론 실행 과정에서 미진했던 점을 보완할 수도 있다.

2) 심사 결과 발표 및 강평

승패를 가리는 것은 토론 수업에서 동기를 부여하는 큰 역할을 한다. 누구나 이기면 기쁘고, 지면 아쉬워하게 마련이다. 토론에서 이기기 위해 자료 조사를 하고 발언 연습을 하는 등 진지하게 토론 준비에 임한다.

그러나 단순히 승패를 가리는 것만으로 끝나면 토론 기술을 익히는 수준에서 머물고 만다. 때에 따라서는 교사의 심사 결과가 큰 의미를 지니지 못하는 경우도 있다. 이미 학생들이 평가서를 작성하거나 질문하는 과정을 통해 충분히 승패의 판정이 드러나기 때문이다.

하지만 교사의 적절한 강평은 토론 논제에 대해서 반드시 다루어야 할 중요한 쟁점을 짚어보고, 토론의 과정을 성찰하는 효과가 있다. 따라서 토론에 참여했던 학생들뿐 아니라 청중으로 참관했던 학생들도 선생님의 강평을 잘 듣고 토론의 내용과 자신이 평가한 내용을 비교할 필요가 있다. 강평의 순서와 내용은 다음과 같다.

① 토론자를 격려한다.
② 토론 내용에 대해 평가한다.
　: 토론의 골자를 간략하게 정리한 다음, 좋은 점을 지적하고 부족한 점을 충고한다.
③ 승패의 포인트를 지적한다.
④ 결론적으로 어느 팀의 승리라고 판정을 내린다.

3) 논술문 작성하기

토론이 끝나고 나면 자신이 토론했던 논제에 대해 좀더 깊고 폭넓게 생각할 수 있게 되고, 풍부한 논거를 바탕으로 자신의 주장을 확고하게 말할 수 있게 된다. 그러기 때문에 논술문은 대체로 토론이 끝난 다음에 작성한다. 논술문을 작성할 때에는 토론할 때 취했던 자신의 입장을 넘어서서 찬성과 반대의 논점과 근거를 모두 아울러 종합적으로 써야 한다. 이렇게 되면 그 논제에 대해 어느 한쪽으로 편중되지 않고 여러 가지 관점을 검토할 수 있는 통합적 시각을 기를 수 있다.

학생에 따라서는 '토론이 끝나고 난 다음에 논술문을 작성하려고 보니, 찬성과 반대 양쪽의 생각이 혼합되어 오히려 생각을 잘 정리할 수 없다'고 혼란스러워하는 경우도 있다. 이럴 때에는 찬성이나 반대 중 어느 한 입장에 서서 다른 입장을 비판하는 식으로 논술문을 작성해도 좋다. 또 논술문 쓰기에 익숙하지 않은 학생의 경우, 논술문 대신 입론의 내용을 잘 정리하여 한 편의 글로 완성할 수도 있다(논술문 작성 방법과 구체적인 예는 제13장을 참조할 것).

1 교실 토론에 참여하는 토론자들은 다음의 준비 사항을 확인해보자.

1_토론의 형식과 논제를 확인하자.

- 형식:
- 논제:

2_찬성 팀과 반대 팀은 각각 논제에 대해 어떻게 접근해야 하는지 생각해보자.

- 찬성 팀의 입장:
- 반대 팀의 입장:

3_자기 팀의 입장에서 논점 분석을 해보자.

❶ 사회적 배경:
❷ 공유점:
❸ 논제의 유형에 따른 논점 구축:

4_자료를 구체적으로 어떻게 조사할 것인지, 역할 분담을 어떻게 할 것인지 등에 대해 논의해보자.

5_자료 중에서 도표로 크게 작성할 것이 무엇인지 찾아보고, 실제로 도표로 만들어보자.

6_토론 개요서를 적성해보자.

2 토론 준비가 완료되었으면, 다음 사항을 점검해보자.

1_토론의 형식에 따라 팀원들끼리 역할 분담을 어떻게 할 것인지 논의

하고, 각자가 담당할 역할과 주의사항을 점검해보자.

- •입론 담당:
- •확인 질문 담당:
- •반론 담당:
- •최종 발언 담당:

2_실제로 토론을 실행할 때, 어떤 식으로 서로 협조할지 구체적인 대비책을 세워보자.

3_지금까지 준비한 사항을 점검하고, 빠진 부분이나 보완할 점을 확인해보자.

3 토론에 사회자로 참여한 경우, 다음 사항을 확인해보자.

1_토론의 형식에 따라 사회자가 담당해야 할 역할을 점검해보자.

2_논제에 대해 파악해보자.

- ❶ 논제:
- ❷ 찬성과 반대의 입장:
- ❸ 논제를 둘러싼 사회적 배경:
- ❹ 공유점과 쟁점:

3_각 단계마다 발언할 내용을 예상하여 대비해보자.

- ❶ 논제를 소개하는 단계:
- ❷ 각 팀 토론자를 소개하는 단계:
- ❸ 토론의 핵심 과정을 안내하는 단계:
- ❹ 마무리 단계:

제11장

독서토론을 해보자

1. 개인적 독서에서 집단적 토론으로

독서토론은 독서 활동의 연장선에서 이루어진다. 토론자들이 책을 읽고, 책의 내용에 대해 토론하는 활동이다. 그런데 독서토론은 독자의 관점이나 가치관에 따라 책의 내용을 이해하게 되므로 일반 토론과 달리 의견이 찬반으로 팽팽하게 대립되지 않는 경우도 발생한다. 심지어 비교적 자유로운 분위기 속에서 토론자들이 자신의 생각을 교류하는 장이 될 수도 있다. 그리하여 토론 참여자들의 의견 차이를 인정하고, 서로의 의견에 대해 질의하고 응답하는 과정의 연속이 될 가능성이 높다. 따라서 엄밀하게 말하면 독서토론은 토론이 아니라 토의나 대담에 가까운 경우도 많다.

이런 이유로 교실에서 이루어지는 독서토론은 규칙이나 순서가 명확하게 제시되지 않는 토의나 또는 자유 토론의 형식을 취하는 경우가 많다. KBS2에서 방영하는 「TV, 책을 말하다」라는 프로그램과 같이 책을 읽고 나서 자유롭게 논의하는 형태로 수업이 이루어질 수 있다. 그런데 이는 토론 수업의 일환이라기보다는 독서의 심화 활동에 해당한다.

이런 문제점은 바로 개인적 독서에서 집단적 토론 활동으로 넘어가는 과정에서 독서토론의 목적과 목표를 분명하게 수립하지 않은 데서 초래된 것이다. 다시 말하면 개인적으로 이루어지는 독서 활동을 집단적으로 토론하는 활동 단계에 그대로 적용한 결과이다. 토론의 형식을 취하려면 선정한 책을 읽어내는 다양한 관점 중에서 서로 첨예하게 대립되는 관점을 찾아 쟁점으로 만들어야 한다. 그리고 책 안에서 그 쟁점을 지지해주는 근거를 면밀하게 찾아내고, 자신의 논점을 만들고, 상대방을 반박할 자료로 활용해야 한다. 나아가 독서토론을 토론 수업의 하나로 확립하려면 개인적 차원의 독서 활동을 넘어서 집단적 차원의 토론 활동으로 재구성해야 한다.

독서토론에서 요구되는 능력은 다음과 같다.

① 책의 내용을 이해하고, 내용을 토대로 논점을 찾는 능력이 요구된다.
② 주제에 대한 입장을 세우는 능력이 요구된다.
③ 토론을 통해 정확한 해석을 찾아내고, 나아가 사회 문제와 관련하여 새로운 지식이나 관점을 구성하는 능력이 요구된다.

2, 독서토론의 진행 과정

독서토론의 진행 과정 역시 교실 토론의 진행 과정과 크게 다를 바 없다. 한 가지 다른 점은 책을 선정하고, 읽는 과정이 추가될 뿐이다. 그러므로 구체적인 진행 과정은 교실 토론을 참조하고, 여기서는 독서토론의 특성에 따라 다른 점만 중점적으로 다루고자 한다.

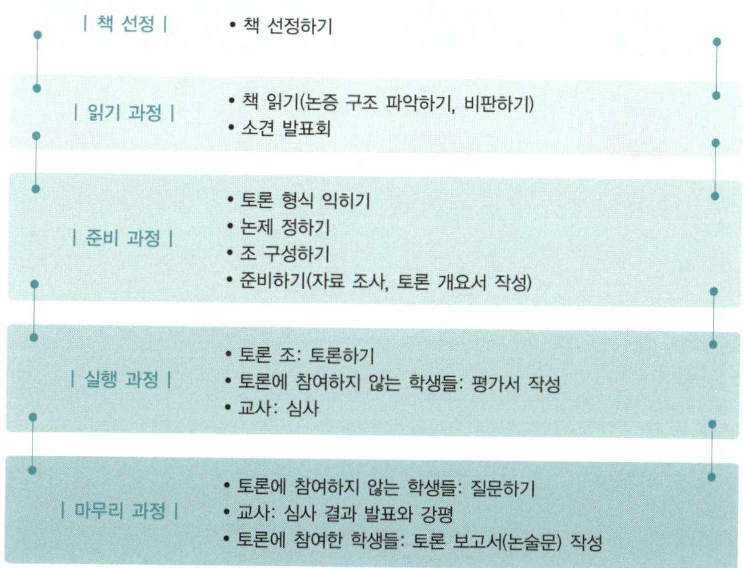

3, 책 선정하기

독서토론에서 가장 먼저 해야 할 일은 '책 선정'이다. 책 선정은 물론 교사의 영역이지만 학생들의 수준에 맞고, 교과 내용과 관련이 있는 책을 골라야 한다. 그러나 무엇보다 중요한 점은 토론거리가 분명히 내재해 있는 책을 골라야 한다는 것이다. 다시 말하면 대립적인 쟁점이 뚜렷하게 드러날 수 있는 내용을 담고 있는 책이어야 한다.

책을 선정하는 방법은 크게 두 가지가 있다.

① 논제를 먼저 정하고 그 논제에 맞는 책을 고르는 방법
② 책을 먼저 선정하고 논제를 정하는 방법

대체로 전자는 독서토론대회에서 택하는 방법이고, 후자는 교실 토론에서 택하는 방법이다. 교실 토론의 경우 아무리 훌륭한 책이라 하더라도 학생들의 수준에 맞지 않아 쟁점을 파악하지 못한다면 토론하는 데 어려움이 많다. 그렇기 때문에 수업 내용과 직접적으로 관련이 있고 학생들이 쉽게 이해할 수 있는 논제를 택하는 것이 바람직하다.

이런 맥락에서 소설이나 영화를 독서토론의 텍스트로 선정하는 경우가 많다. 소설이나 영화의 경우 인물의 성격이나 사회적 상황이 비교적 구체적으로 제시되어 있어 학생들이 이해하기 쉽기 때문이다. 그런데 소설이나 영화와 같은 문학 작품을 토대로 독서토론을 할 경우, 문학 작품의 특성상 상징과 비유 등의 문학적 장치로 인해 중의적 의미가 가능하고 해석이 다양할 수 있다는 점이 문제로 지적되기도 한다. 즉 주관적인 감상에 빠지거나 자의적인 판단을 내릴 가능성이 높아, 논리적이고 비판적인 사고가 불가능할 수 있다는 것이다. 그러나 문학 작품이 아무리 상징적 언어로 구성되었다 하더라도 문학 나름의 내적인 논리가 있기 때문에 작품과 무관하게 자의적으로

평가를 내릴 수는 없다. 그러므로 다른 책도 마찬가지지만 특히 문학 작품을 가지고 독서토론을 할 때에는 텍스트를 정확하게 이해하는 일이 선행되어야 한다.

4, 책 읽기

1) 책의 논증 구조 파악하기

독서토론은 책 읽기를 전제로 하여 토론 활동을 벌이므로, 먼저 책을 정확하게 읽고 책에 담긴 의미를 파악해야 한다. "생각하지 않고 책을 읽는 것은 마치 잘 씹지 않고 음식을 먹는 것과 같다"는 명언이 있다. 굳이 이런 명언이 아니더라도 누구나 이런 점을 잘 알고 있다. 그런데도 독서토론에 임하는 학생들이 가장 범하기 쉬운 오류는 책의 내용을 정확하게 이해하려는 노력을 별로 하지 않는다는 점이다. 아전인수 격으로 책의 내용을 왜곡하여 이해하는 경향이 많다.

책을 정확하게 이해하지 않고 자신이 이해한 바를 바탕으로 토론을 벌이면, 대부분 책의 내용과 관련된 사회 문제를 끌어와서 토론을 한다거나 책에서 언급한 일부분을 사회 문제에 적용할 때 파생되는 문제점에 대해 주로 토론하는 잘못을 범하게 된다. 이를 '허수아비의 오류'라 한다.

저자가 주장하지 않은 내용을 가지고 토론을 하는 이런 오류를 범하지 않으려면 먼저 책을 정확하게 읽어야 한다. 책을 정확하게 읽으려면 저자가 주장하는 바가 무엇인지를 찾고, 그 주장을 지지하는 논거를 책 안에서 찾아야 한다. 이것을 조금 어려운 말로 하면 책 내용이 담고 있는 논증 구조를 파악하는 것이다. 논증 구조란 주장과 논거로 구성되어 있으므로, 저자가 주장하는 바와 그 주장을 뒷받침하는 논거를 찾아 정리하면 된다(이에 대해서는 100쪽의 그림을 참조할 것).

그런데 선정된 책이 문학 작품일 경우 상징성·모호성·다양성으로 인해 비문학 텍스트에 비해 논증 구조가 선명하지 않다. 그러므로 문학 작품을 읽을 때에는 다음의 두 가지 작업을 거쳐 내용을 이해해야 한다.

(1) 상징적 언어의 의미를 해석하여 논리적 언어로 바꾼다

문학적 기법이 갖는 기능이 무엇인지, 기법을 통해 저자가 말하고자 하는 바(주제)가 무엇인지, 저자가 말하는 바를 지지하는 논거를 인물의 성격이나 갈등 관계, 시점 등을 통해 작품의 의미를 분석한다. 그리고 분석한 바를 다시 논리적으로 바꾸어서 논증 구조를 따져본다.

(2) 심미적 독서를 원심적인 독서로 바꾼다

문학 작품을 읽고 나면 어떤 느낌이나 감동을 받는 등 정서적 반응이 일어난다. 이런 심미적 독서를 통해 자신이 느낌 감동이나 정서가 무엇인지를 파악하고, 작품의 어떤 부분이 이런 감상을 갖게 만드는지에 대해 논리적으로 분석하는 원심적 독서로 전환한다.

- 원심적 독서(efferent reading)는 글에 담긴 지시적 의미를 파악하는 독서이다. 대부분 글 읽기를 통해 어떤 정보나 지식을 새롭게 인식하거나 필자가 주장하는 바에 대해 타당성을 검증하는 등의 논리적이고 비판적인 사고를 요한다.
- 심미적 독서(aesthetic reading)는 글에 담긴 지시적 의미를 넘어서 독자의 정서적인 면에 치중하는 독서이다. 문학 작품을 읽을 때 독자가 감각, 감정, 인상, 개념 등을 혼합하여 작품의 의미를 구성해내는 경험을 말한다.

2) 책 내용 비판하기

독서토론에서 일차적으로 책의 내용을 이해하는 것이 중요하지만 그에 못지않게 저자의 주장이나 논거에 대해 비판적으로 분석하는 태도가 필요하다. 높은 산에 올라가려면 평지에서부터 한 발 한 발 걸어 올라가야 하듯이, 저자의 주장과 논거를 비판하려면 차근차근 따져보고 곱씹어보는 자세로 접근해야 한다.

사실 대부분의 학생들이 이런 점이 가장 힘들다고 호소한다. "책을 읽고 이해하기도 어려운데, 비판을 하려니 정말 벅찹니다"라는 불만을 털어놓는다. 그러나 토론할 때 상대방의 주장과 논거에 대해 조목조목 따져보고 반박하듯, 그런 태도로 책을 읽으면 어렵지 않게 독서토론을 해낼 수 있다. 물론 저자는 학생들보다 지식도 많고 학식과 견문이 넓으니, 감히 저자를 상대로 비판하는 것이 불가능하다고 생각할 수도 있다. 그러나 아무리 훌륭한 이론이라도 불변의 진리와 같이 완벽할 수는 없다. 어떤 이론이나 학설은 나름대로 시대적 한계를 갖거나 관점이 치우쳐 있게 마련이므로, 그런 점을 찾아 비판하면 어렵지 않게 접근할 수 있다. 책의 내용을 비판할 때에는 다음과 같은 방식으로 접근한다.

(1) 책의 내용이 지닌 논증 구조(주장과 논거의 관계)를 분석하여 모순점을 찾아낸다

주장과 논거 사이의 관계를 따져 타당성과 설득력이 있는지 검토한다.

(2) 저자의 관점이나 이념이 갖는 시대적·지역적·사회문화적 한계 등을 찾아낸다

저자가 추구하는 바가 우리 사회나 현재에 어느 정도 수용 가능한지 검토한다. 책이 씌어진 시기에는 상당히 많은 영향력을 가졌다 할지라도 오늘날의 관점에서 보면 부족한 면이 있다거나, 서구 사회에서는 통용되지만 문화권이 다른 동양 사회나 한국 사회에서는 적용되지 않는다든지, 저자의 신념이나 이념에 모든 계층이 받아들일 수 없는 내용이 있다든지 등등에 대해 꼼꼼히 따져보고 그 한계점을 찾아낸다.

(3) 동일한 주제나 제재를 다룬 책을 찾아 비교한다

선정된 책 안에서 이런 한계점을 찾아내기 어려우면 다른 저자의 책이나 또는 동일 저자가 비슷한 시기에 발표한 책을 찾아서 주장하

는 바와 주장을 지지하는 논거 등을 면밀히 비교·분석하면 도움을 받을 수 있다.

(4) 저자의 논리를 확대하여 사회 현실에 적용할 수 있는지 따져본다

추상적인 이론을 현실에 적용하거나, 사회 전반의 문제로 확대했을 때 발생할 수 있는 문제점이 무엇인지 따져본다.

5. 소견 발표회

이는 말 그대로 책을 읽고 난 소감이나 의견을 자유롭게 발표하는 것이다. 앞에서 설명한 바대로 책을 읽은 후에 느낀 소감이나 책 내용에 대한 비판을 자유롭게 발언하다 보면, 그 안에서 스스로 책에서 다루고 있는 핵심 쟁점을 파악할 수 있게 된다. 문학 작품인 경우 작품을 읽은 후 자신이 감동을 받은 이유나 주제 등을 파악해볼 수도 있고, 비문학 책이라면 자신이 생각한 핵심 내용을 정리하거나 그에 대해 비판을 가할 수도 있다. 그러나 아무리 자유롭게 각자 자신의 생각을 발표한다 하더라도 반드시 다음 사항을 지켜야 한다.

① 반 전체 학생이 모두 참여할 것
② 1분이든 2분이든 일정 시간을 정해놓고 핵심적인 발언을 간략하게 발표할 것
③ 발표한 소견에 대해서는 비판하지 말 것

④ 발표한 내용을 기록하여 서로 비교할 것(기록장을 배포할 것)

이와 같이 전체 학생이 자유롭게 발표하다 보면, 모든 학생들이 공유하는 점을 발견할 수도 있고 토론거리로 삼아야 할 논제도 찾아낼 수 있다. 또한 자신과 다른 입장의 발표를 들으면서 과연 그런 해석이 가능한지, 해석의 근거나 이유는 무

엇인지 등을 따져볼 수도 있다. 또 친구들의 발표를 듣는 가운데 자신이 내린 판단이 오독에서 비롯된 것임을 발견하고 바로잡을 수 있는 기회도 가질 수 있다.

전체 인원이 함께 공유할 시간이 부족하다면 몇 개의 조로 나누어 조별로 발표하도록 하고, 한 학생이 대표로 나와 종합적으로 정리하여 발표해도 좋다.

6. 논제 정하기

독서토론의 논제는 선정된 책 안에서 도출한다. 일반적으로 한 권의 책이 하나의 주제를 다루고 있다 하더라도 그 폭이 비교적 넓기 때문에 하나의 논제만을 가지고 팽팽하게 대립적으로 토론하기에는 어려운 점이 있다. 앞에서도 언급했듯이 독서토론이 다른 토론과 달

리 토의가 되거나 대립각이 분명하지 않은 난상 토론이 되기 쉬운 이유는 바로 여기에 있다. 그렇다고 해서 논제가 주어지지 않으면 토론에 익숙하지 않은 학생들은 책의 내용에 대해 각자 자신들이 이해한 바를 교류할 뿐 치열하게 토론하기는 어렵다.

토론의 논제를 정할 때에는 소견 발표회에서 자유롭게 언급된 내용 중 팽팽하게 대립할 수 있는 쟁점들을 찾아보고, 대립각이 가장 분명한 쟁점을 핵심으로 삼아 논제를 정한다. 독서토론의 논제는 대개 저자가 던진 핵심 질문을 제대로 파악하여 독자가 저자의 답을 제대로 해석해냈는지를 따져보는 해석의 적절성이나, 저자의 판단이 타당한지를 독자가 따져보고, 또 책에서 저자가 말한 바가 과연 현실에 적용 가능한지 여부를 확인해보는 데 집중되어 있다.

따라서 독서토론의 논제는 대부분 가치 논제이거나 사실 논제일 가능성이 높다. 그러므로 독서토론에 올바로 접근하기 위해서는 일단 저자에 대해 충분히 조사를 해보고, 저자가 쓴 다른 책의 내용과 비교·분석해보는 것은 물론, 동일한 주제에 대해 저자와 다른 시각이나 관점에서 접근한 다른 책과 비교하는 등의 준비가 필요하다.

물론 그렇게 하기 위해서는 책 내용에 대한 정확한 분석이 전제되어야 한다. 이해하기 쉽게 전광용의 「꺼삐딴 리」를 예로 들어보자. 우선 이 작품을 제대로 읽기 위해서는 '풍자'라는 기법을 이해해야 한다. 풍자는 '인간 생활의 결함이나 불합리한 점, 허위적인 모습 등을 비판하거나 조소하는 태도'를 일컫는 문학 기법이다. 저자는 풍자 기법을 활용하여 작품 안에서 서술자의 목소리를 빌려 세상의 변화에 빠르게 적응하는 출세 지향적인 '이인국'이란 인물에 대해 조롱하는 투로 비판하고 있다. 그러므로 이 작품에서 저자가 던지는 핵심 질문은 '시대와 상황에 따라 기회주의적으로 살아가는 인간을 어떻게 볼 것인가'이고, 그에 대한 저자의 답은 '이런 인물은 옳지 않다'는 비판이다. 이러한 저자의 주장을 지지해주는 근거는 서술자의 어조(말투)나 시점, 다른 인물들이 이인국에게 던지는 비판이나 충고, 이인국이란 인물의 내적 갈등을 보여주는 고백 등에서 찾아낼 수 있다.

이처럼 작품 안에서 서술자의 목소리로 대변된 저자가 이인국이란 인물에 대해 기회주의자라고 끊임없이 비판하고 있다. 따라서 이인국이란 인물에 대해 어떻게 평가할 것인지를 가지고 토론의 논제를 삼을 것이 아니라, 저자가 이인국이란 인물을 평가하는 태도를 가지고 토론해야 한다. 다시 말하면 전광용의 「꺼삐딴 리」로 독서토론을 하기 위해서는 '저자가 인물을 기회주의자로 보는 것이 타당한지의 여부'에 대해 토론을 해야 한다. 즉 이인국을 저자의 판단대로 기회주의자로 볼 것인지, 아니면 저자의 판단을 비판하면서 운명 개척자로 볼 것인지를 토론의 논제로 삼아야 한다.

7. 독서토론의 형식

독서토론은 책을 면밀하게 읽어야 하고, 그 내용을 정확하게 분석하고, 분석한 내용을 정리하고 종합하여, 그것을 토대로 토론해야 하기 때문에 학생들이 훨씬 어렵게 생각하는 경향이 많다. 이런 점에서 독서토론에서는 팀원끼리 충분히 숙의할 시간을 갖는 것이 좋다. 아래에 제시한 형식은 이러한 취지를 잘 살린 예에 해당한다. ●

● 이는 서울시 강남교육청에서 주최하는 '중학생 독서토론대회'의 형식이다.

	찬성 팀	반대 팀
입 론	① 갑 입론 (3분)	② 갑 입론 (3분)
	숙의 시간 (1분)	
1차 반론	④ 을 반론 (2분)	③ 을 반론 (2분)
	숙의 시간 (1분)	
2차 반론	⑥ 갑 반론 (2분)	⑤ 갑 반론 (2분)
	숙의 시간 (1분)	
최종 발언	⑧ 을 최종 발언 (2분)	⑦ 을 최종 발언 (2분)

이는 교실 토론의 형식과 유사하다. 각 팀 두 명씩 총 21분간 토론한다. 토론자를 각 팀 4명으로 늘려 한 번씩 발언하는 방식도 가능하다. 이 형식에 배심원 토론을 가미한다면, 토론 시작 전에 청중의 학생들로 하여금 찬성과 반대 중 지지 입장에 손들게 하여 그 수를 파악한 다음 토론이 끝난 뒤 입장이 변한 학생들의 수와 비교하여 판정을 내리는 근거로 삼는 식으로 활용할 수 있다.

또 굳이 사회자가 있는 토론을 하려면, 입론을 시작하기 전에 사회자가 책의 내용을 간략하게 소개하고 논제를 발표한다. 그리고 나서 찬성 팀과 반대 팀원들을 차례로 소개하고 토론의 시작을 알린다. 사회자는 규칙에 따라 토론이 원활하게 진행되도록 안내한다. 토론이 끝난 다음 간략하게 토론이 끝났음을 알리는 마무리 인사를 한다.

8. 독서토론 개요서

	학년 반 이름 : 조 이름 :	
논 제		
	찬성 팀	반대 팀
입 론	• 책의 주제(핵심 주장) : • 책의 (세부) 주장과 근거 • 근거의 타당성	• 책의 주제(핵심 주장) : • 책의 (세부) 주장과 근거 • 근거의 타당성
반론(1)	• 반박할 거리	• 반박할 거리
반론(2)	• 반론(1)에 대한 반박	• 반론(1)에 대한 반박
최종 발언	• 요약과 정리, 상대방 결점 지적, 마무리 1) 요약과 정리 2) 상대방 결점 지적 : 3) 마무리 :	• 요약과 정리, 상대방 결점 지적, 마무리 1) 요약과 정리 2) 상대방 결점 지적 : 3) 마무리 :

9. 독서토론 평가서

확인 질문이 없거나 사회자가 없는 토론일 경우에는 확인 질문 평가 란과 사회자 평가 란을 삭제하고 사용한다. •

• 오른쪽의 평가서는 제10장에서 제시했던 교실 토론의 토론 평가서를 독서토론에 맞게 변형한 것이다.

<table>
<tr><td colspan="2" rowspan="4"></td><td colspan="3">학년   반   이름: 조 이름:</td></tr>
</table>

		학년　　반　　이름:　　조 이름:	
논 제			
토론자	찬성 팀 |		
	반대 팀 |		
사회자			

	평가 기준	찬성 팀	반대 팀
공통 항목	언어적 태도(목소리, 속도, 말투 등)의 적절성 토론의 예절과 규칙 준수 여부	각 단계별 평가에서 이를 반영하여 채점함(+1. 0, −1)	
입 론	책의 주장과 근거를 잘 이해했는가? 논점은 참신했는가? 논거가 적절한가? 논거가 타당한가?	점수: 1 2 3 4 5	점수: 1 2 3 4 5
확인 질문	토론의 쟁점을 분명하게 파악하는 질문을 했나? 상대방의 논리적 허점을 잘 짚었나?	점수: 1 2 3 4 5	점수: 1 2 3 4 5
반 론	상대방의 문제점을 잘 지적했나? 책의 내용을 토대로 반론했는가? 반론의 논거는 타당한가? 반론거리를 모두 지적했는가?	점수: 1 2 3 4 5	점수: 1 2 3 4 5
최종 발언	책의 의의와 한계를 잘 파악했는가? 핵심 쟁점을 잘 정리했는가? 자기 팀의 입장을 효과적으로 부각했는가?	점수: 1 2 3 4 5	점수: 1 2 3 4 5
	합 계		
사회자	책 내용과 관련지어 논제의 의의를 잘 부각 했는가? 토론의 규칙과 시간을 잘 지키도록 했는가? 토론의 내용을 잘 요약했는가?		
총 평			

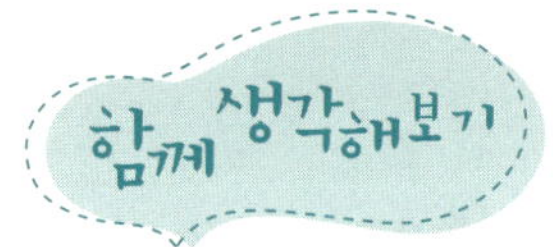

1 독서토론에 참여하는 토론자들은 선정된 책을 읽고 다음 사항에 대해 생각해보자.

1_책의 주제가 무엇인가?

2_책의 주제를 받쳐주는 주장과 논거는 무엇인가?

3_저자의 주장에서 타당한 점과 비판할 점은 무엇인가?

4_책의 내용에 대한 자신의 소감은 무엇인가?

2 독서토론의 형식과 논제에 대해 알아보자.

1_토론의 형식은 무엇인가?

2_논제는 무엇인가?

3_찬성 팀과 반대 팀은 각각 논제에 대해 어떻게 접근해야 하는지 생각해보자.

• 찬성 팀의 입장:

• 반대 팀의 입장:

4_자기 팀의 입장에서 책의 내용을 바탕으로 논점 분석을 해보자.

3 자료 조사에 대해 논의해보자.

1_논점 분석과 관련지어 조사할 자료가 무엇인지 점검한다.

> ○ 길잡이: 저자에 대한 조사, 책에 제시된 이론이 현실에 적용될 때 생길 수 있는 문제점, 책에서 든 예나 상황이 현재 우리 사회에 적용될 수 있는지, 시대적 변화에 따른 한계점 등에 관해 자료를 찾아본다.

2_자료 조사와 관련하여 역할 분담을 어떻게 할 것인지 논의해보자.

3_찾은 자료를 체계적으로 정리해보자.

4 독서토론 개요서(178쪽)를 작성해보자.

5 준비가 완료되었으면, 다음 사항을 확인해보자.

1_토론의 형식에 따라 팀원들끼리 역할 분담을 어떻게 할 것인지 논의하고, 각자가 담당할 역할과 주의사항을 점검해보자.

- 입론 담당:
- 확인 질문 담당:
- 반론 담당:
- 최종 발언 담당:

2_실제로 토론을 실행할 때, 어떤 식으로 서로 협조할지 구체적인 대비책을 세워보자.

3_지금까지 준비한 사항을 점검하고, 빠진 부분이나 보완할 점을 점검해보자.

6 토론에 사회자로 참여한 경우, 다음 사항을 확인해보자.

1_토론의 형식에 따라 사회자가 담당해야 할 역할을 점검해보자.

2_책의 내용을 이해하고, 논제에 대해 파악해보자.
   ❶ 선정된 책을 가지고 독서토론을 하는 이유와 의의를 파악해보자.
   ❷ ❶과 관련지어 논제의 의미를 파악해보자.

    • 논제:

    • 찬성과 반대의 입장:

    • 논제를 둘러싼 책의 내용:

    • 공유점과 쟁점:

3_각 단계마다 발언할 내용을 예상하여 대비해보자.

   ❶ 책과 논제를 소개하는 단계:

   ❷ 각 팀 토론자를 소개하는 단계:

   ❸ 토론의 핵심 과정을 안내하는 단계:

   ❹ 마무리 단계:

토론대회에 도전해보자

위인이나 사회에서 성공한 사람들이 보통 사람들과 다른 점은 바로 '도전정신'이다. 보통 사람들은 어려운 일에 부닥치면 해보기도 전에 포기하고 마는데, 성공한 사람들은 "일단 해보자! 하다 보면 잘되겠지"라는 적극적인 마음으로 용기 있게 도전한다. 사실 제12장을 읽고 있는 독자 여러분은 이미 절반은 성공한 셈이다. 시작이 반이라 했는데 교실 토론과 독서토론을 해보았으니 이미 반은 성공한 셈이다. 처음 시작할 때에는 막연하게 어렵고 힘들 거라고 불안해했을 테지만, 막상 해보니 "그렇게 어렵지 않네" 또는 "은근히 재미있네"라는 생각이 들었을 것이다. 토론에 대해 어느 정도 자신감도 붙었을 터이니, 이제 용기를 내어 토론대회에 과감하게 도전해보자!

1. 토론대회는 스포츠 경기와 같다

제1장에서도 설명한 바와 같이 토론은 크게 교육 토론과 자유 토론으로 나뉘고, 교육 토론은 다시 토론대회식 토론과 교실 토론으로 나뉜다. 토론대회는 '소수의 인원이 한정된 시간 안에 토론을 벌이는 지적 대결'에 비유된다. 스포츠 경기와 마찬가지로 토론대회 역시 양 팀의 토론 참가자가 규칙을 지켜 서로 힘껏 겨루고, 공정한 심사에 따라 승패를 판정하는 일련의 과정이 있다. 그러나 스포츠가 몸으로 겨루는 경기인 반면 토론대회는 말로 겨루는 경기이니, 수준으로 따지면 훨씬 격이 높은 경기라고 말할 수 있다.

이런 점에서 토론대회는 다음의 조건을 갖추어야 한다.

① 하나의 논제에 집중하여 토론을 벌인다.
② 논제에 대해 찬성과 반대 양 팀이 대립하고, 중간에 입장을 바꿀 수 없다.
③ 입론, 확인 질문, 반론, 최종 발언 등의 일정한 형식과 규칙에 따라 양 팀이 평등하게 발언을 한다.
④ 평가 기준에 따라 공평하게 심의하여 승패를 판정한다.

2. 토론대회의 유형

토론대회는 크게 두 가지로 나뉜다. 하나는 우리가 일반적으로 '토론대회'라 말하는 형태이고, 다른 하나는 '독서토론대회'가 있다. 물론 전자의 형식을 독서토론대회에서 활용하면 되므로 굳이 두 가지로 나눌 필요는 없다. 하지만 제11장에서 살펴본 바와 같이 독서토론이 갖는 특수성으로 인해 나름의 독특한 형식을 취할 수도 있다.

토론대회의 유형은 규칙과 순서에 따라 구분되는데, 토론에 대한 주최 측의 가치관이나 지향점에 따라 다양하게 존재할 수 있다. 그러나 수많은 경기 방식 중에도 일반인들에게 널리 알려진 권위 있는 경기 방식이 있듯, 토론대회의 유형에도 가장 많이 활용되는 방식이 존재한다.

현재 우리나라에 가장 널리 알려져 있는 토론대회의 유형은 'CEDA 방식'과 '칼 포퍼 방식'이다. 특히 CEDA 방식은 미국에서 대학은 물론 중·고등학교에서도 가장 많이 활용되고 있는 유형으로서 우리나라에서도 대부분 이 방식을 채택하고 있다. 여기에서는 주로 이 두 가지에 대해 집중적으로 설명하고자 한다.

최근 들어 토론 교육이 확산됨에 따라 이 두 가지 유형 외에 다양한 형식의 토론대회가 개최되고 있다. 이런 추세는 토론 교육의 활성화로 이어지기에 바람직한 현상이라 할 수 있다. 학생들의 참여를 적극적으로 독려하기 위해 기타 다양한 형식에 대해서도 간략하게 소개하고자 한다.

1) CEDA 방식 토론

(1) CEDA란 무슨 의미인가

CEDA는 '교차 질문형 토론협회 Cross Examination Debate Association'의 약자

이다. 그러므로 CEDA식 토론을 '교차 질문형 토론'이라 말할 수 있다.

교차 질문형 토론협회는 1947년에 창설되었던 미국의 '전국토론연맹National Debate Tournament'이 제시한 토론 방식을 비판하면서 1971년 미국에서 발족되었다. 즉 전국토론연맹의 토론 유형이 1960년대에 전국적으로 확대되면서 활성화되었지만, 주장과 반박으로만 이루어져 있어서 토론자들이 각자 자신의 주장만 내세우고 상대방의 말을 전혀 듣지 않는 토론이 이루어지고 있다고 비판한 것이다. 교차 질문형 토론협회는 이 점을 보완하여 토론자들끼리 원활한 의사소통이 가능하도록 상대방이 주장한 내용에 대해 질문하는 시간을 넣어야 한다고 제기했다. 그리하여 입론과 반론이 있은 직후에 발언 내용에 대해 상대 팀이 질문하는 시간을 삽입하는 새로운 방식을 제시했는데, 이 방식이 바로 CEDA 방식 토론이다. 이 유형이 상대방의 주장을 비판적으로 듣는 데 효과가 있다는 점이 입증되자, 1975년 전국토론연맹에서도 이를 수용하였다. 이로써 CEDA식 토론은 미국에서 가장 널리 활용되는 토론 유형으로 자리를 굳혔다.

(2) 토론 형식(규칙과 순서)

	찬성 팀	반대 팀
입 론	① 갑 입론 (8분)	② 을 확인 질문 (3분)
	④ 갑 확인 질문 (3분)	③ 갑 입론 (8분)
	⑤ 을 입론 (8분)	⑥ 갑 확인 질문 (3분)
	⑧ 을 확인 질문 (3분)	⑦ 을 입론 (8분)
반 론	⑩ 갑 반론 (4분)	⑨ 갑 반론 (4분)
	⑫ 을 반론 (4분)	⑪ 을 반론 (4분)

한 팀의 토론자는 2명이고, 토론 시간은 60분이며, 숙의 시간 10분을 각 팀당 5분씩 활용할 수 있도록 하여 총 소요 시간은 70분이다.

각종 토론대회에서는 상황과 학생들의 수준을 고려하여 다음과 같이 조정하여 활용하고 있다. 규칙과 순서는 동일하게 진행되지만, 각 단계별로 시간이 다르게 적용되고 있는 점에 유의할 필요가 있다.

	토론대회	단계별 시간 변경
미국	중학생 토론대회	입론 4~5분, 확인 질문 2분, 반론 2분
	고등학생 토론대회	입론 8분, 확인 질문 3분, 반론 5분
	대학생 토론대회	입론 10분, 확인 질문 3분, 반론 5분
국내	한국자유총연맹 주최 전국 고등학생 토론대회	입론 5분, 확인 질문 3분, 반론 3분 (각 팀에 숙의 시간 4분 허용)
	중앙선거방송토론위원회 주최 전국 대학생 토론대회	입론 6분, 확인 질문 3분, 반론 4분 (각 팀에 숙의 시간 5분 허용)

(3) 특징

가장 큰 특징은 입론 시간이 반론 시간보다 길기 때문에 주장을 많이 할 수 있다는 점이다. 또 토론자가 두 명으로 구성되어 있고 입론의 기회가 두 번 주어지기 때문에, 개인별 토론 능력을 측정하기에 적합한 유형으로 역동적인 토론을 펼칠 수 있는 장점이 있다.

입론이 두 번 있기 때문에, 두번째 입론자들은 상대 팀이 첫번째 입론에서 무슨 말을 했는지 주의 깊게 잘 듣고 자신들이 준비한 자료를 유연하게 변형시켜 논점을 제시해야 한다. 이런 점에서 CEDA식 토론은 논점을 확대해나가는 역동적인 토론이다. 물론 모든 토론이다 그렇지만, 특히 두번째 입론에서 상대방의 첫번째 주장을 잘 듣지 않고 미리 준비한 입론을 그대로 읽게 되면 적극적인 대응을 못하게 되므로 시작부터 지고 들어가는 셈이 된다.

입론의 단계에서는 찬성 팀이 먼저 발언하고, 반론의 단계에서는 반대 팀이 먼저 발언하는 이유는 제6장에서 설명한 바와 같다. 즉 추정의 원칙에 따라 찬성 팀은 증명의 부담, 반대 팀은 반증의 부담을 안고 있기 때문이다(기억이 나지 않으면 다시 제4장과 제6장을 읽어보라). 또 상대방이 제시한 논점 중 반박하지 않은 논점이 있을 경우에는 그 논점을 수용한 것으로 간주되므로 어떤 논점을 어떻게 반박할지 결정하는 일이 중요하다.

(4) 각 단계별 토론자의 역할

토론의 진행 순서에 따라 각 단계별 토론자가 담당해야 할 사항과 주의해야 할 점은 다음과 같다.

CEDA식 토론의 예.
사진은 부패방지위원회 주최 '제1회 전국 대학생 아카데미식 토론대회'(2002) 장면.
①사진 왼쪽부터 찬성 팀 갑, 을, 반대 팀 갑, 을. ②찬성 팀 갑 입론, ③반대 팀 을 확인 질문,
④반대 팀 갑 입론, ⑤찬성 팀 을 확인 질문, ⑥반대 팀 을 반론, ⑦찬성 팀 을 반론 장면.

❶ 입론의 단계

	역할과 주의할 점
① 찬성 팀 갑 입론	– 논제를 둘러싸고 토론해야 할 이유나 상황에 대해 간략하게 언급하여 현 상황의 문제점을 드러낸다. – 찬성 팀에서 규정하는 핵심 용어의 개념을 정리하여 제시한다. – 논제에 대해 찬성하는 입장을 지지하는 논점을 제시하고, 각 논점을 지지해주는 분명하고 명료한 논거를 제시한다. – 논점은 대략 2개 정도가 적당하고, 가장 핵심적인 논점을 먼저 제시한다.
② 반대 팀 을 확인 질문	– 논제에 대해 찬성하는 이유와 이를 지지하는 논거가 논리적으로 적절한지를 따져보고, 이에 대해 집중적으로 질문한다. – 가장 핵심적인 문제점에 집중하여 단계별로 질문한다. – 찬성 팀이 되도록 짧게 답변할 수 있는 질문을 던진다. – 찬성 팀이 입론에서 언급하지 않은 내용을 질문하면 안 된다.
③ 반대 팀 갑 입론	– 논제에 대해 반대하는 이유를 들고, 핵심 개념을 제시한다. – 논제에 대해 반대하는 논점을 들고, 이를 지지해주는 논거를 든다. 역시 논점은 2개 정도 제시하는 것이 좋다.
④ 찬성 팀 갑 확인 질문	– 찬성 입장에서 ②와 같은 요령으로 질문한다.
⑤ 찬성 팀 을 입론	– 찬성 팀 갑의 입론과 연계성이 있으면서 갑이 언급하지 않은 다른 논점과 각 논점을 지지하는 논거를 제시한다. 역시 논점을 2개 정도 제시하는 것이 좋다. – 반대 팀 갑의 입론에 대해 문제를 삼아 논제에 대해 찬성하는 이유를 부각하는 융통성을 발휘해야 한다.
⑥ 반대 팀 갑 확인 질문	– 찬성 팀 갑의 입론과 을의 입론이 연관성이 있는지, 어떻게 다른지에 대해서 비교하고, 제시된 자료의 신뢰성을 따져본다. 구체적으로 ②와 같이 한다.
⑦ 반대 팀 을 입론	– ⑤와 마찬가지로 반대 팀 갑이 다루지 않은 논점을 2개 정도 제시하고 각 논점을 지지해주는 논거를 제시한다. – 논점 사이의 연계성을 염두에 두되, 반대 팀에서 취할 수 있는 논점을 고루 언급한다. – 찬성 팀 을의 입론에 대해 문제 삼아 논제에 반대하는 이유를 분명하게 내세운다.
⑧ 찬성 팀 을 확인 질문	– 찬성 입장에서 ⑥과 같은 요령으로 질문한다.

	역할과 주의할 점
⑨ 반대 팀 갑 첫번째 반론	– 찬성 팀이 제시한 여러 가지 논점들 중 가장 효과적으로 논파할 수 있는 논점을 택하여 집중적으로 반박한다. – 찬성 팀의 논점이 지닌 문제점, 논점을 지지하는 논거에서 설득력이 약하거나 타당하지 않은 점을 들어 비판을 가하면서 거꾸로 자신들의 논점이 타당함을 입증한다.
⑩ 찬성 팀 갑 첫번째 반론	– ⑨와 입장만 바뀌었을 뿐 역할은 동일하다. 여기에 덧붙여 ⑨에서 제시한 반대 팀 갑의 반론에 대해 재반박한다.
⑪ 반대 팀 을 두번째 반론	– 반대 팀의 핵심 논점을 기반으로 하여 찬성 팀의 논점과 논거를 반박한다. – 해결 방안이나 대체 방안을 제시하여 찬성 팀의 논점이 약하므로, 반대 팀의 논점대로 하면 해결의 효과가 클 것이라는 점을 강조한다. – 청중들(심사위원 포함)에게 반대 팀의 주장이 찬성 팀의 주장을 압도하는 이유를 어필한다.
⑫ 찬성 팀 을 두번째 반론	– 반대 팀이 다루지 못한 논점을 지적하고, 대체 방안의 실현 가능성이 약함을 입증한다. – 찬성 팀의 핵심 논점을 기반으로 하여 반대 팀의 논점과 근거를 반박한다. – 청중들(심사위원 포함)에게 찬성 팀의 주장이 반대 팀의 주장을 압도하는 이유를 어필한다.

❷ 반론의 단계

대부분의 CEDA식 토론에서는 반론에 앞서 양 팀 모두가 입론에서 거론된 내용에 대해 꼼꼼하게 분석하고, 어떻게 반론할 것인지에 대해 전략을 짜도록 숙의 시간을 고정시켜 놓는 경우가 많다. 그런데 만약 숙의 시간이 고정되어 있지 않다면, 반론을 할 차례가 된 팀에서 반드시 숙의 시간을 청하여 반론의 전략을 세워야 한다.

또 한 가지 명심해야 할 점은 반론에서 새로운 논점을 제시하면 절대 안 된다는 것이다. 이미 입론에서 제시된 논점의 범위 안에서만 반박하되, 반박하는 과정에서 관련 논점으로 확대하는 것은 가능하다.

2) 칼 포퍼식 토론

(1) '칼 포퍼식 토론'이란 무엇인가

칼 포퍼식 토론은 과학철학자인 칼 포퍼^{Karl R. Popper}의 비판적 합리주의를 계승한 토론 형식이다. 칼 포퍼는 "삶은 문제 해결의 연속이다"라고 주장했다. 우리가 아무리 이성적으로 사고한다 하더라도 이성 자체가 본래 잘못을 범할 가능성을 항상 내포하고 있다는 것이다. 그렇다고 누구나 잘못을 저지르고 실수를 하기 때문에 그 실수를 당연한 것으로 받아들일 수는 없다. 칼 포퍼는 삶 속에서 이어지는 실수를 지속적으로 교정하고 배우고자 노력하는 의식적인 태도를 가져야 한다고 역설했다. 진리에 가까이 가려면 누가 옳고 그른지를 따지기 이전에 비판적인 토론의 과정을 거쳐 오류를 줄이고 문제를 명확하게 보려는 자세가 필요하다는 것이다. 1994년 열린사회연구소와 소로스재단 네트워크는 칼 포퍼의 이러한 비판적 합리주의를 배양하기 위해 토론 형식을 고안했다. 이것이 바로 칼 포퍼식 토론이다.

(2) 토론 형식(규칙과 순서)

	찬성 팀	반대 팀
입 론	① 갑 입론 (6분)	② 병 확인 질문 (3분)
	④ 병 확인 질문 (3분)	③ 갑 입론 (6분)
반 론	⑤ 을 반론 (5분)	⑥ 갑 확인 질문 (3분)
	⑧ 갑 확인 질문 (3분)	⑦ 을 반론 (5분)
	⑨ 병 반론 (5분)	⑩ 병 반론 (5분)

구성원은 한 팀당 3명이고, 양 팀의 숙의 시간을 8분씩 고려하여 총 60분이 소요된다. 가장 두드러진 특징은, 입론 두 번, 반론 두 번

으로 구성된 CEDA 방식과 다르게, 입론은 한 번인데 비해 반론이 두 번이라는 점이다. 즉 주장을 많이 내세우는 것보다 상대 팀의 주장을 듣고 검토하는 과정에 중점을 두었다. 또 각자의 토론 능력을 발휘할 수 있는 여지가 많았던 CEDA 방식에 비해, 팀원들이 협력하여 하나의 입론을 공유하고 그 바탕 위에 상대 팀의 입론에 대해 반론해야 한다.

그런데 이 방식은 토론자 3명 중 2명은 두 번의 발언 기회가 주어지지만 1명은 발언 기회를 한 번밖에 갖지 못한다는 점에서 문제적이다. 물론 애초의 의도는 을이 상대 팀의 발언을 분석하고 대응 전략을 짜는 팀장 역할을 담당하도록 고려하여 이런 형식을 고안한 것이다. 그러나 앞에서도 설명했던 바와 같이 발언 기회의 불균형은 토론에서 지켜야 할 세 가지 원칙 중 평등의 원칙에 위배되므로 이에 대한 보완이 필요하다.

이런 문제점을 보완한 토론 유형으로 '숙명토론대회' 방식을 꼽을 수 있다. 토론 구성원은 3명으로 원래 형식과 동일하지만, 을의 발언 기회를 두 번으로 늘려 토론자 모두 두 번씩 발언할 수 있도록 조정했다. 토론 시간은 50분이고, 양 팀에 숙의 시간 5분을 최대 4회에 나누어 요청할 수 있도록 배정하였으니 총 소요 시간은 60분이다.

	찬성 팀	반대 팀
입론	① 갑 입론 (6분)	② 을 확인 질문 (3분)
	④ 을 확인 질문 (3분)	③ 갑 입론 (6분)
반론	⑤ 병 반론 (5분)	⑥ 갑 확인 질문 (3분)
	⑧ 갑 확인 질문 (3분)	⑦ 병 반론 (5분)
	⑨ 을 반론 (5분)	⑩ 을 반론 (5분)
최종 발언	⑪ 병 최종 발언 (3분)	⑫ 병 최종 발언 (3분)

민족사관고등학교에서 주최하는 '전국 중학생 토론대회' 방식은 숙명여자대학교 토론대회 방식과 유사하면서 좀 다르다. 입론 한 번, 반론 두 번, 최종 발언이 있다는 점에서 동일하지만, 중학생의 수준을 고려하여 단계마다 팀원들끼리 충분히 대응 전략을 세울 수 있도록 숙의 시간을 고정적으로 넣었다는 점에 특징이 있다. 2006년까지는 제10장에서 제시했던 것과 같이 확인 질문이 없는 형식이었으나, 2007년부터 반론의 단계에 확인 질문을 강화한 아래의 형식을 취하고 있다.

사용하는 용어가 달라 혼동할 우려가 있어, 일단 이해하기 쉽도록 이 책의 용어에 따라 바꾸었다. 괄호 안에 부가적으로 넣은 것은 원래 주최 측에서 사용한 용어이다.

	찬성 팀	반대 팀
입론(발제)	① 갑 입론 (5분)	② 갑 입론 (5분)
	숙의 시간 (작전 회의, 2분)	
1차 반론(논박)	③ 을 반론 (3분)	④ 병 확인 질문 (검증, 2분)
	⑥ 병 확인 질문 (2분)	⑤ 을 반론 (3분)
	숙의 시간 (2분)	
2차 반론(논박)	⑦ 병 반론 (3분)	⑧ 을 확인 질문 (2분)
	⑩ 을 확인 질문 (2분)	⑨ 병 반론 (3분)
	숙의 시간 (2분)	
최종 발언	⑫ 정 최종 발언 (5분)	⑪ 정 최종 발언 (5분)

(3) 각 단계별 토론자의 역할

칼 포퍼식 토론에서 주의할 사항은 다음과 같다.

칼 포퍼식 토론의 예. 사진은 숙명여자대학교 주최 '전국 여대생토론대회'(2006) 장면.
① 찬성 팀 갑 입론(사진 왼쪽부터 찬성 팀 병, 을, 갑, 반대 팀 갑, 을, 병), ② 반대 팀 을 확인 질문,
③ 찬성 팀 병 반론, ④ 반대 팀 갑 확인 질문, ⑤ 찬성 팀 을 반론, ⑥ 반대 팀 병 최종 발언 장면.

① 입론보다 반론이 더 많다.

② 발언마다 확인 질문을 해야 하기 때문에 상대 팀의 주장을 잘 들어야 한다.

③ 검증된 주장을 해야 하고, 상대 팀의 주장이 검증된 것인지를 따져보는 태도가 요구된다.

④ 팀원들 간의 원활한 의사소통이 필요하다.

물론 칼 포퍼식 토론에서도 자기 팀의 주장을 잘 내세우는 것은 중요하다. 그러나 토론자들의 역할이 서로 긴밀하게 연결되어 있어서 자칫 의사소통이 안 되면 서로 다르게 발언하게 되므로, 뒤로 갈수록 팀 전체의 입장이 자신들도 모르게 변질될 가능성이 높아진다.

예를 들어보자. 입론을 했던 갑이 상대 팀 을의 확인 질문에 대해 어떤 답변을 하면, 그 답변 내용에 대한 반박이 곧바로 반론에서 이

어진다. 그러면 그에 대한 책임은 병이 지게 된다. 갑이 말한 답변을 토대로 병이 반론하면, 상대 팀의 갑이 다시 확인 질문을 하니 병은 그에 대해 또 답변해야 한다. 또한 첫번째 반론에서 답변한 내용에 대해 두번째 반론에서 다시 반박이 가해진다. 이런 식으로 토론자들의 역할이 맞물려 있어서 말한 내용이 꼬리에 꼬리를 물고 이어진다. 그러므로 다른 토론자가 확인 질문에서 어떻게 대응했는지, 발언 내용이 무엇인지 등을 정확하게 파악하여 팀원들 간에 서로 긴밀하게 돕는 태도를 갖추어야 한다.

현재 국내에서 칼 포퍼 방식을 그대로 활용하는 토론대회는 없다. 여기서는 칼 포퍼 방식의 가장 대표적인 예에 해당하는 '숙명토론대회' 방식을 중심으로 토론자의 역할과 주의사항을 설명하고자 한다. 민족사관고등학교 주최 '전국 중학생 토론대회' 방식은 이를 참조하면 될 것이다.

❶ 입론의 단계

	역할과 주의할 사항
① 찬성 팀 갑 입론	－ 도입부에 이 논제로 토론을 해야 할 필요성을 언급하여 문제 제기를 한다. － 핵심 개념을 정리하여 제시한다. － 입장을 지지하는 3～4개의 논점을 항목화하여 논거와 함께 제시한다. － 찬성 팀이 내세운 논점대로 하면 문제 해결이 가능하다는 점을 강조한다.
② 반대 팀 을 확인 질문	－ 찬성 팀의 입론 중 취약한 부분과 논리적 허점을 찾아낸다. － 입론 중 가장 핵심적인 문제점에 집중하여 단계별로 질문한다. － 찬성 팀이 되도록 짧게 답변할 수 있는 질문을 던진다. － 찬성 팀이 입론에서 언급하지 않은 내용을 질문하면 안 된다.

③ 반대 팀 갑 입론	– 도입부에 간략하게 논제에 대한 반대 입장을 밝히고, 현재 상황에 문제가 없거나 문제가 크지 않음을 언급한다. – 핵심 개념을 정리하여 제시한다. – 입장을 지지하는 논점을 항목화하여 논거와 함께 제시한다. – 반대 팀이 내세운 논점에 의하면 현 상황이 별문제가 없음을 강조한다.
④ 찬성 팀 을 확인 질문	– 찬성 입장에서 ②와 같은 요령으로 질문한다.

❷ 반론의 단계

	역할과 주의할 사항
⑤ 찬성 팀 병 반론	– 반대 팀 주장에 대해 논증의 불충분함이나, 논리적 모순을 지적하여 반대 팀이 옳지 않음을 증명한다. – 반대 팀의 주장에 대해 중요성이나 지속성이 유효한지 따져보고 이에 대해 논박한다. 만약 받아들인 경우에는 해결 가능성이 있는지 짚어본다. – 반대 팀의 논점이 지닌 문제점, 논점을 지지하는 논거에서 설득력이 약하거나 타당하지 않은 점을 들어 비판을 가하면서 거꾸로 찬성 팀의 논점이 타당함을 입증한다. – 첫번째 반론에서는 가장 핵심적인 오류나 쟁점을 중심으로 반박한다.
⑥ 반대 팀 갑 확인 질문	– 찬성 팀의 반론 중 입론과 다르거나 논리적 모순이 있는 부분을 탐색하여 이에 대해 집중적 으로 질문한다. – 역시 한 단계씩 질문의 심도를 높여가면서 간명하게 답하도록 질문한다.
⑦ 반대 팀 병 반론	– 반대 입장에서 ⑤와 같은 요령으로 반론한다.
⑧ 찬성 팀 갑 확인 질문	– 찬성 팀의 입장에서 ⑥과 같은 요령으로 질문한다.
⑨ 찬성 팀 을 반론	– 첫번째 반론에서 놓친 논점이나 허점을 반박한다. – 찬성 팀에게 유력한 논점을 기반으로 하여 반대 팀의 논점과 근거를 반박한다. – 해결 방안이나 대체 방안을 제시하여 반대 팀의 논점이 약하고, 찬성 팀의 논점대로 하면 해 결의 효과가 클 것이라는 점을 강조한다.
⑩ 반대 팀 을 반론	반대 팀의 입장에서 ⑨와 같은 요령으로 반론한다.

	역할과 주의할 사항
⑪ 찬성 팀 병 최종 발언	- 만약 반론할 거리가 남아 있다면 최종 발언을 하기 전에 간략하게 언급한다. 이 부분이 길게 되면 반론이 되므로 요점만 짧게 말한다. - 토론에서 다룬 내용을 요약적으로 정리한다. - 찬성 팀이 내세운 논점을 항목화하여 정리하고, 반대 팀의 한계점을 간략하게 언급한다. - 청중들(심사위원 포함)에게 찬성 팀의 주장이 옳은 이유를 비유나 일화 등을 동원하여 설득력 있게 전달한다.
⑫ 반대 팀 병 최종 발언	반대 팀의 입장에서 ⑪과 같은 요령으로 발언한다.

3) 의회식 토론

최근 들어 토론 교육의 중요성이 대두되면서, 다른 대회와의 차별화를 도모하기 위한 방법으로 토론 방식도 점차 다양해지는 추세이다. 한국시민자원봉사회 중앙회 주최로 열린 '전국 고등학생 의회식 토론대회'가 그 예에 해당한다. 의회식 토론에 대해 살펴보자.

(1) 특징

의회식 토론은 토론대회 방식 중 가장 오래된 유형에 해당한다. 1820년대 영국의 옥스퍼드 대학과 케임브리지 대학 학생회에서 돌아가면서 격년으로 주최하였던 토론대회를 기초로 하여 만든 형식이다. 이는 영국 의회에서 행해지던 방식을 차용한 것이라서 규칙과 순서가 정교하지는 않다.

의회식 토론의 특징은 다음과 같다.

❶ 여러 개의 토론 논제가 주어진다

일반적으로 토론대회는 논제가 하나인 반면, 의회식 토론에서는 논제가 여러 개로 주어진다. 통상적으로 토론이 시작되기 15~30분 전에 여러 개의 논제 중 하나를 제시하고 제비뽑기를 통해 찬성 팀과 반대 팀에 해당하는 여당과 야당을 정한다. 15~30분 동안 논제에 대해 어떤 입론을 펼칠지, 어떤 반론이 가능한지 등에 대해 검토하는 시간이 주어진다. 따라서 논거를 바탕으로 주장을 펼치거나 상대방의 주장을 검증하는 능력보다는 일반 상식이나 설득력, 전달력 등이 중시된다. 이런 점에서 의회식 토론을 '즉석 토론'이라고도 한다.

❷ 토론자의 발언 기회가 다르다

토론 구성원이 두 명인데, 당 대표에 해당하는 토론자는 두 번 발언하고 나머지 토론자는 한 번씩만 발언한다. 이런 점에서 비민주적인 토론이라는 비판을 받고 있다.

❸ 보충 질의, 의사 진행 발언, 신상 발언 등이 있다

상대방이 발언하는 중에 상대방의 양해를 얻어 질문을 하거나 설명을 요구하는 등의 보충 질의를 할 수 있다. 또한 상대방이 심각한 잘못을 할 경우 의장 격에 해당하는 심사위원에게 양해를 얻어 의사 진행 발언이나 신상 발언 등을 제기할 수 있다.

❹ 찬성과 반대의 처음 관점을 일관성 있게 요구하지 않는다

교육 토론에서는 찬성과 반대 양 팀의 입장을 처음부터 끝까지 고수하는 것이 원칙이다. 그러나 의회식 토론에서는 입장을 고수해야 할 의무가 없다. 상대방의 관점을 수용할 수도 있고, 첫번째 입론에서 제시한 논점을 두번째 논점에서 바꿀 수도 있다. 따라서 의회식 토론에서는 '~해야 한다' '~이다'식의 명제형 논제가 아니라 '~인가?'와 같은 의문형 논제로 주어진다.

(2) 토론의 형식 (규칙과 순서)

	여당	야당
첫번째 입론 (대표)	① 갑 입론 (7분)	② 갑 입론 (8분)
두번째 입론 (의원)	③ 을 입론 (8분)	④ 을 입론 (8분)
반론 (대표)	⑥ 갑 반론 (5분)	⑤ 갑 반론 (4분)

두 명이 한 팀이 되어 총 40분 동안 토론한다. 한국시민자원봉사회 중앙회 주최로 열린 '전국 고등학생 의회식 토론대회'에서는 입론에서 각 팀의 구성원 모두 5분씩 발언하고, 반론은 당 대표가 각각 3분씩 발언한다.

❶ 보충 질의

보충 질의는 상대의 발언 내용에 대해 질문을 하거나 설명을 요구할 수 있으며 짧게 자신의 주장을 할 수도 있다. 보충 질의를 원할 때에는 말은 하지 않고 한 손을 들고 상대 팀에게 요구하는 태도를 취한다. 상대 팀은 보충 질의를 받아들일 수도 있고 무시할 수도 있다. 그러나 너무 여러 차례 받아들이면 자신의 발언을 주도적으로 진행할 수 없게 되고, 또 너무 여러 번 거부하면 일방적으로 자기주장만 몰아붙인다거나 두려워서 회피한다는 평가를 받을 수 있다.

보충 질의는 일반적으로 15초 이상을 넘기지 말아야 하고, 상대방이 중지를 요구하면 바로 이에 응해야 한다. 보충 질의에 대한 시간 제한은 없고, 상대 팀의 입론 시간 내에 언제든지 할 수 있다. 다만 입론이 시작되거나 끝나기 1분 전후에는 허용되지 않으며, 반론 시간에도 허용되지 않는다.

❷ 의사 진행 발언

의사 진행 발언은 상대 팀이 토론 규칙을 심각하게 어겼을 경우에만 심사위원에게 요청하여 말할 수 있다. 규칙이나 순서가 비교적 간략하여 대체로 심각한 규칙 위반은 일어나지 않는다. 그러나 반론 시간에 입론에서 거론되지 않은 새로운 논점을 주장한다든지 지나치게 시간을 초과할 경우 요청할 수 있다.

의사 진행 발언이 요청되면, 의장(심사위원)이 심의를 해야 하기 때문에 토론이 정지되고 초시계도 멈춘다. 의장이 심의를 하는 동안 잠시 기다렸다가 판결을 내리면 그에 따라 다시 토론이 진행된다. 의장은 의사 진행 발언에 대해 "인정합니다" 또는 "인정할 수 없습니다"로 둘 중 하나의 판결을 내리는데, 인정될 경우 규칙을 어긴 것에 대한 벌칙으로 상대 팀은 감점을 받는다.

❸ 신상 발언

신상 발언은 상대 팀이 인신공격을 하거나 자기 팀의 주장을 왜곡하거나 잘못 해석하는 경우에만 심사위원에게 요청할 수 있다. 역시 신상 발언이 요청되면 심사위원이 판결을 내려야 하므로 잠시 토론이 중지된다. 의사 진행 발언과 같이 "인정합니다" 또는 "인정할 수 없습니다"의 판결이 내려진다. 인정하는 판결이 내려질 경우 역시 상대 팀은 감점을 받는다.

4) 기타 유형

기존의 토론대회 유형을 따르지 않는 독특한 토론대회 방식이 있어서 짧게 소개하고자 한다. 자칭 '통합 토론 방식Integrated Debate Method'이라 칭하는 이 형식은, 토론의 핵심 과정에 자유 토론을 포함시킨 점에서 특징적이다.[*] 중고등학교 학생들의 실정과 수준을 고려하여 규칙과 순서를 융통성 있게 바꾼 교실 토론과 흡사한 유형이기 때문에, 학생들이 쉽게 접근할 수 있을 것이다.

> [*] 이는 한양대학교에서 주최하는 '전국 고등학생 토론대회'의 형식이다.

(1) 토론의 형식(규칙과 순서)

사용하고 있는 용어가 이 책과 달라 혼동될 염려가 있기에, 이 책에 맞게 바꾸었다. 괄호 안은 주최 측에서 원래 사용한 용어이다.

	찬성 팀	반대 팀
입론-반론	① 갑 입론 (4분)	② 갑 입론 (4분)
	④ 을 반론 (2분)	③ 을 반론 (2분)
재입론-재반론	⑤ 갑 재입론 (2분)	⑥ 갑 재입론 (2분)
	⑧ 을 재반론 (2분)	⑦ 을 재반론 (2분)
자유 토론(교차 토론)	⑨ 자유 토론 (7분)	⑩ 자유 토론 (7분)
	숙의 시간 (3분)	
최종 발언(종결)	⑪ 갑 최종 발언 (4분)	⑫ 갑 최종 발언 (4분)

양 팀은 각각 두 명으로 구성되고, 토론자는 지명 발언과 자유 발

언의 기회를 가진다. 총 토론 시간은 45분으로, 네 단계로 구분될 수 있다. 갑은 세 번의 발언 기회를 갖고 을은 두 번의 발언 기회를 가진다는 점에서, 의회식 토론과 같이 평등하지 않다. 또한 갑은 입론만, 을은 반론만 전담하는 점도 보완이 필요하다.

(2) 토론자의 역할

주최 측에서 제시한 토론자의 발언 요령을 소개한다. 괄호 안의 용어는 주최 측에서 제시한 것이다.

❶ 입론(발제)

선택된 입장에 따라서 찬성 혹은 반대 입장의 논리를 4분 이내에 지명 발언한다. 입론은 토론의 도입부로서 전체 토론의 기본 방향을 제시하게 된다.

입론에 들어가야 할 주요 내용은 다음과 같다.

- 문제 인식을 들 수 있다. 논제에 대한 정확한 인식이 요구되며, 이를 적절한 용어로 정의할 수 있어야 한다.
- 입장 제시가 필요하다. 논제의 배경, 의의, 쟁점들과 관련하여 자신의 찬반 입장을 분명하게 제시해야 한다.
- 논거 제시가 요구된다. 논리의 근거가 되는 신뢰성 있는 이론 혹은 객관적인 자료의 제공이 요구된다.

❷ 반론

상대편 입론에 대한 반박 논리를 2분 이내에 지명 발언한다. 반론에서는 상대편의 입론의 논리에 대한 반박 논리를 제시하게 된다.

- 상대편 논리의 문제점, 오류, 허점 등을 찾아낸다.
- 이를 쟁점으로 부각시키는 것이 요구된다. 특히 핵심적인 쟁점을 중심으로 상대편의 논리를 반박하는 것이 중요하다.

❸ 재입론(재발제)

상대편 반박 논리에 대하여 재입론 논리를 2분 이내에 지명 발언한다. 재입론에서는 상대편의 반론에 대한 대응 논리를 제시하게 된다.

- 상대편이 지적한 논점에 대하여 반박 논리를 제시한다.
- 앞서 발표한 발제 논리에 대한 보충, 수정, 강조 등을 포함하는 재입론을 한다. 특히 논리의 일관성을 유지하는 것이 중요하다.

❹ 재반론

상대편 재입론에 대하여 재반론을 2분 이내에 지명 발언한다. 재반론에서는 상대편의 재입론 논리에 대한 재반박 논리를 제시하게 된다.

- 상대편 재입론의 논리적 문제점, 오류, 허점 등을 찾아낸다.
- 이를 쟁점으로 다시 한 번 부각시키는 것이 요구된다. 특히 상대편의 핵심 논점을 재반박하는 것이 중요하다.

❺ 자유 토론(교차 토론)

상대편의 입론, 반론, 재입론, 재반론에 대하여 질문 혹은 반론 형식으로 자유 발언을 한다. 먼저, 찬성 팀이 7분 동안 주도권을 가지며(상대편 발언 시간 포함), 상대편에 질문 혹은 반론의 형식으로 자유 발언을 한다. 다음, 반대 팀이 7분 동안 주도권을 가지며(상대편 발언 시간 포함), 상대편에 질문 혹은 반론의 형식으로 자유 발언을 한다.

자유 토론에서는 핵심 쟁점에 대한 논쟁이 이루어진다.

● 주도권을 가진 팀(공격 팀)에서는 상대편(방어 팀)의 논점에 대한 집중적인 반론을 통해 자신의 논리의 우위성을 보여주는 것이 중요하다.

● 반면에 방어 팀에서는 상대편(공격 팀)의 반론에 대하여 순발력 있게, 그리고 논리적으로 대응할 수 있어야 한다.

❻ 숙의 시간(팀별 논의)

각각 팀의 입장을 정리하기 위하여 종결 전에 팀별로 숙의 시간을 3분 갖는다.

❼ 최종 발언(종결)

각각 팀의 입장을 입론, 논리, 조정, 결론을 포함하여 4분 이내에 지명 발언한다.

종결은 토론의 마무리로서 자신의 논리를 정리하고 결론을 제시한다.

● 우선 자신의 입장을 재확인해야 한다.

● 토론 과정에서 나타난 논점에 대한 비교 분석을 토대로 자신의 논리에 대한 조정이 요구된다. 조정에서는 논리의 수정, 유지, 강화 등이 포함된다.

● 끝으로 자신의 논리를 마무리한다. 특히 자신의 논리를 명확하게 전달하는 것이 중요하다.

3. 독서토론대회의 유형

독서토론대회는 일반 토론대회와 조금 다르다. 책을 읽고 내용을 파악한 바탕 위에서 토론을 펼쳐야 하는 독서토론의 특성상 일반 토론과 여러 가지 점에서 다르다는 것을 이미 제11장에서 살펴보았다. 이런 점은 독서토론대회에서도 그대로 적용된다. 앞에서 설명한 바와 같이 일반 토론대회의 유형은 대체로 전 세계적으로 통용되고 있지만, 반면에 전 세계적으로 통용되고 있는 독서토론의 유형이나 형식은 찾아보기 어렵다.

이런 점을 고려하여 여기서는 현재 진행되고 있는 독서토론대회 중 대표적인 두 가지 유형을 설명하고자 한다. 즉 하나는 '논제 제시형 독서토론'이고, 다른 하나는 '논제 개방형 독서토론'이다. 전자는 토론대회를 주최하는 측에서 선정 도서와 함께 논제를 제시하는 방식이고, 후자는 토론대회 주최 측에서는 선정 도서만 제시하고 논제는 토론자들이 토론 과정에서 제시하여 이에 따라 토론을 진행하는 방식이다. 전자는 앞에서 본 일반 토론대회의 형식과 별반 다르지 않은 찬반형 토론이다. 그러나 후자는 찬성과 반대의 대립각이 선명하지 않은 토의식 토론에 해당한다.

1) 논제 제시형 독서토론

논제 제시형으로 독서토론을 할 경우에는 어떤 문제에 대해 찬성과 반대의 입장을 명확하게 드러낼 수 있는 책을 선정한다. 그래야 찬반의 대립각이 선명한 논제를 제시할 수 있고, 학생들이 그 논제에 대한 입장을 분명히 세울 수 있게 된다.

예를 들면 복거일의 『국제어 시대의 민족어』는 영어 공용화에 대한 찬성과 반대의 입장이 분명하게 대립되기 때문에 독서토론에서 가장 많이 활용되고 있는 책이다. 또 전상국의 「우상의 눈물」은 문학 작품이지만 '합법적인 폭력이 비합법적인 폭력보다 나쁘다'라는 논제로 찬반의 입장이 대립된다. 좀 어렵긴 하지만 제레미 리프킨의 『노동의 종말』과 같은 책은 정보화 사회가 노동의 종말을 가져오는 것인지 아니면 새로운 유형의 노동으로 전환되는 것인지를 두고 팽팽하게 토론할 수 있는 책이다. 또한 제레미 리프킨의 관점을 정면으로 반박하는 도미니크 슈나페르의 『노동의 종말에 반하여』를 함께 읽으면 찬반의 대립각을 분명하게 세울 수 있고, 반박의 논거도 풍부하게 찾을 수 있다.

(1) 토론의 형식(규칙과 순서)

'논쟁형 독서토론대회'라는 명칭으로 불리는 이 형식은 2명의 토론자가 총 30분 동안 토론한다.[*] 이 형식의 장점은 구체적으로 논제가 주어지기 때문에 책을 읽는 방향이나 입장 등을 명확하게 잡아갈 수 있다. 그래서 학생들이 비교적 쉽게 접근할 수 있다. 사용하는 용어가 주최 측과 다른 경우 이 책에 맞게 바꾸었다.

● 이는 서울시 강남구교육청에서 주최하는 '중학생 독서토론대회'의 형식이다.

	찬성 팀	반대 팀
입 론	① 입론 (3분)	② 입론 (3분)
	숙의 시간 (2분)	
반론 펴기	④ 반론1 (3분)	③ 반론1 (3분)
	숙의 시간 (2분)	
반론 꺾기	⑤ 반론2 (3분)	⑥ 반론2 (3분)
	숙의 시간 (2분)	
최종 발언	⑧ 최종 발언 (3분)	⑦ 최종 발언 (3분)

(2) 단계별 토론자의 역할과 진행 방식

	단계별 세부 활동과 진행 방식
입론	− 먼저 책의 핵심 내용을 간략하게 요약한다. − 이어서 논제에 대한 팀의 입장을 밝히고, 입장을 지지하는 논점을 제시한다. − 팀이 내세운 논점을 뒷받침할 수 있는 논거를 선정된 책은 물론 동일한 주제를 다룬 다른 저자의 책이나 자료 등을 참고하여 제시한다. 숙의 시간 | − 상대 팀이 제시한 논점과 논거를 검토하고, 논리적 허점이나 취약점을 찾아낸다.
반론 (1)	− 상대 팀이 책의 내용을 잘못 이해하고 있거나 확대 해석하고 있는 점에 대해 논점을 지지해주는 논거의 불충분함이나 논리적 모순을 들어 반박한다. − 주로 책의 내용에 대해 정확하게 이해했는지, 저자의 관점을 옹호하거나 비판하는 근거가 타당한지 등을 중점적으로 다룬다. 숙의 시간 | − 상대 팀이 내세운 반론 중 타당하지 않은 점, 입증이 불가능한 주장, 논리적 허점 등을 찾아낸다.
반론 (2)	− 앞에서 펼친 상대 팀의 반론이 타당하지 않거나 허점이 있다는 것을 근거를 들어 조목조목 비판한다. − 책의 내용에 대한 정확한 해석, 저자의 관점에 대한 입장, 저자의 주장을 사회에 적용했을 때 파생되는 문제 등을 구체적으로 짚어서 상대 팀의 반론을 논박한다. 숙의 시간 | − 자신의 팀은 물론 상대 팀의 발언 내용을 간략하게 정리한다. − 입론과 반론 펴기, 반론 꺾기의 과정에서 발언한 내용 중 일관성이 없거나 논리적인 모순점 등을 찾아낸다.
최종 발언	− 마무리 단계이니, 먼저 자기 팀의 입론과 반론에서 발언한 내용을 간략하게 요약한다. 이어서 상대 팀의 발언 내용을 간략하게 요약하고 비판한다. 청중을 향하여 책의 내용이 지닌 의미나 토론의 의미 등을 설득력 있게 전달한다.

2) 논제 개방형 독서토론

(1) 토론의 형식(규칙과 순서)

이 형식 역시 2명의 토론자로 구성되어 있고, 토론 시간은 55분이 소요된다.●

이 형식의 가장 큰 특징은 주최 측에서 논제를 제시하지 않는다는 점이다. 또 하나는 학생들이 논제를 직접 제시하여 토론 과정에서 확정하도록 규칙화했다는 점이다. 그러므로 논제가 처음부터 확정된 찬반형 토론과 달리 토론마다 논의되는 논제가 달라질 수 있다. 논제를 학생들이 제시하므로, 당연히 논제의 수준도 심사의 대상이 된다.

단 계	주요 활동	총 소요 시간 (팀별 제한 시간)	비 고
도 입	논제 제시	6분 (3분)	각 팀 '갑' 발언 1회
	논제 설정	4분 (2분)	각 팀 '을' 발언 1회
	숙의/논제 확정	2분	합의에 의해 숙의와 논의 확정 순서를 정할 수 있다.
제1 논제 토론	토 론	12분 (6분)	자유 진행
제2 논제 토론	토 론	12분 (6분)	자유 진행
논제 심화	논제 제시	1분	심사위원이 제시
	숙 의	2분	제시한 논제에 대해 숙의한다.
심화 논제 토론	토 론	12분 (6분)	자유 진행
최종 발언	토론 정리	4분 (2분)	각 팀 '갑' 발언 1회

한 가지 주의할 점은 이 형식은 찬반형 토론이 아니라 토의식 토론이므로, 부분적으로 상대 팀의 주장이나 입장을 수용할 수도 있다는 점을 염두에 두어야 한다. 상대 팀과 대립각을 세우려고 하다 자칫 자신의 입장을 유지하지 못하는 오류를 범할 수도 있다.

그러므로 논제를 정할 때에는 다음과 같은 점을 고려해야 한다.

① 책의 핵심 내용을 담고 있어야 한다.

② 저자의 주장이나 관점을 비판하거나 분석한다.

③ 저자의 주장을 지지해주는 논거의 타당성을 따져본다.

④ 저자가 제시한 방안이나 해결법을 우리 사회에 적용 가능한지 분석한다.

⑤ 반드시 긍정과 부정의 대립적 논점이 가능한 것이어야 한다.

⑥ 찬반 대립형 토론이 아니기 때문에 논제를 의문형으로 제시해도 좋다.

(2) 단계별 토론자의 역할과 진행 방식

이 내용은 주최 측에서 밝힌 것을 그대로 옮겨놓은 것이다.

단 계	주요 활동	단계별/활동별 세부 진행 방식
도 입	논제 제시	• 각 팀 '갑'은 ① 저서의 핵심 내용을 요약한 다음, ② 저서의 핵심 내용과 관련된 '토의할 논제'를 2개 제시한다. • 대진표상의 좌측 팀(이하 A팀)이 먼저 발언 ㅡ발언 시간: 3분 이내
	논제 설정	• 각 팀 '을'은 ① 상대 팀의 제시 논제 2개에 대해 평가한 다음, ② 책 내용의 이해와 심화에 적절한 토론 논제 1개를 선택한다. • B팀이 먼저 발언 ㅡ발언시간: 2분 이내
	숙 의 (논제 확정)	• 각 팀은 협동 숙의를 통해 어떤 논제부터 토론할지를 확정한 다음 팀별 숙의 시간을 갖는다. • 1논제와 2논제의 순서는 다음 원칙에 따라 확정한다. ① 1논제: 저서 자체의 정확한 이해에 관련된 것 ② 2논제: 저서 주장의 비판과 옹호에 관련된 것 단, 양 팀이 선택한 논제가 ①/② 중 하나에 겹쳐져 있다면, 자유롭게 1논제/2논제로 순서를 정할 수 있다. 각 팀이 확정한 논제가 적절치 않다고 판단되면, 심사위원이 대회 본부에서 미리 준비해둔 논제를 제시할 수 있다.

제1논제 토론	토 론	• 주어진 논제에 대해 해당 저서 내용을 이용하여 자유 토론한다. −1논제를 제안한 팀이 먼저 발언한다. −다음부터는 전면 반박, 부분 부정 반박 등 자유 형식으로 토론한다. • 첫 발언 이후에는 주고받는 대화로 자유롭게 토의한다. 단, 팀당 총 8분 이내에서 자유롭게 토론에 참여할 수 있다(계측은 도우미가 함).
제2논제 토론	토 론	• 형식은 위와 동일 −2논제를 제안한 팀이 먼저 발언한다.
논제 심화	심화 논제 제시	• 심사위원은 대회 본부에서 미리 준비해둔 '심화 논제 중 하나'를 제시한다. −심화 논제로는 저서의 핵심 내용을 현실 조건(경험, 역사 등)에 연결시켜 적용해보는 것 또는 토론이 미진했던 부분 가운데 토론 진행 내용을 고려하여 겹치지 않는 부분으로 제시한다.
	숙 의	• 각 팀은 2분간 심화 논제에 대해 숙의한다. (작전 시간)
심화 논제 토론	토 론	• B팀부터 발언을 시작하고, 형식은 1·2논제 토의와 같다.
최종 발언	마무리	• 각 팀 '갑'은 자신의 주장과 관련하여 저서의 의의와 한계를 정확히 지적한다. −발언 시간: 2분 이내 −시작은 A팀부터 한다.

4. 토론대회, 이렇게 준비하자

　과감하게 토론대회에 도전하려고 마음을 먹었지만, 막상 준비를 하려고 하면 긴장만 되고 무엇부터 어떻게 해야 할지 막막해진다. 자, 일단 침착하게 심호흡을 하고 나서 생각을 해보자! 토론대회라 하니 거창하게 들리겠지만, 실상은 교실에서 토론하던 것과 크게 다르지 않다. 다만 아무래도 대회이니 교실 토론보다는 인원이나 장소 등 여러 면에서 규모가 좀 크고, 상대가 매일 보는 친숙한 친구들이 아니라는 점, 낯선 장소에 가서 토론해야 한다는 점이 다를 뿐이다.

그러니 교실 토론의 경험을 살려 충실하게 준비하면, 토론대회에 참여한 보람을 충분히 만끽할 수 있다.

토론대회의 준비 과정은 다음과 같다.

❶ 토론 형식과 진행 방식 확인
❷ 논제 파악과 논점 분석
❸ 자료 조사
❹ 토론 개요서 작성
❺ 논술문 쓰기
❻ 논점 카드 만들기
❼ 토론 흐름표(flow sheet) 만들기
❽ 모의 토론 해보기

교실 토론의 준비 과정과 크게 다르지 않기 때문에, 여기서는 유의할 사항에 초점을 맞추어서 설명할 것이다. 여기에서 빠진 부분은 제10장의 교실 토론이나, 제11장의 독서토론을 참조하면 된다.

1) 토론 형식과 진행 방식을 확인하자

토론대회 주최 측에서 토론 참여자들에게 논제, 토론의 형식과 진행 방식 등을 미리 상세하게 공지한다. 공지사항을 토대로 토론 형식, 진행 방식, 토론자의 구성과 역할, 논제 등 전반적인 사항을 검토하면 된다. 구체적으로 검토할 사항은 다음과 같다.

(1) 토론의 형식

토론의 형식 안에는 규칙과 순서는 물론 구성원의 수와 각 단계별 역할, 총 토론 시간 등에 대한 정보가 담겨 있다. 따라서 먼저 형식을 면밀하게 분석하여 토론자를 어떻게 구성할지, 내용 면에서 구체적으로 무엇을 준비할지 등에 대해 계획을 세워야 한다.

대회에 출전할 토론자를 찾을 때에는 친분 정도보다 각 단계별 역할에 맞게 토론할 수 있는 역량을 지녔는지 먼저 알아보아야 한다. 스피치가 강한 학생이라면 입론을, 분석력이나 순발력이 강하면 확인 질문을, 논리적 언변 능력이 뛰어나면 반론을, 설득력과 종합력이 우수하면 최종 발언을 담당한다.

각자의 능력에 따라 역할을 배분하고 미흡한 부분을 어떻게 보완할지에 대해서도 충분히 논의해야 한다. 이 부분에 대해 소홀하기 쉬우나, 실제 토론에 임하게 되면 서로 긴밀하게 의사소통을 해야 하고 서로 원활하게 도움을 주어야 토론의 흐름을 주도할 수 있다.

(2) 진행 방식

토론대회의 진행은 주최 측에서 대회를 이끌어가는 방식이다. 진행 방식에 따라 토론을 몇 차례 하는지, 어떻게 참여해야 하는지, 그에 따라 어떻게 준비할지 등이 결정되므로 꼼꼼하게 검토해야 한다. 진행 방식은 크게 세 가지 유형이 있다.

❶ 논술문을 요구하는 방식

여기에서는 일단 논술문에 의거하여 일정 팀을 선발한다. 일반적으로 32개 팀을 선발하는데, 논술문이 통과된 팀에게 토론할 수 있는 자격을 준다. 대부분 논술에 통과되면 출전 팀들이 모여 추첨으로 대진표를 작성하고, 이후에는 대진표에 따라 토너먼트로 진행된다.

일단 논술문을 통과하는 것이 1차 관문이므로, 논술문 작성에 심혈을 기울여야 한다. 그렇다고 토론 준비에 앞서서 논술문을 먼저 작성하면 심도 있는 논술문을 쓰기 어렵다. 토론 준비가 어느 정도 된 다음에 논술문을 작성하는 것이 좋다(논술문 작성법은 제13장을 참조할 것).

❷ 조별 리그전에서 토너먼트로 전환하는 방식

1차 예선 단계에서는 전체의 팀을 몇 개 조로 나누고, 각 조별 소속 팀들끼리 리그전으로 진행한다. 조별 리그전에서 우승한 팀을 가린 후, 2차 본선 단계에서 우승 팀들이 모여 토너먼트로 진행한다. 1차 단계에서 2차 단계로 넘어갈 때 추첨하여 대진표를 정하는 경우도 있고, 애초에 조별 대진표가 정해져 있어서 그에 따라 토너먼트로 진행하는 경우도 있다.

❸ 모든 팀이 처음부터 토너먼트로 진행하는 방식

처음 시작 단계에서부터 모든 팀이 참여하여 토너먼트로 진행하는 방식은 규모가 작은 대회에서 주로 선택한다. 참여 팀이 많으면 대회 진행에 차질이 발생할 여지가 많기 때문에, 일반적으로 이 방식을 선호하지 않는다.

2) 논점 분석과 자료 조사에 최선을 다하자

논점 분석이 토론 준비에서 가장 핵심적인 단계라는 점은 이미 제7장에서 충분히 강조했다. 특히 토론대회에서는 찬성과 반대 양 팀에 모두 참여하게 되므로 찬성과 반대 각각의 입장에서 논점 분석을 해야 한다. 또 어떤 팀을 만날지 예측할 수 없는 상황이므로, 양 팀에서 가능한 모든 논점을 찾아보고 분석하여 만반의 준비를 해야 한다.

그런데 토론대회의 논제는 대부분 토론대회를 개최하는 주최 측의 지향점이나 교육적 관점 등을 반영하는 경향이 강하다. 예를 들면 5·18 기념재단에서 주최하는 토론대회에서는 주로 민주사회와 관련된 논제를 다루었고, 중앙선거방송토론위원회에서 주최하는 토론대회에서는 주로 선거와 관련된 논제를 제시했다. 이런 점을 감안하여 논제를 분석할 때 사회 상황이나 역사적 배경 등을 충분히 조사해야 한다. 토론의 성공 여부는 논점 분석과 자료 조사에 달려 있다(논점 분석과 자료 조사의 방법에 대한 자세한 사항은 제7장과 제8장을 참조할 것).

3) 논술문을 명쾌하게 작성하자

토론대회에서는 토론을 하기 전에 논술문을 요구하는 경우가 많다. 논술문을 요구하는 목적은 논리적 사고력이나 비판적 판단력, 책을 읽고 분석하는 능력을 지닌 학생들을 선별하려는 데 있다.

논술문이 아닌 연설문을 작성하거나, 또는 독서토론대회의 경우 독후감을 제출하는 학생들이 종종 있다. 이는 논술문의 범주에서 벗어나므로 선발 과정에서 제외된다(논술문 작성에 대한 구체적인 설명은 제13장을 참조할 것).

토론대회에 제출하는 논술문을 쓰려면 다음 사항을 주의해야 한다.

① 서론, 본론, 결론이 분명한 글을 쓴다.
② 찬성이나 반대 중 어느 하나의 입장을 정한다.
③ 선택한 입장을 지지하는 논점을 3~4개로 항목화하여 전개한다.

④ 각 논점을 지지하는 논거를 제시한다.

⑤ 논거를 바탕으로 상대 팀의 논점을 비판한다.

⑥ 자신이 택한 입장에 대해 확신에 찬 어조로 표현한다.

⑦ 문장을 짧게 단문으로 써서 정확하게 의미 전달이 되도록 쓴다.

4) 논거 카드를 반드시 만들자

토론대회에 출전하는 학생들이 가장 신경을 써서 준비하는 것이 바로 논거 카드이다. 토론대회장에서 토론자들이, 마치 장군이 칼을 가슴에 품고 다니듯 논거 카드를 소중하게 여기는 모습을 종종 보게 된다. 토론자들에게 있어서 논거 카드는 재산 목록 1호와 같은 것이다.

논거 카드는 조사한 자료를 활용하기에 편리하도록 정리한 것이다. 논거 카드를 만들게 되면 일단 자료를 체계적으로 정리할 수 있고, 토론에서 필요한 자료를 빨리 찾아내어 적재적소에 효율적으로 활용할 수 있는 장점이 있다.

토론대회에서는 찬성과 반대 양 팀 모두의 주장을 준비해야 한다. 찬성과 반대를 번갈아 오갈 수도 있고, 어떤 팀과 어떤 방식으로 맞붙을지 전혀 예측하기 힘든 상황이다. 또 양 팀이 동일한 자료나 데이터를 가지고 전혀 다른 해석을 내릴 수도 있다. 이런 변화무쌍한 토론대회에 대비하려면 교실 토론보다 논점과 논거를 풍부하게 확보해야 하고, 논점 분석과 자료 조사한 내용을 카드에 일목요연하게 정리하는 작업이 필수적으로 요구된다.

논거 카드를 만들 때에는 긴박하게 진행되는 순간에 빠르게 대처할 수 있도록 활용성이 높게 정리해야 한다. 논거 카드를 만들 때의 주의사항은 다음과 같다(논거 카드에 대한 자세한 설명은 제8장을 참조할 것).

① 논점별로 카드 색을 구분한다.

② 논거 자료에 번호를 매기는 등과 같이 자기 나름의 일관적 체
  계를 세운다.

③ 논거로 활용되는 한 가지 자료를 한 카드 안에 정리한다.

5) 토론 개요서를 충실하게 작성하자

일반적으로 토론 개요서는 자기 팀의 토론 전략을 세우고, 상대
팀의 전략에 대비하는 계획서이다. 그러나 토론대회에 출전하는 경
우에는 찬성과 반대 양 팀 모두의 주장을 준비해야 하므로, 논제에
대해 접근 가능한 모든 방법을 예측하여 찬성과 반대의 입장에서 취
할 수 있는 모든 전략에 대비해야 한다. 지금까지 논점 분석한 것,
자료 조사한 것 등을 전체적으로 충분히 검토하여, 어떤 가설과 전략
들이 가능한지 분석하고, 가능한 전략에 따라 구체적으로 각 단계마
다 어떻게 진행할 것인지 치밀하고 세밀하게 대비해야 한다. 여기에
서 그치지 않고 다른 팀들은 어떤 전략을 쓸 것인지 충분히 예측해보
고, 이에 대한 대비를 어떻게 세울 것인지 등을 검토해야 한다(토론
개요서 작성에 대한 구체적인 설명은 제9장을 참조할 것).

6) 확인 질문에 대비하자

학생들이 가장 어려워하는 확인 질문의 예를 들어보자. 확인 질문
에 대해 철저하게 대비하는 것은 사실 어렵다. 그렇다고 토론대회에
출전하는데 확인 질문을 소홀히 하면 예상치 못한 질문에 의도하지
않은 답변을 하여 원하지 않은 결과를 초래할 수도 있다. 토론대회에

서 좋은 성적을 거두려면, 가능한 모든 논점을 예상하고 그 논점 하나하나마다 질문할 포인트가 무엇인지 찾아보고, 그에 따라 예상 질문을 만들어보는 식으로 대비해야 한다.

물론 답변자의 답을 '예' 또는 '아니요'로 예측해보고 각각에 대비하여 몇 단계로 나누어 어떻게 질문할 것인지 세밀하게 준비해야 한다(자세한 사항은 제6장을 참조할 것).

7) 토론 흐름표를 준비하여 토론의 진행 사항을 정리하자

토론 흐름표flow sheet란 토론의 흐름을 내용별로 정리한 메모 용지이다. 자기 팀은 물론 상대 팀의 논증 구조를 제대로 파악하고 토론의 흐름을 한눈에 간파하여 토론을 주도적으로 이끌기 위해서는 미리 토론 흐름표를 만들어 대비하는 것이 좋다. 토론 흐름표를 활용하면 토론을 실행하는 동안 민첩하게 대응할 수 있고, 다음 토론에 대비하여 전략을 수정하거나 예상치 못한 반론에도 즉각적으로 대비할 수 있는 장점이 있다.

만드는 방법은 별로 어렵지 않다. 토론의 규칙과 순서 등 토론 형식에 따라 A4 용지 정도의 크기로 표를 만들어서, 그 안에 토론 내용을 한눈에 파악할 수 있도록 요약·정리하면 된다.

	찬성 팀	반대 팀
입론	① 입론 (3분)	② 입론 (3분)
반론	④ 반론 (2분)	③ 반론 (2분)
	⑤ 반론 (5분)	⑥ 반론 (5분)
최종 발언	⑧ 최종 발언 (2분)	⑦ 최종 발언 (2분)

토론 내용을 정리할 때에는 다음과 같은 점에 유의한다.

(1) 발언 내용을 기호화한다

발언 내용을 다 받아 적으려면 말의 속도를 따라잡기 힘들어서 중요한 부분을 놓치게 된다. 그러므로 "2% 증가 효과가 있다"는 "2% ↑" "개념은 다음과 같다"는 "(개)" 등과 같이 자신만의 기호를 활용한다.

(2) 번호로 표기하고, 소제목(표제)을 적는다

예를 들어 상대방이 "우리가 찬성하는 논거는 다음과 같이 세 가지가 있습니다"라고 말했다면, "① 교육받을 권리와 선택의 자유 보장, ② 교육의 질적 향상, ③ 교육 재원의 낭비 예방"과 같이 번호로 표기하고, 핵심 내용에 소제목을 붙여서 메모해야 한눈에 파악할 수 있다.

(3) 관련 발언을 선으로 연결한다

입론에서 나온 논거는 반드시 확인 질문이나 반박에서 반복적으로 다루어진다. 그러므로 관련 내용들을 선으로 연결하면, 어떻게 논의가 진척되는지 어떻게 관련이 있는지를 한눈에 파악할 수 있어 답변이나 반박을 할 때 명확하고 신속하게 대처할 수 있다.

8) 모의 토론을 해보자

사실 토론대회에 완벽하게 대비하는 것은 참으로 어렵고 힘든 일이다. 철저하게 대비하는 한 가지 비법은 되도록 일찍 준비에 착수하여 모의 토론을 많이 해보는 것이다. 여러 번 토론을 하다 보면 자신의 약점을 알게 되고 미처 생각지도 못했던 논거도 알게 된다. 또 동일한 논거에 대해 전혀 다른 각도에서 해석이 가능하다는 것도 알게 된다. 그렇게 되면 자료를 찾아 논거 카드를 보완하는 작업을 거듭하게 되니, 논점도 강해지고 논거도 더욱 풍부해진다. 또 반박할 포인트를 잘 잡게 되므로 확인 질문도 잘하게 된다.

5. 토론대회에서 지켜야 할 사항들

1) 규칙과 순서 지키기

토론자들은 마치 경기에 임하는 선수들처럼 제한된 시간 안에 각 단계별 순서에 따라 맡은 바 역할을 잘 수행해야 한다. 그렇게 하기 위해서는 토론대회 주최 측에서 공지한 토론의 규칙과 형식 등을 충분히 숙지해야 한다.

토론 실전에 임하게 되면 긴장을 많이 하기 때문에 종종 규칙을 잊거나 자기 순서를 놓치는 실수를 범하게 된다. 이런 실수를 하지 않으려면 다음 두 가지를 지켜야 한다.

(1) 먼저 토론이 시작되기 10~15분쯤 전에 미리 토론할 장소에 가서 여유로운 자세로 형식과 규칙을 다시 한 번 검토하고 준비한 자료를 점검한다.

(2) 토론이 시작되면 토론 흐름표에 메모를 한다. 토론 흐름표를 활용하면

순서와 규칙을 놓치는 실수를 하지 않을 뿐 아니라, 토론의 전체적인 흐름을 한눈에 파악할 수도 있는 일석이조의 효과가 있다.

2) 토론 예절 지키기

토론대회는 토론 능력을 겨루는 경기이며, 동시에 청중과 심사위원들 앞에서 토론을 실행하는 일종의 행사이다. 그러므로 내용 면에서 토론을 잘 수행하는 것도 중요하지만, 그에 못지않게 토론의 예절을 지켜야 한다.

(1) 토론이 시작되기 전에 상대 팀, 청중, 심사위원을 향해 가볍게 눈인사를 한다

토론이 시작되기 바로 전에는 긴장이 고조되는 시점이라 어색한 분위기가 되기 쉽다. 이때 긴장을 풀고 상대 팀의 토론자들, 청중, 심사위원에게 가볍게 눈인사를 하면 긴장도 풀어질 뿐 아니라 상대방에 대한 예의도 차릴 수 있다.

(2) 각 단계의 시작과 끝을 분명하게 말한다

토론대회에서는 교실 토론과 달리 앞에 나와 서서 발언을 한다. 따라서 순서에 따라 조용히 나와서, "찬성 팀 입론을 시작하겠습니다"와 같이 시작점을 분명하게 알리고, 해당 발언을 해야 한다. 발언을 마친 다음에는 역시 "이상으로 찬성 팀 입론을 마치겠습니다"와 같이 종료점을 명확하게 알려야 한다.

(3) 정해진 발언 시간을 정확하게 지켜야 한다

입론 3분, 반론 5분과 같이 각 단계마다 시간이 정해져 있으므로, 이 시간을 정확하게 지켜야 한다. 그런데 토론에 열중하다 보면 자칫 정해진 시간보다 더 길게 발언하는 경우가 종종 발생한다. 토론대회에서는 도우미가 각 단계별 종료 시간을 알리는 종을 치므로, 종이 울리면 발언하고 있는 내용을 되도록 빨리 마무리지어야 한다. 종료를 알리는 종이 울린 후 10초가 경과하면 다시 종이 울리는데, 이 종이 울린 이후에도 계속 발언을 하면 감점의 대상이 된다.

(4) 자기 팀의 토론자가 발언을 할 때 개입하거나 보충 발언을 해서는 안 된다

토론대회에서는 각 단계마다 토론자의 역할이 분명하게 구분되어 있다. 따라서 자기가 발언하는 순서나 아닌 단계에서 개입을 하거나 보충 발언을 하면 토론의 형식을 숙지하지 못한 것으로 간주되어 감점의 대상이 된다. 그러나 신상 발언이나 의사 진행 발언이 허용되는 의회식 토론에서는 예외이다. 토론하지 않는 학생은 자기 팀의 토론자의 발언 내용을 토론 흐름표에 메모하여 다음 단계의 발언에 대비할 내용이나 놓친 부분을 점검한다.

(5) 상대 팀 토론자가 발언을 할 때에는 경청하는 자세로 끝까지 들어야 한다

경청하는 자세를 취한다고 해서 상대방이 발언하는 모습을 바라보는 것이 아니라, 토론 흐름표에 메모를 하거나 논거 카드에 반박할 내용을 정리하면서 들어야 한다. 또 자기 팀원들끼리만 아는 기호나 속어 등을 사용하여 상대방이 알아듣지 못하게 해서도 안 된다. 특히 확인 질문에서는 더욱 조심해야 하는 데, 상대방의 발언 도중에 말을

자르거나, 몰아붙이는 식의 태도를 취해서도 안 된다. 또 상대방이 실수를 하더라도 비웃거나 무시하는 태도를 취해서도 안 된다.

3) 의사소통의 수칙 지키기

토론자들은 청중과 심사위원 앞에서 토론을 펼친다. 토론을 할 때에 상대 팀과의 의사소통은 물론 청중과 심사위원들과도 의사소통을 해야 한다. 따라서 청중들과 심사위원이 모두 들을 수 있도록 적당한 목소리로 정확하게 말해야 한다. 또 토론의 핵심 쟁점이 무엇인지 명확하게 알리고, 논점을 들 때에도 항목화하여, 첫째, 둘째……와 같은 방식으로 열거한다. 또 발언을 할 때에는 요점을 먼저 말하고 뒤에 설명하는 방식으로 전개하여 청중이 혼동하지 않고 내용을 일목요연하게 파악할 수 있도록 전달해야 한다.

4) 그 외에 주의할 점

(1) 토론자 교체는 인정하지 않는다. 아무리 피치 못할 사정이 생겼다 하더라도 대회 출전자로 등록하지 않은 학생을 토론자로 교체할 수 없다.

(2) 10분 이상 지각할 경우 부전패로 취급한다.

(3) 한 토론자가 발언하는 중에 다른 토론자가 조언하거나 개입할 경우 감점된다.

(4) 청중으로 참여한 교사나 학부모가 개입할 우려가 있어, 결선 외에는 청중에게 토론장을 개방하지 않는 경우가 많다.

(5) 기타 대회 운영에 중대한 지장을 초래할 때에는 심사위원이나 운영자의 권한으로 실격 처리한다.

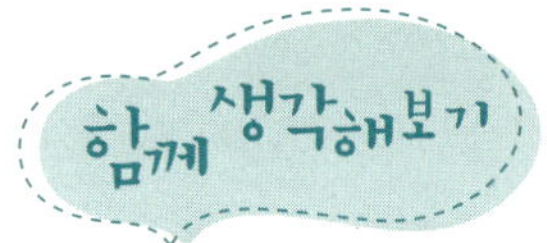

1 「모의 법정Listen To Me」이란 영화를 보고 토론대회에 참여하는 학생들의 열띤 태도와 준비 과정 등에 대해 논의해보자.

2 토론대회에 출전할 학생은 다음의 일차적인 사항을 점검해보자.

1_토론의 형식과 진행 방식을 알아보자.

2_토론자들이 담당할 역할을 확인하고, 역할에 맞는 토론자를 구성해보자.

3 일차적인 준비가 완료되었으면, 토론대회에 대비하여 다음의 준비 사항을 점검해보자.

1_논제를 확인하고, 찬성 팀과 반대 팀이 각각 어떤 입장을 취할 수 있는지 찾아보자.

  1 논제 :

  2 찬성 팀의 입장 :

  반대 팀의 입장 :

2_독서토론대회에 출전할 경우, 책의 내용을 파악해보자.

  1 책의 주제 :

❷ 책의 주제를 받쳐주는 논점과 논거:

❸ 저자의 주장에서 타당한 점과 비판할 점:

3_논점 분석을 해보자(독서토론대회일 경우 책의 내용을 바탕으로 논점 분석을 해보자).

4_자료 조사를 하고, 조사한 자료를 정리해보자.

  ○ 길잡이: 일반 토론대회일 경우에는 인터넷, 신문기사, 잡지, 문헌 등을 조사하고, 독서토론대회일 경우에는 책의 내용과 관련된 문헌, 학술지, 전문 잡지, 관련 기사, 인터넷 등을 조사한다.

5_논거 카드를 만들어보자.

  ○ 길잡이: 논점별로 카드의 색을 구분하고, 논거별로 일련번호를 매겨 정리한다.

6_토론 개요서를 작성해보자.

7_토론 흐름표를 만들어보자.

  ○ 길잡이: 토론대회의 형식에 맞추어 앞에서 설명한 바대로 A4 용지 1장으로 만든다.

8_논술문을 작성해보자.

4 토론대회의 준비가 완료되었으면, 다음 사항을 확인해보자.

1_팀원들끼리 역할 분담을 어떻게 할 것인지 논의하고, 각자가 담당할
역할과 주의사항을 점검해보자.

  •입론 담당:

  •확인 질문 담당:

  •반론 담당:

  •최종 발언 담당:

2_실제로 토론을 실행할 때, 어떤 식으로 서로 협조할지 구체적인 대비
책을 세워보자.

3_지금까지 준비한 사항을 점검하고, 빠진 부분이나 보완할 점을 점검
해보자.

4_토론대회장에 가는 교통편을 점검하고, 이에 대비하자.

제 13 장

논술문 쓰기

　토론은 자신과 다른 생각을 가진 사람을 말로써 설득하고 비판하는 활동이다. 그에 비해 논술은 글을 통해 다른 사람을 설득하고 자신의 주장을 펼치는 활동이다. 각각 말과 글이라는 표현 수단을 사용할 뿐, 자기 생각을 논리적으로 구축하여 설득력 있게 전달하는 방법은 동일하다. 이런 맥락에서 토론 수업과 논술 수업을 병행하거나, 또 토론대회에서 논술문을 요구한다.

　일반적으로 교실 토론에서는 토론 과정이 끝나고 나면 논술문을 작성하여 제출하도록 요구한다. 반면 토론대회에서는 토론하기 전에 논술문을 요구하여 1차 선발을 한다. 이에 따라 여기서는 크게 세 가지의 사례를 제시할 것이다.

　첫번째는, 토론대회에 참여한 학생이 토론 개요서를 토대로 논술문을 작성한 과정을 보여주는 사례이다. 토론대회에 참여하는 학생들이나, 또는 토론과 논술을 병행하는 수업에서 참고하면 좋을 것이다.

　두번째는, 입론을 논술문으로 대치한 사례이다. 논술문을 따로 요구하기 어려운 교실 토론에서 활용하면 좋을 것 같다.

세번째는, 독서토론대회에 출전했던 학생이 제출한 논술문이다.
흔히 학생들이 쓰는 독후감이나 감상문과 다른 비평문을 구분하는
데 도움이 될 것이다.

1. 토론 개요서에서 논술문 작성까지

1) 토론과 논술문 작성의 연계

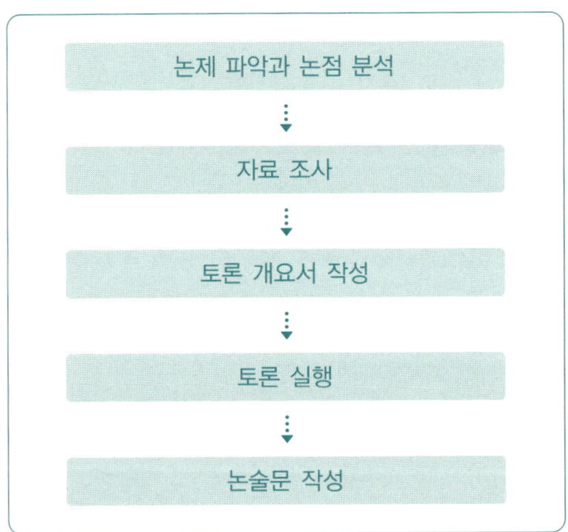

아래에 제시한 토론 개요서, 논술문 개요서, 논술문은 모두 '체벌,
교육의 수단이다'라는 논제에 대해 반대의 입장에서 작성한 것이다.
개요서에서 논술문 작성까지 일련의 연결 과정을 보
여줌으로써, 논술문을 작성하는 요령을 쉽게 이해하
도록 했다.•

● 작성자는 숙명여자대학교 경
제학부 1학년 양○모 학생임.

228

2) 토론 개요서의 예

	찬성 측	반대 측

논 제	체벌, 교육의 수단이다.
배경 상황	한국적 교육 현실에서 학교의 역할은 지배적이다. 그 때문에 학교 안에서 일어나는 여러 가지 문제들이 '교육'이라는 명분으로 은폐되고 있다. 그중 최근 들어 체벌이 사회 문제로 부각되고 있다. 체벌은 학생에게 신체적 고통을 가함으로써 학업 태도나 행동을 개선시키고 교정하려는 교육 방침이다. 그러나 본래의 교육적 의도를 벗어나 폭행의 형태로 나타난다는 점에서 문제적이다. 최근, 대구의 한 고교 교사가 학생이 지각을 했다는 이유로 몽둥이를 이용해 엉덩이를 200대 때린 사건이 언론에 보도되었다. 체벌을 당한 유군은 속옷이 피로 물드는 등 심한 상처를 입고 병원에 입원하기에 이르렀다. 이와 같이 과도한 체벌에 대해서는 인간중심주의와 인권에 대한 인식이 부각되는 사회적 추세에 따라 사회적 인식도 바뀌어가고 있다. 여전히 체벌은 교육의 수단이라고 주장하는 목소리와 체벌에 대한 우려의 목소리가 충돌하고 있어, 체벌이 교육의 수단이 될 수 있는지 여부에 대해 진지하게 논의할 필요가 있다.
논제에 대한 입장	체벌은 폭력의 합리화이다(반대 입장).
공유점	교육의 목적은 학생의 지적 발달과 인성 발달 촉진에 있다. 그런 목적을 달성하기 위해서는 여러 가지 방법이 있을 수 있지만, 궁극적으로는 잘못된 행동을 순화시켜 바른길로 인도하는 교육 방법을 추구해야 한다.

입론		찬성 측	반대 측
	전 제	체벌은 교육 효과가 높은 교육 수단이다.	교육 수단은 벌이 아닌 상의 측면에서 접근해야 한다.
	핵심 개념	학업이 부진하거나 금지된 일을 하였을 때 신체적 고통을 주는 벌을 가함으로써 격려하거나 비행을 교정하는 행위.	교사가 물리적 도구나 손과 발 등 신체의 일부를 이용해 학생에게 신체적·정신적 고통을 주는 행위.
	논 점	① 체벌은 지속적인 효과가 높다. ② 체벌은 현재와 같은 다인수 학급의 질서 유지에 효과가 높다. ③ 교사는 교사로서의 권한을 가지고 학급을 바르게 이끌어갈 의무가 있다.	① 체벌은 폭력성을 내재하고 있다. ② 체벌은 지속적 효과가 없다. ③ 체벌은 교사와 학생 간의 인격적 관계를 훼손시킨다. ④ 체벌이 아닌 대안 처벌을 통해 보상 효과를 달성해야 한다.
	논 거	① 각성을 촉구하고 잘못된 행동의 통제 수단 – 교육학자 페스탈로치는 가장 단순한 방법으로 확실하고 빠르게 어떤 목표로 이끄는 데 체벌이 필요하다고 인정했다. 이처럼 체벌을 통해 수업을 효과적으로 진행할 수 있다. ② 통제를 통한 간접 효과 – 효율적이고 쾌적한 학교 환경을 만들려면 질서가 필요하다. 체벌은 질서 유지에 도움이 되고, 다른 학생들에게 비행의 결과를 통한 간접적 통제 효과를 높일 수 있다.	① 체벌에 관한 연구 자료 – 체벌을 가한 대다수의 교사가 "마음이 편치 않다" "후회한다"고 응답하였다. ② 심리학자 스키너Skinner의 조작적 조건화 이론 – 체벌은 일시적으로 행동을 억제시키는 효과는 있으나, 바람직하지 못한 행동을 제거하는 데는 비효과적인 방법이다.

		③ 교사의 권한 – 체벌은 교사의 책임을 수반하는 '권한'이다. 초중등교육법 제18조 1항은 교사가 체벌을 교육적으로 사용할 수 있는 권한을 인정하고 있다.	③ 매일신문 인터뷰 – 한 교사의 "체벌에 중독되는 것 같다"는 증언은 폭력에 익숙해지고 무감각해진 교육 현장에서 더욱 강한 형태의 체벌이 유발될 가능성을 보여준다. ④ 대안 처벌의 효과 – 학생 스스로 사회적 의미 및 기여를 깨우치는 것은 물론, 행동 변화로 이어진다. 특히 봉사활동은 교사와 학부모, 학생 모두가 50% 이상의 선호도를 보임으로써, 이미 그 필요성을 입증 받았다.
	기대효과	체벌은 다인수 학급의 현실에 적절한 교육 수단으로 활용될 수 있다.	대안 처벌 등으로 대체함으로써, 교사와 학생 간의 인격적 관계 형성을 바탕으로 교육 효과를 높일 수 있다.
반론	예상 반론	① 교사는 강압적인 통제로 교육을 실현해서는 안 된다. ② 체벌은 다른 학생들에게 비행의 결과를 알려주는 동시에 폭력성을 학습하도록 조장하는 위험이 있다. ③ 체벌의 효과는 체벌을 가하는 순간에만 존재할 뿐, 지속적이지 못하다. ④ 체벌을 가하는 교사도 사람이기에 객관적 거리 유지가 어렵다.	① 교사와 학생의 위치는 대등하지 않다. 학생의 인권을 지나치게 중시한 나머지 교사의 인권이 무시되고 있다. ② 체벌은 여러 가지 교육 수단 중, 또 다른 하나의 교육 수단이 될 수 있다. ③ 체벌의 효과는 즉각적이고, 효율적이라는 점에서 긍정적이다. ④ 체벌은 교사의 권리로 인정받는 부분이다.
	대책	① 체벌을 통한 질서 형성은 학생들을 획일적으로 만들지 않는다. 질서는 효율적이고 쾌적한 학교 환경을 만드는 데 꼭 필요하다. ② 학급 분위기를 흐리는 학생을 방치한다면, 다른 학생들이 동조하거나 학습하게 된다. 비행을 학습시키는 것보다 제재를 가하는 체벌이 더 교육적이다. ③ 체벌의 즉각적인 효과는 학급을 운영하는 데 효율적이다. 지속성이 없더라도 문제가 발생할 때마다 즉시 대처가 가능하다. ④ 교사는 여러 과정을 거쳐 교육받은 사람이다. 따라서 체벌이 필요한 적절한 시기와 그 정도에 대한 판단력과 분별력을 갖추었다.	① 학생의 인권 보장은 교사와 학생의 대등한 위치를 의미하지 않는다. 교사와 학생의 위치는 엄연히 다르며, 그간 무시되었던 학생의 인권을 인정해야 한다. ② 교육의 목적은 교사와 학생 간의 믿음을 바탕으로 한 상호 교류에 있다. 체벌의 폭력성은 교육의 목적을 달성시키지 못한다는 점에서 옳은 교육법이 아니다. ③ 체벌의 효과는 일시적이고, 실제 교육 현장에서 교육적 범위를 벗어난 경우가 비일비재하다. 학생들이 받아들이는 체벌의 의미 역시 인지적·정서적 측면에서 부정적 영향을 미친다. ④ 교사도 사람이기에 체벌을 가하는 과정에서 감정적이 될 수 있고, 적정 시기와 정도 판단에 있어 문제 발생의 소지가 있다. 교권이 학생들의 인권보다 우선시될 수 없다.

3) 논술문의 개요 작성법

논술문의 형식적 구조는 크게 '서론 – 본론 – 결론'으로 이루어져 있다. 이에 따라 개요 작성을 할 때, 일반적으로 이 형식적 구조에 따라 글의 윤곽을 잡아간다. 그러나 이런 방식은 논술문 쓰기를 더욱 어렵게 만든다. 어떻게 서론을 시작할 것인지를 먼저 고민해야 하기 때문에, 본론에서 주장하고 싶어 하는 바를 분명하게 정했다 하더라도 본론을 멋지게 만들어줄 서론에 집착한 나머지 정작 시작부터 어려움에 부딪히게 된다.

이런 어려움을 최소화하려면 논술문의 개요를 작성할 때 생각의 순서에 따라 전개하는 것이 바람직하다. 생각의 순서를 정리하면 다음과 같다.

① 먼저 핵심 주장(주제문, 토론에서는 논제에 대한 입장)을 정한다.
② 핵심 주장을 지지할 몇 개의 세부 주장(소주제문, 토론의 논점)을 정한다.
③ 각 세부 주장을 지지할 논거와 근거 자료를 마련한다.
④ 앞의 내용을 간략하게 요약 정리한다.
⑤ 대안이나 해결책(토론에서의 기대효과)을 제시한다. 논의의 의의를 첨부해도 좋다.
⑥ 이런 주장을 생각하게 된 동기나 상황(논제를 가지고 토론하게 된 사회적 배경)을 찾아본다.
⑦ 이런 동기나 상황으로부터 자신이 생각한 핵심 주장과 연결되는 문제점(토론의 필요성)을 도출해본다.
⑧ 전체적인 내용을 안내할 수 있는 첫 문장을 생각한다.

이상의 순서를 논술문의 형식적 구조와 연결하여 정리해보면, 먼저 본론을 구상한 다음 그에 맞추어 결론을 구상하고, 맨 마지막에 서론을 고안하는 방식이다.

특히 첫 문장은 맨 마지막에 생각하는 것이 좋다. 첫 문장은 글의 전체 방향을 이끌고 가는 이정표에 해당한다. 첫 문장을 먼저 정하게 되면 그에 맞추어 글을 진행해야 하기 때문에 글쓰기에 익숙하지 않은 학생들은 첫 문장으로 인해 오히려 엉뚱한 방향으로 글을 쓰는 오류를 범하기 쉽다. 첫 단추를 잘못 끼우면 연쇄적으로 다른 단추도 잘못 끼우는 실수를 범하게 된다. 이런 실수를 방지하기 위해 첫 문장은 전체 내용을 다 구상하고 난 다음, 논술문의 내용을 다 포괄할 수 있도록 맨 마지막에 고안해야 한다.

	생각의 순서에 따른 개요 작성
본론	②와 ③에서 생각한 세부 주장과 그것을 지지해주는 각각의 근거를 연결하여 하나씩 나열한다. 하나의 세부 주장과 그것을 지지하는 논거와 근거 자료를 짝지어 하나의 단락으로 만든다.
결론	④를 진술한 다음, ⑤의 내용을 나열한다.
서론	⑥은 도입 부분이고, ⑦은 문제 도출부이다. 자신의 핵심 주장을 언급하고 이러한 입장으로 본론에서 본격적으로 자신의 생각을 펼치겠다고 서술하는 부분이 바로 문제 제기부이다. 서론에서는 도입(⑥) → 문제 도출(⑦) → 문제 제기의 순서대로 작성한다. 그리고 맨 마지막에 ⑧의 첫 문장을 생각한다.

다음 표는 이 순서에 따라 논술문의 개요 작성을 한 사례이다.

본론	첫째 단락	세부 주장 1	체벌은 폭력성을 내재하고 있다.
		논거와 근거 자료	200대 체벌 대구 고교 교사의 인터뷰 사례, 교육의 궁극적인 목적에 대한 의문 제기
	둘째 단락	세부 주장 2	체벌은 지속적 효과가 없다.
		논거와 근거 자료	미국의 심리학자 스키너Skinner의 조작적 조건화 이론, '중·고등학교에서의 학생 체벌에 대한 부모와 자녀의 인식 비교 조사' 통계 자료
	셋째 단락	세부 주장 3	체벌은 교사와 학생 간의 인격적 관계를 훼손시킨다.
		논거와 근거 자료	이헌균 교수의 '체벌을 가한 후 교사의 심정'에 대해 연구한 자료, 학생의 인권 보호
	넷째 단락	세부 주장 4	대안 처벌을 통해 체벌이 충족시킬 수 없는 보상의 측면을 달성할 수 있다.
		논거와 근거 자료	대안 처벌의 종류: 봉사활동, 심리학자 손다이크Thorndike의 이론, 여러 가지 대안 처벌의 예
결론	요약과 평가		체벌은 '사랑의 매'라는 이름으로 합리화되고 있는 것에 불과하다. 폭력은 또 다른 폭력을 낳아, 결국 사회적 악순환으로 이어진다. 체벌은 결코 교육의 수단이 될 수 없다.
	대안, 제언		대안 처벌: 예) 봉사활동 벌의 개념 대신 상의 개념을 이용해 학생 스스로 잘못을 뉘우치고 바른 방향으로 변화해나가도록 유도한다.
서론	도입		'교육'이라는 명분 아래 학교에서의 인권 문제는 은폐되어왔다. 체벌은 애초의 교육적 의도를 벗어나 폭행의 형태로 나타나는 경우가 많다: 대구 어느 고교의 예.
	문제 도출		체벌은 폭력의 한 부분이다. 폭력이 훈육을 위한 수단이라는 명분으로 합리화된 것이 체벌이다. 최근 인간중심주의와 인권에 대한 인식이 부각되면서 이러한 관행에 문제 제기가 시작되었고, 이에 따라 체벌에 대한 인식도 바뀌어가고 있다.
	문제 제기		체벌은 교육의 수단이 될 수 없다. 체벌은 교육 수단으로 이용하기에 폭력성 내재, 일시적, 상의 개념 부재 등의 문제점이 많다. 체벌 없이 대안 처벌로도 충분히 문제를 해결할 수 있다.
	첫 문장		한국의 교육 현실에서 학교의 권력이 지나치게 지배적이다.

4) 논술문의 예

"체벌은 교육이란 이름으로 행해지는 폭력의 합리화이다"

1. 서론

한국의 교육 현실에서 학교의 권력은 매우 지배적이다. '교육'이라는 명분 아래 학교에서의 인권 문제는 제대로 논의되지 못하고 은폐되는 경우가 많았다. 체벌은 학생에게 신체적 고통을 가함으로써 학업 태도나 행동을 개선시키고 교정하려는 교육 목적에서 실행되지만, 교육적 의도를 벗어나 폭행의 형태로 나타나는 경우가 종종 발생하고 있어 사회 문제로 비화되고 있다. 최근 대구의 한 고교 교사가 학생이 지각을 했다는 이유로 몽둥이로 엉덩이를 200대 때린 사건은 교사들의 과잉 체벌에 대한 문제의 심각성을 보여주고 있다. 체벌을 받은 유군은 속옷이 피로 물드는 등 심한 상처를 입고 병원에 입원하기에 이르렀다. 이처럼, 학생에게 폭행에 가까운 체벌을 가한 교사를 둘러싼 논란에서도 볼 수 있듯이, 체벌에 대한 가치 논쟁이 사회 문제로 대두되고 있다.

체벌이란 '교사가 물리적 도구나 손과 발 등 신체의 일부를 이용해 학생에게 신체적·정신적 고통을 주는 행위'를 의미하는 벌의 하위개념 중 하나이다. 체벌은 폭력의 일부분으로 보아야 한다. 즉 폭력이 훈육을 위한 수단이라는 명분으로 합리화된 것이 바로 체벌이다. 그러나 최근 인간중심주의와 인권에 대한 인식이 부각되면서 이러한 관행에 문제 제기가 시작되었고, 이에 따라 체벌에 대한 인식도 바뀌어가고 있다. 이런 사회적 변화에 따라 체벌이 과연 교육의 수단인지 논의해볼 필요성이 제기되고 있다.

2. 본론

첫째, 체벌은 폭력성을 내재하고 있다. 체벌이 교육 현장에서 '사랑의 매'라는 이름으로 통용되고 있지만 그 행위는 육체적 폭력, 더 나아가 심각한 정신적 폭력까지 유발할 가능성을 지니고 있다. 지각한 학생을 200대나 때려 문제가 된 대구 수성고등학교의 교사는 2006년 8월 17일자 매일신문과의 인터뷰에서 "학생들을 때리면서 스스로 이게 아닌데 하는 생각이 들었지만 멈출 수 없었다"고 털어놓았다. 또한, "학생이 잘못을 저질렀을 경우에도 주변의 동료 교사들이 무관심해 악역을 도맡아 하게 되다 보니 점점 체벌에 중독된 것 같다"고 말했다. 폭력에 익숙해지고 무감각해진 우리의 교육 현장은 더욱 강한 형태의 또 다른 체벌을 유발하며, 더 나아가 사회적 악순환으로 이어지고 있다.

교육의 수단에는 여러 가지가 있을 수 있다. 교육은 사람과 사람 사이에서 이루어지는 상호 작용이며, 교사와 학생 간의 믿음을 바탕으로 한 상호 교류가 그 궁극적인 목적이다. 하지만 체벌은 이러한 교육의 목적을 달성하지 못한다는 점에서 옳은 교육의 방법이 아니다. 폭력을 사용하지 않는 정당한 대안 처벌만으로도 학생들을 뉘우치고 변화시키기에 충분하다는 사실을 잊지 말아야 한다.

둘째, 체벌의 효과는 지속성이 없다. 체벌을 가하는 교사는 체벌을 받는 학생이 잘못을 뉘우치고 행동이 변화되기를 기대한다. 그러나 우리는 이 과정에서의 행동 변화에 지속성이 없다는 점에 주목해야 한다. 미국의 심리학자 스키너Skinner는 '조작적 조건화 이론'을 통해 체벌은 단지 일시적으로만 행동을 억제시킬 수 있으며, 바람직하지 못한 행동을 제거하는 데에는 효과적이지 못하다는 것을 밝혔다. 또한 경남대 교육대학원에서 실시한 '중·고등학교에서의 학생 체벌에 대한 부모와 자녀의 인식 비교 조사'에 따르면 체벌로 인한 행동 개선 여부에 대해 효과가 없다고 대답한 응답자 수가 약 52%, 더 나빠지는 경우가 많다고 대답한 응답자 수는 약 36%로 체벌 효과에 부정적인 의견이 지배적이었다. 이와 같은 결과는 체벌이 교육의 수단으로 이용되더라도 큰 의미를 갖지 못함을 증명한다.

하지만, 체벌을 찬성하는 관점에서는 '체벌은 교육적으로 건전하고 도덕적으로 정의로운 수단이기 때문에 긍정적 효과를 가져다줄 수 있다'고 주장한다. 그러나 실제 공교육 현장에서의 체벌은 교육적인 범위를 벗어난 형태로 이루어지는 경우가 비일비재하다. 또한, 체벌을 받는 학생이 받아들이는 체벌의 의미는 학생 개인의 인지적·정서적 측면에서 부정적인 영향을 끼칠 수 있다. 그러므로 체벌은 교육의 수단으로서 정당성을 인정받을 수 없다.

셋째, 체벌로 인해 교사와 학생 간의 인격적 관계가 훼손된다. 2006년 8월 16일자 경향신문에 따르면, 체벌 후 학생이 인격적 모멸감을 느껴 반성하기보다 오히려 교사에 대한 불신만 높아질 수 있다고 밝히고 있다. 교육의 목적은 교사와 학생 간의 신뢰를 바탕으로 실현된다. 그러나 교육 과정에 있어 체벌이 수단으로 사용될 때 이와 같은 신뢰는 무너질 수밖에 없다. 안동대학교 인문대학 사학과 이헌균 교수의 '체벌을 가한 후 교사의 심정'에 대한 연구 자료에서, "마음이 편치 않다"와 "후회를 하게 된다"에 교사의 약 75%가 응답하였다. 이를 통해 교사 또한 학생에게 체벌을 가한 후 부정적인 느낌을 받게 되는 것을 알 수 있다. 결국 이러한 현상이 반복되면 교사와 학생 간의 소통을 방해하여 인격적 관계가 훼손된다는 것이다. 우리의 교육 현장은 전통적으로 존재해오던 교사와 학생 간의 위계질서로 인해 학생의 인권이 무시되는 경우가 많았다. 그러나 인권이란 '인간으로서 기본적으로 가지는 마땅한 권리'이다. 그러므로 학생은 누구나 인간으로서 자신의 권리를 가질 수 있고, 이 과정에서 결코 체벌은 용인될 수 없다.

여기서 한 가지 짚고 넘어가야 할 사항은 우리가 '인권 보장이 곧 교사와 학생 간 대등한 위치'라고 주장하는 것이 아니라는 점이다. 다만 교사와 학생 간의 평등을 인정하고, 학생의 인권 보장을 주장하는 바이다. 평등은 차이를 인정하는 기반하에서 성립된다. 그러기에 교사와 학생의 지적·정신적 성숙도의 차이를 인정하며, 이러한 차이 속에서 교사와 학생들 간에 진정한 의미의 평등이 이루어져야 한다. 그리고 이와 별개로 학생 또한 교사와 마찬가지로 하나의 인격체로 인정받아야 한다. 오늘날 교육 현장에서 교육적 효과를 위해 체벌이 하나의 수단으로 정당화되기도 한다. 이러한 정당화의 배경은 체벌이 교권의 일부라 여기는 시각에서 기인한 것이다. 그러나 교사가 학생들의 교육을 위해 존재한다는 사실을 고려할 때, 교권은 학생들의 인권보다 우선시될 수 없다는 것은 자명한 이치다. 인간이 교육을 받는 궁극적 목적은 자신의 존엄성과 가치를 실현하는 데 있다. 체벌이 교육의 수단으로 사용되는 것은 교육적 효과를 위해 학생의 가치와 존엄성이 무시되는 것이며, 본말이 전도되는 결론에 이르게 된다.

넷째, 대안 처벌을 통해 체벌이 충족시킬 수 없는 보상의 측면을 달성할 수 있다. 여기서 제시하는 대안 처벌은 학생의 잘못에 대한 교사의 반응으로 '벌'을 의미하는 것이 아니다. 이와 같은 대안 처벌의 한 예로 봉사활동을 들 수 있다. 봉사활동은 처벌을 받는 학생에게는 귀찮은 일로 인식될 수도 있다. 그러나 이런 활동이 진행되는 과정에서 스스로 사회적 의미 및 기여를 깨우치는 과정을 통해 행동 변화로 이어질 수 있다. 그리고 이 대안 처벌 중 하나인 봉사활동은 이미 그 필요성을 입증 받았다. 건국대 행정대학원 사회복지학과 박정희씨가 체벌 대신 시행될 '대안 처벌 종류의 선호도'를 조사한 결과 봉사활동에 대해 교사와 학부모, 학생 모두가 50% 이상(교사 56%, 학부모 52%, 학생 46%)의 선호도를 보였다. 이러한 사실은 봉사활동이 대안 처벌로 시행됨에 있어서 큰 의미가 있음을 입증해준다. 또한, "자극과 반응의 연합은 보상에 의해서는 강해질 수 있으나 벌에 의해서는 약화된다"는 심리학자 손다이크Thorndike의 이론도 보상의 역할을 일깨워주고 있다.

체벌과 처벌은 엄연히 그 의미와 의도가 다르다. 지각을 한 학생이 전교생 앞에서 시를 암송하는 벌을 받는 것은 그 교육적 의도가 분명한 처벌이다. 하지만 가해자의 감정이 더해져, 학생에게 신체적·정신적 상처만을 안겨주는 것은 그 의미가 변질된 체벌에 지나지 않는다. 교사에게 있어 가장 큰 의무는 학생들을 바른길로 인도하는 것이다. 만약 교사의 권리나 행동이 이 주된 의무에 반한다면 그 권리는 존재 가치를 잃고 말 것이다. 권리는 자신의 의무를 다할 때 행사할 수 있는 힘이고, 교사의 권리인 교권 역시 마찬가지이다.

교사가 의무를 다하지 않고 자신의 권리만을 행사하려 한다면, 이는 정당화될 수 없을 뿐 아니라 나아가 그 자신의 권위까지 위협받게 될 것이다.

3. 결론

체벌은 학생의 인권을 훼손하는 폭력을 지니고 있음에도 불구하고 여전히 '사랑의 매'라는 이름으로 합리화되고 있다. 이에 대해 교육개혁위원회는 우리 사회에 민주주의 의식이 부족한 탓으로 돌리고 있다. 지금까지 체벌이 지닌 폭력성, 체벌 효과의 비지속성, 교사와 학생 간 관계 파괴의 가능성, 대안 처벌을 통한 보상 교육의 중요성을 들어 체벌은 결코 교육의 수단이 될 수 없음을 살펴보았다. 교육의 과정이 학생들의 생각을 정립하고 행동 규범을 결정하는 순간의 연속이라는 점을 고려하면, 더 이상 체벌이 교육의 수단으로 합리화되는 현실을 방치해서는 안 될 것이다. 개성과 창의성을 중시하는 21세기에 걸맞은 교육이 이룩되려면, 체벌과 같은 비교육적인 교육 방법을 지양하고 학생들의 잠재 능력을 개발할 수 있는 보상 교육의 방법을 지향해야 할 것이다.

2. 입론을 논술문으로 활용한 사례

입론을 논술문으로 대치할 경우에는 입론에서 발언할 내용의 순서에 따라 개요를 작성한 다음, 이를 바탕으로 입론을 완성한다. 여기에 제시한 글은 "고교 평준화 제도, 폐지해야 한다"의 논제에 대한 찬성의 입장이다.

● 이 글은 2007년 2학기, 숙명여자대학교 1학년 토론 수업 시간에 토론자로 참여한 학생의 입론을 정리한 것이다.

1) 입론의 순서에 따른 개요 작성

서론	논제 배경	최근 들어 특목고의 입시 열기가 뜨겁게 달아오르고, 새로운 정권이 들어서면서 자율형 사립고 설립 자율화 추진 움직임이 일고 있는 가운데 그동안 유지되어왔던 고교 평준화 제도가 흔들리고 있다. 이런 맥락에서 1974년 이후 시행 35년째를 맞고 있는 고교 평준화 제도에 대한 전면적인 검토가 필요하다.
	핵심 용어 정의	고교 평준화 제도는 입시 경쟁에 의해 자신이 고등학교를 선택하는 제도가 아닌 기본적인 자격 고사만 통과하면 추첨으로 학교를 정해주는 제도이다.
본론	논점과 논거	① 학력의 하향 평준화 초래—교육의 경쟁력 저하 자료 ② 학교 선택권 제한—학교 선택권이 보장된 외국의 사례 ③ 사학의 독자성과 자율성 침해—사학의 붕괴와 공교육에 대한 불신이 증폭된 사례
결론	기대효과	우수 학생을 유치하려는 학교 간 경쟁 유발로 인해 공교육의 수준이 높아짐으로써 자율과 경쟁을 통한 교육 경쟁력이 확보될 수 있다.

2) 입론의 예

> ### "고교 평준화 제도, 폐지해야 한다"에 대한 찬성 측의 입론
>
> 최근 특목고 열풍이 뜨거운 가운데, 이명박 대통령 후보가 공약으로 내세운 '자율형 사립고 설립 자율화 방안'을 계기로 35년 동안 유지돼왔던 고교 평준화 제도가 새로운 사회적 이슈로 부상하고 있습니다.
>
> 고교 평준화는 1974년에 도입된 제도로서 명문 고등학교로 집중되는 입시 경쟁과 그로 인한 중학생들의 과중한 학습 부담, 그리고 고등학교 간 학력 차의 폐단을 없앨 목적으로 도입되었습니다. 2004년 기준으로 전국 23개 지역에서 고교 평준화 제도를 채택하고 있어, 전국 일반계 고등학교의 50.4%, 학생의 61.6%에 해당하는 상황입니다.
>
> 고교 평준화 제도에 대한 평가는 교육 기회의 균등을 통한 사회 발전을 도모했다는 긍정적인 평가와, 오늘날 교육 경쟁력을 강화할 시점에 맞지 않는 제도라는 부정적인 의견이 팽팽하게 대립하고 있습니다. 이에 따라 우리는 고교 평준화 제도를 폐지해야 한다고 주장하는 입장이며, 이렇게 주장하는 논거는 다음과 같습니다.

첫째, 고교 평준화는 학생들의 실력을 하향 평준화시켰습니다. 공부를 잘하는 학생과 못하는 학생을 한 반에 몰아넣어 획일적으로 교육하는 환경을 조성함으로써 전반적으로 학생들의 실력 저하를 초래하였습니다. 상·하위권 학생들은 학교 수업에 흥미를 잃고 사교육에 전념하게 만들고, 못하는 학생들은 방치됨으로써 교사의 학습 지도에도 어려움을 가중시켰습니다. 21세기는 지식 정보화 시대입니다. 산업 경쟁력이 낮은 우리나라는 교육 시장을 개방하여 인적 자원의 경쟁력을 더욱 높여야 하는 시점에 와 있습니다. 이런 점에 비추어 보면 고교 평준화 제도를 유지하는 것은 세계의 교육적 흐름에도 역행하고 있는 것입니다.

둘째, 고교 평준화는 학생들의 학교 선택권을 제한합니다. 1974년 고교 평준화 제도가 시행된 이후, 학교의 다양성과 학교 선택권의 개념은 사실상 사라졌습니다. 현재 중학생들은 대부분 일반계고와 전문계고(실업계), 특목고(외국어고, 과학고, 예술고)로 진학하고 있으며 그중 전체 학생의 70%가 진학하는 일반계는 학교 간 특징이 거의 없습니다. 평준화 정책은 학생들의 능력이나 노력에 관계없이 순전히 추첨에 의해 학교를 배정하기 때문에, 학생들의 학교 선택권은 애초부터 차단되어 있습니다. 최근 특목고 열풍이 일고 있는 것은 역으로 학생과 학부모들이 학교 선택권을 원하고 있다는 반증입니다. 학교 선택권이 보장될 때 학교 간 경쟁이 유발될 수 있으며, 질 높은 교육을 받을 수 있습니다. 또한 개인이 자신에게 적합하고 필요한 교육을 선택하는 것은 기본적인 권리에 해당합니다. 그러므로 고교 평준화 제도는 이러한 기본권, 즉 학교 선택권을 침해하고 있는 것입니다.

셋째, 고교 평준화 제도는 사립 고등교육의 자율성을 억제하고 있습니다. 평준화 정책은 공·사립 구분 없이 학교 간의 차이를 없앰으로써, 학교 운영에 사학의 자율성이나 특수성이 반영되기 어렵게 만들었습니다. 그리하여 우수한 학습 능력을 지닌 학생들을 선발하는 선발권은 물론, 학생들의 능력과 특성을 살려 교육할 수 있는 교육권 등을 발휘할 수 없게 만들었습니다. 이로 인해 교육 환경과 학습 조건은 더욱 악화되었습니다. 그 결과 공교육 불신을 가져왔고, 그에 따라 사교육 열풍이 더욱 커졌고, 학업 능력이 우수한 학생들의 해외 조기 유학이 증가하는 역효과를 가져왔습니다.

그러므로 하향 평준화, 학생의 학교 선택권 제한, 사학의 독자성과 자율성의 제한이라는 문제점을 낳은 고교 평준화 제도를 폐지해야 합니다. 고교 평준화 제도를 폐지하여 학교 간 경쟁력이 유발될 수 있도록 교육 환경을 조성함으로써, 학생들이 질 높은 교육을 받을 수 있도록 공교육의 정상화를 도모해야 합니다. 이와 같이 학교 선택권에 따른 사학의 자율성이나 특수성을 확립하게 되면 자연스레 교육 경쟁력이 높아질 것입니다.

3. 독서토론대회에 제출한 논술문의 사례

독서토론대회에서는 독후감이 아니라 비평문을 요구한다. 독후감은 말 그대로 책을 읽고 난 소감이나 소견을 정리한 것이고, 비평문은 책의 내용에 대한 비판과 평가를 논리적으로 정리한 논술문의 한 종류이다.•

● 이 글은 '제1회 숙명-교보 고등부 독서토론대회'(2007년)에 제출했던 논술문 중의 하나이다. 일산 백신고등학교 1학년 심○섭 학생이 조세희의 『난장이가 쏘아올린 작은 공』에 대해 쓴 논술문이다.

> ### "사고의 전환으로 개인과 공동체의 관계를 재정립해야 한다"
>
> 1970년대 산업화 과정에서 일어난 사회 문제를 고발한 소설 『난장이가 쏘아올린 작은 공』은 30년이 지난 오늘까지도 널리 읽히고 있다. 이는 30여 년 전에 겪었던 우리 사회의 모순과 문제점이 아직도 해결되지 않았음을 뜻한다. 소설에서 그려진 철거민 문제와 노사 갈등 등은 현재에도 여전히 사회 문제로 남아 있다. 오늘날 우리 사회 곳곳에서 파업과 비정규직 문제로 자본이라는 '거인'의 힘에 저항하는 '난쟁이'들의 모습을 볼 수 있다. 이러한 점에서 개인의 자유와 공동체의 이익은 서로 상충하는 것이라는 의문을 제시할 수 있다.
>
> 공동체란 생활이나 행동 또는 목적 등을 같이하는 집단을 말한다. 현대 사회에서 공동체는 다른 무엇보다 자본주의 경제 논리에 의해 형성되고 유지된다. 그러니 공동체를 자본주의 자체로 파악해도 무방할 것이다. 또한 개인은 공동체를 이루는 구성원이다. 개인은 공동체에 속함으로써 정체성을 부여받고 사회적 역할을 담당할 수 있게 된다. 그러므로 공동체는 개인이 존재함으로써 존립 가능한 집단이다. 개인은 공동체를 형성하고 공동체는 개인을 형성한다. 즉 개인과 공동체는 서로 뗄 수 없는 불가분의 관계이고, 소설 속 '뫼비우스의 띠'처럼 경계를 구분할 수 없는 유기적인 관계를 맺고 있다.

소설 『난장이가 쏘아올린 작은 공』은 자본주의라는 공동체와 개인 간의 여러 가지 관계 유형을 보여준다. 첫째 유형은, 공동체에서 소외되고 자유를 억압당하는 사회적 약자들이다. 난쟁이 일가로 대표되는 철거민들과 공장 노동자들이 이에 속한다. 이들은 난쟁이처럼 현실에 순응하며 묵묵히 일하기도 하고, 혹은 난쟁이의 자식들처럼 자유를 쟁취하기 위해 공동체의 문제에 정면으로 맞서 싸우기도 한다. 그러나 이들은 결국 자유와 평등을 찾거나 공동체의 모순을 해결하는 데 성공하지 못하고, 자살이나 살인이라는 극단적이고 패륜적인 방법을 택할 수밖에 없게 된다.

둘째 유형으로, 공동체의 모순을 비판하며 억압된 개인의 자유를 되찾기 위해 적극적으로 노력하는 지식인들이 있다. 소설에서 지섭은 이러한 지식인의 한 전형이다. 지섭은 노동자들의 자유와 권리를 찾기 위해 노동운동을 일으키며 스스로 이들의 대변자가 되어 투쟁을 이끈다. 그러나 이들 개개인은 거대하고 확고한 모습의 공동체에 맞서기에는 너무 미약하다. 그러기에 현실적인 문제 상황에 맞서 싸우면서도, 한편으로는 달나라나 외계인 등 비현실적이고 이상적인 것에 집착하여 외면하고픈 현실 세계로부터 도피하고, 부당한 폭력으로 제압하는 철거반 직원에게 똑같이 폭력을 행사한다. 지섭의 이런 모습에서 우리는 이상과 현실 사이에서 확고하게 자리 잡지 못하는 나약한 지식인상을 볼 수 있다. 이처럼 소설에서는 자유를 위해 투쟁하는 개인이 거대한 공동체에 대하여 일정한 한계를 가질 수밖에 없음을 보여준다.

셋째 유형은, 자본주의 경제 논리에 잘 적응한 사람들로 재개발 지역의 입찰권을 사는 이들과 공장주가 대표적인 사람들이다. 이들은 공동체의 일원으로서 충분한 자유와 권리를 누릴 뿐 아니라 공동체를 이끌어 나가는 사람들이다. 하지만 이들의 자유는 공동체의 힘없는 약자들의 자유를 억압함으로써 얻게 되는 왜곡된 자유로서, 자신들의 자유를 극대화하기 위해 공동체의 다른 개인들의 자유를 침해하는 만행을 서슴지 않는다. 은강공장에서 일어나는 노사 간의 갈등이나, 입찰권을 헐값에 사들인 사나이의 부를 향한 과욕 등은 이를 단적으로 보여준다.

그러나 남을 배려하지 않은 채 이기적으로 자신의 자유만을 추구하는 행동은 궁극적으로 자기 자신의 자유를 해치는 결과를 가져온다. 이들 개인들은 모두 공동체 내에서 서로 다른 방법으로 자신의 자유를 찾기 위해 노력하지만, 그 어떤 개인도 이상적인 자유를 누리지 못한 채 살아간다. 이러한 원인은 바로 자본주의 원리에 의해 유지되는 공동체 안에 내재해 있다. 자본주의는 사유 재산과 경쟁을 인정하며, 개인의 자유로운 이윤 추구가 개인적 부를 넘어서 공동체 전체에 발전을 가져온다고 여긴다. 따라서 자본주의 공동체 사회에서 '개인의 자유'라는 말은 '개인이 이익과 욕망을 추구할 수 있는 자유'라는 의미를 지닌다.

　자본주의 공동체적 관점에서 보면, 앞에서 살펴본 여러 유형의 개인 중 누가 옳고 그르다고 말할 수 없다. 모두가 자신이 처한 상황에서 최고 이익을 얻기 위한 최선의 선택을 하고 있기 때문이다. 문제는 공동체의 발전을 추구한다는 명목 아래 개인들이 서로 자신의 이익만을 좇는 상황에서는 이기적으로 행동하는 개인을 저지할 수 있는 제동장치가 존재할 수 없다. 한 개인이 이기적으로 자유를 추구함으로써, 다른 개인의 자유를 짓밟는 악순환이 계속될 것이다.

　소설『난장이가 쏘아올린 작은 공』중의「뫼비우스의 띠」에서 교사는 '굴뚝 청소를 하고 내려온 두 아이 이야기'를 통해 학생들에게 새로운 관점으로 세상을 바라보도록 가르치고 있다. 교사는 "굴뚝 청소를 하고 나와서 얼굴이 깨끗한 아이와 더러운 아이 중 누가 얼굴을 씻을 것인가?"라는 질문을 던진다. 그러나 동시에 같이 굴뚝 청소를 하고 내려왔다면, 한 아이의 얼굴은 깨끗하고 다른 한 아이의 얼굴은 더러운 경우는 성립되지 않을 것이다. 따라서 질문의 전제 자체가 잘못된 것이다.

　이와 마찬가지로, 우리 사회에서 개인과 공동체가 조화를 이루지 못하는 원인은 '공동체와 개인'의 관계에 대한 전제가 잘못되었기 때문이다. 즉 개인의 이윤 추구를 통해 공동체가 발전한다고 보는 자본주의적 공동체라는 전제가 옳지 않다.『난장이가 쏘아올린 작은 공』에서 개인들이 자유를 찾지 못하고 서로 반목하는 이유는, 각 개인들이 자본주의 논리에 따라 공동체와 개인을 왜곡된 시선으로 인식하기 때문이다.

　전제가 잘못 설정되어 있으니 그에 따른 결론 역시 잘못될 수밖에 없다. 이런 점을 분명하게 깨닫고 우리는 현재 우리 사회에 통용되고 있는 자본주의적 공동체 의식의 전제가 잘못되었다는 점을 인식하고, 나아가 개인의 이윤 추구에 몰두할 것이 아니라 개인의 자유를 통한 공동체의 발전을 가져올 수 있는 방안을 모색해야 할 것이다. 두 굴뚝 청소부의 일화에서와 같이, 개인의 자유와 공동체의 발전이 서로 상충하는 것이 아니라 상호 보완적인 관계로 나아갈 수 있도록 '사고의 전환'이 필요하다.

1 '봉사활동 제도, 폐지해야 한다'라는 논제를 가지고 다음과
같이 논술문을 작성해보자.

1_논술문 작성에 앞서 다음의 준비 사항을 점검해보자.
   ❶ 논제에 대해 자기 팀이 어떤 입장을 취할지 생각해보자.
   ❷ 자기 팀의 입장을 지지해줄 논점과 논거를 분석해보자.
   ❸ 이에 대한 상대 팀의 반론과 그 논거를 예측해보자.

2_다음의 순서에 따라 논술문을 작성해보자.
   ❶ 앞에서 준비한 사항을 바탕으로 논술문의 개요를 작성해보자.
   ❷ 개요서를 바탕으로 논술문을 작성해보자.

부 록

1 토론대회 안내

토론대회를 개최하는 곳이 점점 많아지고 있다. 부록을 통해 교내 규모는 제외하고, 전국 규모나 혹은 지역 규모의 토론대회를 안내하고자 한다.

토론대회 안내를 위해 자료를 조사하는 동안 다음의 세 가지 문제점을 확인하였다. 하나는 토론대회마다 용어를 달리 사용하고 있다는 점이고, 다른 하나는 토론대회의 일정이나 형식, 진행 방식에 대해 구체적으로 공개하고 있는 곳이 그리 많지 않다는 점이다. 또 다른 점은 한번 개최되었던 토론대회가 지속적으로 유지되는 곳이 많지 않다는 것이다. 아마도 토론대회를 주최하거나 후원하는 단체의 사정에 따라 개최 여부가 좌우되기 때문인 것 같은데, 토론 교육을 담당하고 있는 입장에서 보면 무척 안타까운 현실이 아닐 수 없다.

여기에 소개하는 토론대회에 관한 자료는 주최 측에서 공개적으로 제공한 정보에 의존한 경우도 있지만, 주최 측에 직접 의뢰하는 등 어렵게 찾은 것들이 대부분이다. 토론대회가 늘고 있는 현실은 매우 고무적이지만, 토론대회를 개최하는 것 못지않게 토론 교육이 활성화될 수 있도록 교육 시스템을 갖추는 것도 중요하다고 본다. 그런 차원에서 미국이나 일본과 같이 전국 규모의 토론대회를 일원화하고, 특히 형식이나 규칙, 용어 등을 통일할 것을 제안하고 싶다.

각 토론대회마다 사용하는 용어를 그대로 살릴 경우 혼란을 초래할 수 있으므로 이 책에서 사용한 용어에 맞추어 통일시켰으며, ( ) 속에 주최 측에서 사용하는 용어를 병기하였다.

(1) 경기도 교육청 주최, 「경기도 중학생 토론대회」

❶ 형식: 3인이 1팀으로 구성, 원탁토론과 경기도 교육청식 토론 방식을 병행

ⅰ) 원탁토론 형식: 총 70~80분 소요

	찬성 팀	반대 팀
입론	① 갑 입론 (3분)	② 갑 입론 (3분)
	③ 을 입론 (3분)	④ 을 입론 (3분)
	⑤ 병 입론 (3분)	⑥ 병 입론 (3분)
	숙의 시간 (2분)	
자유 발언	⑦ 교차 질문, 반론(30~40분)	
	(교차 질문은 2분, 반론은 3분으로 제한)	
	숙의 시간 (2분)	
최종 발언	⑨ 병 최종 발언 (3분)	⑧ 병 최종 발언 (3분)
	⑪ 을 최종 발언 (3분)	⑩ 을 최종 발언 (3분)
	⑬ 갑 최종 발언 (3분)	⑫ 갑 최종 발언 (3분)

ⅱ) 토론대회 형식: 총 50분 소요

	찬성 팀	반대 팀
입론	① 갑 입론 (4분)	② 을 확인 질문 (확인 심문, 3분)
	④ 을 확인 질문 (3분)	③ 갑 입론 (4분)
	숙의 시간 (작전 회의, 2분)	
반론	⑤ 병 반론 (5분)	⑥ 갑 확인질문 (3분)
	⑧ 갑 확인질문 (3분)	⑦ 병 반론 (5분)
	숙의 시간 (2분)	
	⑨ 을 반론 (5분)	⑩ 을 반론 (5분)
최종 발언	⑪ 병 최종 발언 (3분)	⑫ 병 최종 발언 (3분)

❷ 진행 방식 및 일정

• 예선: 6월 말까지 각 학교 교내 토론대회에서 선발된 최우수 1팀이 7월 중에
실시하는 지역별 예선대회에 출전하게 된다.
24개 팀을 6개 조로 나누어 조별 리그전으로 2회의 라운드를 진행한다.
• 결선: 8월 초에 경기도 대회를 치르며, 12강전에 진출한 12개 팀을 6개 조로
나누어 토너먼트로 진행한다. 여기서 승리한 6개 팀 중 심사 점수가
높은 4개 팀이 토너먼트로 준결승전과 결승전을 겨룬다.

(2) 민족사관고등학교 주최, 「전국 중학생 토론대회」

❶ 형식: 4인 1팀, 총 46분 소요(2007년에 바뀐 형식)

	찬성 팀	반대 팀
입론(발제)	① 갑 입론 (5분)	② 갑 입론 (5분)
	숙의 시간 (작전 회의, 2분)	
1차 반론(논박)	③ 을 반론 (3분)	④ 병 확인 질문 (검증, 2분)
	⑥ 병 확인 질문 (2분)	⑤ 을 반론 (3분)
	숙의 시간 (2분)	
2차 반론(논박)	⑦ 병 반론 (3분)	⑧ 을 확인 질문 (2분)
	⑩ 을 확인 질문 (2분)	⑨ 병 반론 (3분)
	숙의 시간 (2분)	
최종 발언	⑫ 정 최종 발언 (5분)	⑪ 정 최종 발언 (5분)

❷ 진행 방식 및 일정

• 예선: 국어 능력 시험으로 대체하고, 서류 접수는 6월 중순에 실시한다.
• 본선: 학교 팀은 조별 풀 리그전을 통해 상위 승률 4개 팀을 선정하고 결승

은 토너먼트로 진행한다. 개인 역시 팀 편성 후 조별 리그전을 통해
상위 승률 4개 팀을 선정하고, 결승은 토너먼트로 진행한다. 7월 중순
에 민족사관고등학교 캠퍼스 내에서 실행된다. 학부모나 지도교사 등
외부 인사를 참석시키지 않는 것을 원칙으로 한다.

❸ 사이트: http://debate.minjok.hs.kr

(3) 서울시 강남구 교육청 주최, 「중학생 독서토론대회」

❶ 형식: 2인 1팀, 총 30분 소요

	찬성 팀	반대 팀
입론	① 입론 (3분)	② 입론 (3분)
	숙의 시간 (2분)	
반론 펴기	④ 반론 (3분)	③ 반론 (3분)
	숙의 시간 (2분)	
반론 꺾기	⑤ 반론 (3분)	⑥ 반론 (3분)
	숙의 시간 (2분)	
최종 발언	⑧ 최종 발언 (3분)	⑦ 최종 발언 (3분)

❷ 진행 방식 및 일정

- 예선: 각 학교별 예선전은 6~9월, 지구별 예선전은 10월 중에 이루어진다.
- 본선: 12월 중순에 예선에서 선별된 지구별 대표 팀이 모여 토너먼트로 진행
  한다.

(4) 서울시 성북구 교육청 주최, 「서울 중학생 토론대회」

❶ 형식: 2인 1팀, 총 32분 소요

사회자: 논제 선정 배경과 규칙 설명 (2분)		
	찬성 팀	반대 팀
입 론 (주장 펼치기)	① 입론 (2분)	② 입론 (2분)
	숙의 시간 (2분)	
반론 펴기	④ 반론 (2분)	③ 반론 (2분)
	숙의 시간 (2분)	
반론 꺾기	⑤ 반론 (5분)	⑥ 반론 (5분)
	숙의 시간 (2분)	
최종 발언	⑧ 최종 발언 (2분)	⑦ 최종 발언 (2분)
대표 판정인의 논평과 결과 발표 (2분)		

❷ 진행 방식 및 일정

- 예선: 32개 팀을 선별한다.
- 본선: 32개 팀이 모여 10월 중순에 토너먼트로 진행한다.

(5) 한국시민자원봉사회 중앙회 주최, 「전국 중학생 의회식 토론대회」

❶ 형식: 2인 1팀, 의회식 토론, 총 26분 소요

	여 당	야 당
입론 1 (대표)	① 국무총리 입론 (5분)	② 당 대표 입론 (5분)
입론 2 (의원)	③ 여당 원내대표 입론 (5분)	④ 야당 원내대표 입론 (5분)
반론 (대표)	⑥ 국무총리 반론 (3분)	⑤ 야당 대표 반론 (3분)

❷ 진행 방식 및 일정

• 예선: 지구 단위별로 8월 중순에서 9월 말까지 리그전으로 토론대회를 실시한다.

• 본선: 지구 단위별로 선발된 우수 팀이 모여 10월 중에 토너먼트로 실시한다.

❸ 사이트: http://www.civo.net

2) 고교생 대상 토론대회

(1) 경기도 교육청 주최, 「경기도 고등학생 토론대회」.
「경기도 중학생 토론대회」와 형식·진행 방식 등이 모두 동일하다.

(2) 교보문고와 숙명여자대학교 공동 주최, 「교보-숙명 전국 고교생 독서토론대회」

❶ 형식: 2인 1팀, 논제 개방형 독서토론

단 계	주요 활동	총 소요 시간 (팀별 제한 시간)	비 고
도 입	논제 제시	6분 (3분)	각 팀 '갑' 발언 1회
	논제 설정	4분 (2분)	각 팀 '을' 발언 1회
	숙의/논제 확정	2분	합의에 의해 숙의와 논의 확정 순서를 정할 수 있다.
제1 논제 토론	토론	12분 (6분)	자유 진행
제2 논제 토론	토론	12분 (6분)	자유 진행
논제 심화	논제 제시	1분	심사위원이 제시
	숙의	2분	제시한 논제에 대해 숙의한다.
심화 논제 토론	토론	12분 (6분)	자유 진행
최종 발언	토론 정리	4분 (2분)	각 팀 '갑' 발언 1회

❷ 진행 방식

• 예선: 10월 중순에 논술문으로 참가 팀 중 32개 팀을 선발한다.

• 본선: 11월 중순에 32개 팀이 모여 토너먼트로 진행한다.

❸ 사이트: http://sookmyung.ac.kr/~codecenter

(3) 5·18 기념재단 주최, 「전국 고교생 토론대회」

❶ 형식: 3인 1팀으로 3팀이 1조를 이룸. 원탁회의 순환식으로 좌석 순서에 따라 발언하는 방식

ⅰ) 본선 토론: 90분 소요

심사위원 및 진행 순서 소개 (3분)		
팀 소개: 팀별 1분 (3분)		
입론 (팀 기본 발제, 9분)	입론(발제문 발표)	−논제에 대한 팀의 생각을 정리 발표 −팀별 3분씩 발표
주제 토론 진행 (60분)	원탁회의 방식	−상대방의 발제에 대한 질문과 반박 −질문에 대한 대응 답변과 재반박 −의견이 없을 경우는 통과가 가능하다. −1회 발언 시간 3분 제한
최종 발언 (팀 결론, 9분)	팀별 결론	−팀별 토론 내용에 대한 수용과 보완 및 정리 −팀별 3분씩 발표
토론 마무리 (6분): 토론에서 배웠던 점, 느낀 점, 다짐 등(개인별 1분씩)		

ii) 결선 토론: 140분 소요

심사위원 및 진행 순서 소개 (3분)		
팀 소개: 팀별 1분 (3분)		
입 론 (팀 기본 발제, 9분)	입 론 (발제문 발표)	−논제에 대한 팀의 생각을 정리 발표 −팀별 3분씩 발표
주제 토론 (60분)	원탁회의 방식	−상대방의 발제에 대한 질문과 반박 −질문에 대한 대응 답변과 재반박 −의견이 없을 경우는 통과가 가능하다. −1회 발언 시간 3분 제한
최종 발언 (팀 결론, 9분)	팀별 결론	−팀별 토론 내용에 대한 수용과 보완 및 정리 −팀별 3분씩 발표
휴식 (15분)	질문지 정리(팀별로 질문 배분)	
참가자 질의 응답(35분)	각 팀당 질의 응답 10분씩 소요 / 사회자 진행 5분	
토론 마무리 (6분): 토론에서 배웠던 점, 느낀 점, 다짐 등(개인별 1분씩)		

❷ 진행 방식 및 일정

• 예선: 홈페이지에 게시된 글에 대한 비평문(A4 용지 3장)을 심사해 7월 중순에 30팀을 선별한다.

• 본선: 비평문 심사를 통과한 30개 팀이 모여, 9월 중순에 세 차례의 토론을 진행한다.

• 결선: 최종 3개 팀이 모여 9월 중순에 토론대회를 실시한다.

❸ 사이트: http://www.518.org/main.html

(4) 부산 민주공원 주최, 「전국 청소년 토론논술 한마당」

❶ 형식: 자유 토론(토론 형식이 명확하게 제시되지 않음)과 구술 면접 등

❷ 진행 방식 및 일정

- 예선: '한국 사회의 민주주의' 전반을 범위로 하되 주제 제시문과 주제 관련
  내용을 읽고 논술문(A4용지 6~8매 분량)을 온라인으로 제출한 자들
  중 64명을 선별한다. 6월 중순에 실시된다.
- 본선 1차: 논술문 심사를 통과한 64명이 조별로 자유 토론(2시간 30분)과 구
  술 면접(심사위원과 1:1)을 실시하여 1차적으로 최종 토론자 8명과
  최종 토론 질문자 8명을 선별한다.
- 본선 2차: 토론자와 질문자 16명이 모여 토론을 벌인다. 토론의 형식은 8명
  의 토론자가 각각 입론(기조 발언, 3분 이내)을 하고 난 다음 사회자
  의 진행으로 4시간 동안 난상토론(1인당 20분 이내)을 벌인다. 이후
  심사위원들과 질문자 8명의 질의에 대한 응답과 방청객과 공개 토론
  이 실행된다. 7월 말에 실시된다.

❸ 사이트: http://toron.demopark.or.kr

(5) 한국시민자원봉사회 중앙회 주최, 「전국 고등학생 의회식 토론대회」

형식과 진행 일정, 사이트 등이 한국시민자원봉사회 중앙회 주최, 「전국 중학
생 의회식 토론대회」와 동일하다(251~52쪽 참조).

(6) 민주시민교육센터 주최, 「전국 고교생 토론대회」

❶ 형식: 2인 1팀 구성, CEDA 방식, 총 44분 소요

	찬성 팀	반대 팀
입 론	① 갑 입론 (5분)	② 을 확인 질문 (3분)
	④ 을 확인 질문 (3분)	③ 갑 입론 (5분)
	⑤ 을 입론 (5분)	⑥ 갑 확인 질문 (3분)
	⑧ 갑 확인 질문 (3분)	⑦ 을 입론 (5분)
반 론	⑩ 갑 반론 (3분)	⑨ 갑 반론 (3분)
	⑫ 을 반론 (3분)	⑪ 을 반론 (3분)

❷ 진행 방식 및 일정

• 예선: 서울, 부산, 대구, 인천, 대전, 울산, 전남 등 7개 지역 토론장에서 9월 말경에 토너먼트로 대표 팀을 선발한다.

• 본선: 지역 대표들이 10월 초에 자유센터 대강당에 모여 토너먼트로 진행한다.

❸ 사이트: http://civicedu.or.kr/02program/04debate/intro.htm

(7) 한양대학교 주최, 「전국 고교생 토론대회」

❶ 형식: 2인 1팀, 통합 토론 방식Integrated Debate Method(총 45분)

	찬성 팀	반대 팀
입론-반론	① 갑 입론 (4분)	② 갑 입론 (4분)
	④ 을 반론 (2분)	③ 을 반론 (2분)
재입론-재반론	⑤ 갑 재입론 (2분)	⑥ 갑 재입론 (2분)
	⑧ 을 재반론 (2분)	⑦ 을 재반론 (2분)
자유 토론 (교차 토론, 자유 발언)	⑨ 자유 토론 (7분)	⑩ 자유 토론 (7분)
	숙의 시간(팀별 논의, 3분)	
최종 발언	⑪ 갑 최종 발언 (4분)	⑫ 갑 최종 발언 (4분)

❷ 진행 방식 및 일정

• 예선: 논술문을 10월 초~11월 초에 접수한다.

• 본선: 본선은 논술문 심사를 통과한 팀들이 11월 말에 모여 토너먼트로 진행
한다.

❸ 사이트: http://debate.hanyang.ac.kr

3) 대학생 대상 토론대회

(1) 교보문고와 숙명여자대학교 공동 주최, 「교보-숙명 전국 대학생 독서토론대회」

'교보-숙명 전국 고교생 독서토론대회'와 형식, 진행 방식, 사이트 등이 모두
동일하다(252~53쪽 참조).

(2) 부경대학교 주최, 「부경대 총장배, 전국 대학생 토론대회」

❶ 형식: 2인 1팀, CEDA 방식(각 팀 총 5분의 숙의 시간을 쓸 수 있음)

	찬성 팀	반대 팀
입 론	① 갑 입론 (5분)	② 을 확인 질문 (3분)
	④ 을 확인 질문 (3분)	③ 갑 입론 (5분)
	⑤ 을 입론 (5분)	⑥ 갑 확인 질문 (3분)
	⑧ 갑 확인 질문 (3분)	⑦ 을 입론 (5분)
반 론	⑩ 갑 반론 (4분)	⑨ 갑 반론 (4분)
	⑫ 을 반론 (4분)	⑪ 을 반론 (4분)

❷ 진행 방식 및 일정

• 예선: 논제에 대한 논술문(A4 3~4매 정도)으로 11월 초순에 16개 팀을 선별한다.

• 본선: 예선을 통과한 16개 팀이 11월 하순에 모여 토너먼트로 진행한다.

❸ 사이트: http://www.pknu.ac.kr

(3) 연세대학교 리더십센터 주최, 「전국 대학생 토론대회」

❶ 형식: 2~3인 1팀, 의회식 토론, 총 44분 소요(결선에서는 10분 정도 난상토론의 과정이 추가됨)

추첨을 통해 먼저 발언하는 팀을 정하고, 토론 중에 인터넷으로 자료 조사가 가능하다(본선에서는 인터넷 자료 조사 불가). 입론 중간에 각 팀은 상대 팀에게 2번의 질문 기회(각 5분씩, 총 20분)가 주어진다.

	A팀	B팀
입 론 (발제)	① 입론 (10분)	② 입론 (10분)
반 론 (반박)	③ 반론 (5분)	④ 반론 (5분)
재반론 (재반박)	⑥ 재반론 (3분)	⑤ 재반론 (3분)
최종 발언(마지막 발언)	⑦ 최종 발언 (4분)	⑧ 최종 발언 (4분)

❷ 진행 방식 및 일정

• 예선: 11월 초, 오전 12시경에 주최 측에서 각 참가 팀에게 이메일이나 문자 메시지로 논제를 제시하면, 이에 대해 당일 오후 5시까지 의견 진술문을 보고서 형식으로 A4 2~3매 분량을 작성하여 이메일로 제출한다.

• 예선: 예선을 통과한 16개 팀이 11월 중순에 모여 토너먼트로 진행한다.

❸ 사이트: http://www.yonsei.ac.kr/~ylc

(4) 전국 국어상담소 연합회 주최, 「전국 국어 대회 대학생 토론왕 선발대회」

❶ 형식: 2인 1팀, 총 50분 소요

사회자 서두 발언	논제 설명 및 토론자와 토론 규칙 소개 (3분)	
	찬성 팀 (긍정 팀)	반대 팀 (부정 팀)
입론 (기조 주장)	① 갑 입론 (5분)	② 갑 입론 (5분)
반론 1 (논박 1)	④ 갑 답변 (2분)	③ 을 반론 (1분)
반론 2 (논박 2)	⑤ 을 반론 (1분)	⑥ 갑 답변 (2분)
숙의 시간 (작전 타임, 3분)		
반론 3 (논박 3)	⑦ 갑 반론 (1분)	⑧ 을 답변 (2분)
반론 4 (논박 4)	⑩ 을 답변 (2분)	⑨ 갑 반론 (1분)

숙의 시간 (작전 시간, 3분)		
자유 토론 (자유 논박, 14분)		
최종 발언 (정리)	⑫ 을 최종 발언 (2분)	⑪ 을 최종 발언 (2분)
사회자 마무리	마무리 발언 (1분)	

❷ 진행 방식 및 일정

• 예선: 토론 제안서에 심사를 통과한 32개 팀 중 토너먼트로 16개 팀을 11월 초에 선별한다.

• 본선: 16개 팀이 모여 11월 초에 토너먼트로 진행한다.

❸ 사이트: http://www.koreancontest.org

(5) 중앙선거방송토론위원회 주최, 「전국 대학생 토론대회」

❶ 형식: 2인 1팀, CEDA 방식, 총 62분 소요(각 팀에 숙의 시간 5분 허용)

	찬성 팀	반대 팀
입 론	① 갑 입론 (6분)	② 을 확인 질문 (3분)
	④ 을 확인 질문 (3분)	③ 갑 입론 (6분)
	⑤ 을 입론 (6분)	⑥ 갑 확인 질문 (3분)
	⑧ 갑 확인 질문 (3분)	⑦ 을 입론 (6분)
반 론	⑩ 갑 반론 (4분)	⑨ 갑 반론 (4분)
	⑫ 을 반론 (4분)	⑪ 을 반론 (4분)

❷ 진행 방식 및 일정

• 예선: 1, 2라운드는 리그전으로 진행하고, 리그전에서 선별된 팀이 치르는

3, 4라운드는 토너먼트로 진행한다. 일정이 자주 바뀌는 편이지만 대체로 6월 말~11월 말에 실시한다.

- 본선: 예선을 통과한 16개 팀이 모여 토너먼트로 진행한다.

❸ 사이트: http://www.debates.go.kr/participation/uni.html

2 추천 도서 및 관련 사이트

강태완 외, 『토론의 방법』, 커뮤니케이션북스, 2001.

김복순, 『(대학 말하기, 하) 토론의 방법』, 국학자료원, 2007.

김주환, 『교실토론의 방법』, 나라말, 2007.

박승억 외, 『토론과 논증』, 형설출판사, 2005.

숙명여자대학교 의사소통센터, 『발표와 토론』, 숙명여자대학교 출판부, 2006.

에모리 대학 전국토론연구소, 허경호 옮김, 『정책토론의 방법』, 커뮤니케이션북스, 2005.

이두원, 『논쟁』, 커뮤니케이션북스, 2005.

이상철 외, 『스피치와 토론』, 성균관대학교 대동문화연구원, 2006.

존 미니, 허경호 옮김, 『모든 학문과 정치의 시작, 토론: 의회식 토론법으로 배우는 토론의 이해와 실제』, 커뮤니케이션북스, 2008.

한국자유총연맹, 「토론문화 정착을 위한 '제1회 전국 고교생 토론대회' 우수 토론 사례집」, 2003. (한국자유총연맹 홈페이지에 수록)

한상철, 『토론: 비판적 사고를 활용한 토론 분석과 활용』, 커뮤니케이션북스, 2006.

민족사관고등학교 토론교육연구소, http://debate.minjok.hs.kr

숙명여자대학교 의사소통센터, http://sookmyung.ac.kr/codecenter

중앙선거방송토론위원회, http://www.debates.go.kr

한양대학교 토론대회, http://debate.hanyang.ac.kr

3 이 책을 쓰기 위해 참고한 문헌들

가리야 디케히코, 이규원 옮김, 『생각 전개의 기술』, 아롬미디어, 2007.

강태완 외, 『토론의 방법』, 커뮤니케이션북스, 2001.

개원중학교, 「2007 강남 3지구 독서토론대회 자료집」, 2008.

김주환, 『교실토론의 방법』, 나라말, 2007.

네일 브론 외, 김영채 옮김, 『바른 질문하기: 비판적 사고의 가이드』, 중앙적성출판사, 2000.

루이즈. M.로젠블랫, 김혜리·엄해영 옮김, 『탐구로서의 문학』, 한국문화사, 2006.

매슨 퍼리, 최세민 옮김, 『모든 논쟁에서 이기는 방법』, 영림카디널, 2007.

모티머 J. 애들러 외, 오연희 옮김, 『논리적 독서법』, 예림기획, 1997.

사이토 다카시, 남소영 옮김, 『질문의 힘』, 루비박스, 2003.

쇼펜하우어, 김재혁 옮김, 『논쟁에서 이기는 38가지 방법』, 고려대학교 출판부, 2007.

숙명여자대학교 의사소통센터, 『발표와 토론』, 숙명여자대학교 출판부, 2006.

————, 『토론식 수업과 논술』(교사 직무 연수 자료집, 미발간), 2008. 1, 2008. 7.

스티븐 E. 툴민, 고한범 외 공역, 『논변의 사용』, 고려대학교 출판부, 2006. 1.

앤서니 웨스턴, 이보경 옮김, 『논증의 기술』, 2004.

에모리 대학 전국토론연구소, 허경호 옮김, 『정책토론의 방법』, 커뮤니케이션북스, 2005.

이두원, 『논쟁』, 커뮤니케이션북스, 2005.

이연택, 『토론의 기술』, 21세기북스, 2003.

임태섭, 『스피치 커뮤니케이션』, 커뮤니케이션북스, 2004.

조엘 베스트, 노혜숙 옮김, 『통계라는 이름의 거짓말』, 무우수, 2003.

존 미니, 허경호 옮김, 『모든 학문과 정치의 시작, 토론: 의회식 토론법으로 배우는 토론의 이해와 실제』, 커뮤니케이션북스, 2008.

크리스티앙 플랑탱, 장인봉 옮김, 『논증 연구: 논증발언연구의 언어학적 입문』, 고려대학교 출판부, 2003.

한국자유총연맹, 「토론문화 정착을 위한 '제1회 전국 고교생 토론대회' 우수 토론 사례집」, 2003.

한상철, 『토론: 비판적 사고를 활용한 토론 분석과 활용』, 커뮤니케이션북스, 2006.

Austin J. Freeley·David L. Steinberg, *Argumentation and Debate*, wadsworth.com,

Austin J. Freeley·David L. Steinberg, *Argumentation and Debate*, wadsworth.com, 2000.

Brownell Judi, *Listening: The toughest management skill*, The Cornell H.R.A. Quartterly, February. 1987.

David L. Vancil, *Rhetoric and Argument*, The McGraw-Hill Companies, Inc. Primis Custom Publishing, 1998.

Ilona Leki, *Academic Writing*, Cambridge University Press, 1998.

Kent R. Colbert, "The effects of CEDA and NDT debate training on critical thinking ability," *Journal of the American Forensic Association*, Vol. 21, 1987.

Richaed. D. Rieke, *Argumentation and Critical Decision Making*, Pearson Education, Inc. 2005.

杉浦正和 外 編著, 『生徒か変めるデイベ-ト術!』, 國土社, 1997.

上條晴夫, 『デイベ-ト入門』, 學事出版社, 2003.

速水博司, 『大學生のためのレトリック入門』, 蒼丘書林, 2005.

魚住忠久 編著, 『デイベ-ト學習の考え方·進め方』, 黎明書房, 2001.

香西秀信, 『反論の技術』, 明治図書, 2006.